# 福星小財迷 3

風文創 302

雙子座堯堯 著

# 目錄

# 第五十四章 一場空

清平侯府，蝶舞苑。

筱蝶坐在梳妝檯的大銅鏡前，貼身丫鬟琴兒正在幫她把髮髻解開梳通。「姨奶奶，要不，奴婢再去試試，就說姨娘不舒服，睡不著，請二爺過來。」

「不必了，纏得越緊，越令他厭煩，男人就是這德行。妳看，那賤人裝模作樣不讓他碰，他就日日貼在那兒。」筱蝶冷哼一聲，脫下手上的銀鐲，厭惡地看了一眼，丟在檯面上。「那賤人回來真沒跟二爺吵？哼，我還真是小看了她。」

琴兒撇了撇嘴。「沒呢，小翠說二奶奶進門起就沒跟二爺吵過，自從您進了府，她更是極少主動跟二爺說話。這話都沒說，怎麼吵得起來？」

「這只不過是她欲擒故縱的伎倆而已。對了，讓妳探聽那位冷小姐的事，有消息了嗎？」

「有的，那冷二小姐是福城知府的嫡女，聽說她娘病死後，她就被送到平縣的莊子上，只帶了一個嬤嬤和一個小丫鬟……」

筱蝶手上的一個裝脂膏的小瓷瓶，「砰」地摔在梳妝檯上。「平縣？什麼時候的事？」

琴兒突然被打斷，又被嚇了一跳，回了回神才答道：「都說她被丟在莊子上五年，去年她外祖家接她到京城才離開的，算一算那就差不多是六年前。聽說那時她和她的小丫鬟都才九歲、十歲，就靠著那個嬤嬤繡花養活她們主僕三人。」

琴兒見著筱蝶臉上的蒼白很是奇怪，姨奶奶這是怎麼了？上次冷小姐到府裡來了一次後，就突然關心起冷小姐來，那冷小姐是官家小姐，是大長公主的義孫女，哪會同一個青樓出身的姨娘交好？何況，她還是二奶奶的朋友。

更奇怪的是，她剛才也沒說什麼呀，不就是冷小姐小時候被送去莊子上？姨奶奶做什麼一副被嚇到的樣子？

「好了，妳下去吧，我只是突然想起一些事。」筱蝶發覺了自己的失態。「對了，妳明天悄悄回一趟怡紅閣找牛三，約他後日早上在清源寺的後山見面，我有事要他幫忙。」

「牛三能幫什麼？打架還差不多，姨奶奶有什麼事讓大舅爺幫忙不是很好？」琴兒一提起石冰，眼裡都是興奮的光芒，這讓筱蝶暗自皺眉，可她身邊得用的人實在太少，琴兒是跟著她從怡紅閣出來的，目前算是最貼心的人。

「我大哥最近忙得很，不好拿這些小事煩擾他。對了，妳明天跟牛三說的時候提防著點旁人。」筱蝶走到床邊躺下。

琴兒應下，幫她放下帳子，熄了燈燭，退出去了。

借著窗外透進來的月光，筱蝶看著碧色綢緞床帳上繡著的翩翩飛舞的七彩蝴蝶，深深吸了口氣，再慢慢地吐出來……她只想過一份原本就屬於她的富貴日子，有什麼不對？為什麼老天就是要跟她作對？

她本也是三品京官家的千金小姐，六年前，跟著娘親去平縣舅舅家做客。正準備回京城的時候，娘卻告訴她，她的父親犯了事，剛傳了信來，上頭已經在查，萬一事發，他們全家都要被處死，或者發賣作最低賤的官奴。

為了保住一絲血脈，她娘決定讓奶娘帶著她隱姓埋名躲在鄉下，如果僥倖躲過這場劫難，他們再接她回去。為了保全她，她娘會讓一個跟她年齡、身量差不多的丫鬟扮成她的樣子，然後在路上造成「意外」，讓那個丫鬟落水淹死。

那半年，她跟奶娘躲在鄉下等消息，好不容易她的奶娘去了一趟縣裡，才聽聞她家裡全族上下所有男丁都被砍頭，女子都被發賣為官奴，還是最低賤的那種，發配到西北，在軍中做苦役兼軍妓。因為她舅舅的當鋪牽連其中，舅舅全家也都受到牽連，淪為官奴。

她的奶娘開始還對她很好，因為娘留下了不少銀子。後來，奶娘跟村裡一個痞子勾搭上了，兩人商量著第二天把她賣到窯子裡去，換點銀子做個小生意，卻被躲在窗下的她聽到。她連夜逃跑，路上又累又餓昏倒，被一個官家小姐救了，做了那小姐的貼身丫鬟。

一年前，那家小姐準備出嫁，她是陪嫁丫鬟之一。誰知有一天，小姐的未來夫婿酒後非禮她被小姐撞見，大怒，把她發賣出府，輾轉被帶到了京城，賣到怡紅閣。

一次，她在街上被一個醉鬼糾纏，葉子銘替她解了圍。她對斯文儒雅又心善的葉子銘一見鍾情，卻被姊妹們潑了一頭冷水，說葉子銘是清平侯府的嫡子，宮裡最受寵的德妃娘娘的親侄子，而且從來不逛怡紅閣這樣的風月場所，她們這樣的青樓女子，跟他是八竿子打不到一塊兒去的。

半個月後，她去清源寺上香，在後院再次遇到葉子銘，很高興地上前打招呼，可惜葉子銘卻完全不記得她了。

她無意中聽到葉子銘和石冰的對話，知道那個斷了一條手臂的石冰是葉子銘的救命恩人，左臂也是因此廢掉的，他們正在談論石冰找妹妹的事，石冰和他妹妹失散的經過讓她恍惚覺得很熟悉，似乎在哪裡聽過，又實在想不起來，也就沒當一回事了。

下山的路上，她和琴兒遇到了幾個惡少，想要侮辱她們，緊急關頭，聽到呼救聲的葉子銘和石冰救了她們。

她的外衣被撕得不成樣子，石冰從馬車裡拿了一件外衫給她披著，卻在她伸出手時突然抓住她的手仔細看了一下她手上的銀鐲子。「姑娘，妳這鐲子！這鐲子是從哪兒來的？」

她隨口答了一句。「我娘給我，自小戴著的。」

「妳娘？她在哪兒？」石冰著急地追問。

她感到很奇怪，不過想到石冰剛剛救了她，還是輕聲答道：「我娘死了，爹和娘都死了。」

石冰突然伸出右手緊緊摟著她。「玉兒，妳不記得我了？我是妳大哥啊！是啊，這麼多年了，大哥也沒認出妳。玉兒，玉兒，妳是怎麼到京城來的？」

她懵了一下，想到剛才聽到的故事，突然靈光一閃，想起當年那個賣鐲子的嬤嬤說的事，這個銀鐲子是那個嬤嬤家裡的小丫鬟尋找哥哥的憑證。

這是老天給她的機會嗎？她瞥見正關心地看著她和石冰的葉子銘，心裡瞬間做了一個決定。

她輕輕推開石冰。「這位大哥，不好意思，五年前，我撞壞了腦袋，之前的事都不記得了，我醒來時這鐲子就套在我的手上，我還緊緊抓著，才想著一定是我娘給我的。救我的小姐說他們遇到我的時候，我被套在一個竹筐子裡，還有，我是在福城的一個山坳裡被人救起的，我想我不是京城人，您應該認錯了。」

石冰大聲哭了起來。「對對對，我們失散的時候就是在福城的那個山坳裡，是我把妳藏進筐子裡的！玉兒、玉兒，妳就是我的妹妹，我們家的銀鐲子是獨一無二的！」

就這樣，她成了石冰失散多年的妹妹，精心地讓石冰「發現」她對葉子銘「暗藏」的深刻愛戀，借著石冰對她的疼愛和葉子銘對石冰的感恩還有愧疚，一步一步地達到嫁入侯府的目的。美中不足的只有兩件事，一是葉子銘竟然受了那麼重的傷，傷及子嗣；二是侯爺夫妻太強硬，還是堅持把陳之柔迎進門，讓她只能退而求其次做妾。不過她對自己很有信心，她相信自己遲早能夠取代陳之柔，那個天真的大小姐哪裡是她的對手？

本來一切都進展得很順利，誰知突然冒出個冷安然，一眼就認出那個手鐲，還對著鐲子吟出一首〈涉江采芙蓉〉。

那天之後，她連續幾日戰戰兢兢，那冷小姐卻沒有動靜。她僥倖地想，應該真的只是巧合。

可是，如果冷小姐六年前確實在平縣莊子上住過，還帶著一個嬤嬤和一個小丫鬟，那就真的不僅僅是巧合了。

冷小姐勢大，她不敢動，為今之計，最好的辦法就是除掉石冰。

安然姊弟生日後沒幾天，便是清平侯夫人的壽辰，安然帶著秋思一起到侯府賀壽。賓客們給侯夫人見禮拜壽後，就三三兩兩地在園子裡聊天，等著開席。

筱蝶穿著一件接近正紅色的石榴紅長裙緊緊跟著葉子銘，葉子銘看見一臉淡漠的陳之柔和正帶著揶揄笑容看過來的冷安然，張嘴想跟筱蝶說什麼，卻終是不忍心說出口。

正在這時，琴兒衝了進來，喘著粗氣。「姨奶奶……大……大舅爺他……他……被劫匪……被……」

筱蝶腳一軟，「跌倒」在葉子銘懷裡，嚎啕大哭起來。「大哥，你不能有事啊！我就你這麼一個親人了，你走了我……」

哭聲戛然而止，門口走進來的正是石冰，雖然衣裳似乎被什麼利器刮破幾處，髮髻也亂了，但確實沒受傷，身上一點血跡都沒有。

「大哥，你、你怎麼沒事？」筱蝶衝口而出，話一出口就發現自己說錯話了。「不，不是，大哥你沒事就好，嚇死我了。」說完狠狠瞪著琴兒怒斥。「大哥他好好的，妳亂嚷嚷什麼？」

琴兒無辜極了。「大舅爺是被劫匪包圍追殺啊，不過被人救了，我話還沒說完呢，姨奶奶就嚇到了。」

石冰趕緊勸道：「是啊，妹妹，妳不要怪琴兒了。今天要不是那兩位好漢出手相救，大哥我這就過不來了。」

「什、什麼人要殺你啊，大哥？他……他們人呢？」筱蝶的面色蒼白，說話聲音都有些顫抖了。

石冰認為自家小妹真的是被他的遇襲嚇壞了，倒也沒有多想。「那幾個人此刻已被捆綁在外頭，我要把他們送去官府，看看到底是誰要我的命。我就是先過來跟你們說一聲，以免你們擔心。子銘，我現在衣裝不整，就不過去給侯夫人見禮了，還請子銘代為賀壽。」

葉子銘忙道：「大哥客氣了，我自是會跟母親說明，您還是先查凶手要緊。」

「不！」筱蝶脫口而出。

「怎麼了，筱蝶，什麼不？」葉子銘奇怪地看著她，今天似乎很反常呢。

「是……是……這樣的，我是覺得今天侯夫人壽辰，這犯官不大好……」筱蝶拉著石冰的右手，放低了聲音。「大哥，侯爺和侯夫人本來就不待見我，如果……唉，大哥，你還是去客房換件衣服，到正廳去賀壽見禮吧。至於那幾個人，既然大哥沒事，不如告誡一下他們，就放了吧，得饒人處且饒人，也算是為嫂子和肚子裡的侄兒結個善緣。」

安然距離他們的位置近，在旁邊看了半天戲，再聽到這一番話，忍不住噗哧一聲笑了出來。「這位姨娘可真是心善啊，真正的以德報怨，可敬可佩。」

「筱蝶妳……」葉子銘被安然說得尷尬極了，他實在沒想到筱蝶會說這樣的話，她大哥可是差一點死在那些劫匪手裡。

卻見石冰目瞪口呆地盯著安然身邊已經淚流滿面的秋思，喃喃道：「娘……不，姑娘，妳……妳叫什麼名字？」

秋思一字一句地答道：「石玉，玉在山而木潤，玉蘊石而山輝。」這兩句詩是她原名「石玉」的出處。這麼多年來，秋思天天都要唸一遍，生怕忘記，還有〈涉江采芙蓉〉。

石冰呆住了，他確信秋思就是真正的玉兒，因為她越大就越像娘了。可是這個筱蝶是誰？鐲子為什麼會在她手上？

「玉兒？妳的銀鐲子？」他愣愣地看著秋思。

安然說道：「六年前我生病沒錢抓藥，無奈之下，秋思把她最寶貝的銀鐲子賣了。石大哥，你現在知道那天我看見那鐲子為什麼會唸那首詩了吧？因為秋思當年總是拿著鐲子吟誦〈涉江采芙蓉〉給她天上的爹娘聽。」

「玉兒，小妹……」石冰向秋思伸出了右手，眼淚奪眶而出。

秋思哭著跑過來，撲進石冰的懷抱。「大哥……大哥！不要怪我，我當年實在是出於無奈才賣鐲子的！夫人救了我，待我恩重如山，小姐一直視我為親姊妹，我……」

「不，玉兒，妳做得沒錯。」石冰單手緊緊摟著秋思。「是大哥糊塗，僅憑鐲子就錯認妹子，我應該記得，妳小時候長得就很像娘了，都怪我認妹心切，想著女大十八變呢。」

「你這話什麼意思？」筱蝶一看情形不對，立時決定倒打一耙，她不能離開侯府，絕對不能！「我當時就說了我忘記以前的事，也不知道自己是誰，是你硬說我是你妹妹，如今倒像是我騙你似的。」

石冰是個實誠人，聽了筱蝶的話覺得好像確實是自己的責任，人家一個沒有親人、忘記前事的小女子本來已經很可憐了，自己可不能雪上加霜。「筱蝶，這確實是我的責任，反正我和玉兒也沒有其他親人，不如認妳作……」

筱蝶正暗自歡喜，石冰的話卻猛然被安然打斷。「石大哥，別急啊，這位林蘭芝小姐既然忘記了前事，我們幫她找回記憶，找到親人不是更好嗎？」

林蘭芝？多少年沒有聽到這個名字了？筱蝶渾身一震，穩住，穩住！這個冷安然到底知道多少？有什麼證據？不能承認，一定不能承認！否則就要被送到西北去充當軍妓，那比怡紅閣可怕多了！

「林蘭芝？冷小姐說的是我嗎？可是我真的不記得小時候的事了，也不知道自己是誰。冷小姐說的這個林蘭芝是什麼人啊？」筱蝶睜著「經典小白花式」大眼睛問道。

安然莞爾一笑。「沒關係，妳的奶娘、舅舅，還有當年救妳的吳小姐都可以幫妳想起來。妳現在要見他們嗎？」

「冷小姐，我與妳無怨無仇！」筱蝶再也控制不住地癱軟下去。

安然聳了聳肩。「我們是沒有什麼直接的仇怨，但妳冒充我們家秋思，欺騙她的大哥，利用石大哥對葉姊夫的恩情，破壞之柔姊姊和葉姊夫的生活，妳已經嚴重危害了我身邊的親朋好友。更可恨的是，石大哥對妳疼愛有加，妳竟然買凶要他的命，妳還是不是人啊？」

「什麼？冷小姐妳說的是真的？今天殺我的那些人是……是……她找的？」石冰真的不敢相信，他對筱蝶那麼好，真心疼愛她，甚至因為她執意要嫁葉子銘而豁出臉去求葉子銘，很沒道義地挾恩求報。

秋思瞭解她大哥的心痛，輕輕摟著石冰的右臂。「是小姐安排人去救你的。」

其實是鍾離浩的人，但在這裡不便說出慶親王的名頭，就歸到小姐身上了，反正慶親王爺也是因為小姐才會幫他們兄妹的。

石冰對著安然深深一鞠躬。「冷小姐，妳們當年救了玉兒，今天又救了我，大恩大德，石冰沒齒難忘。」

安然趕忙扶起他。「石大哥，我跟秋思名為主僕，實為姊妹，你真的不必如此客氣。」說完轉向葉子銘。「姊夫，這個林蘭芝，你打算如何處置？」

葉子銘想也沒想就說道：「她利用手鐲騙人也就算了，竟然敢買凶殺石大哥，把她跟外面那幾個凶手一起送官吧，依律法該怎麼處置就怎麼處置。」

癱坐在地上的筱蝶聽到葉子銘的話，正要嚎哭，被舒安眼明手快地點了啞穴。今天可是清平侯夫人的壽辰，看在陳之柔這個侯府二奶奶的面子上，也不能讓這個自私自利的黑心女子鬧場子不是？

# 第五十五章　被劫

沒幾天，就傳來消息，筱蝶被證實為逃逸官奴，送到西北去了。安然為此糾結了小半個月，她是來自現代的靈魂，沒法接受那種「株連九族」的懲罰制度，父親犯罪，關一個八、九歲的孩子什麼事？如果筱蝶沒有找人殺石冰，安然只是想讓她乖乖地把秋思的身分還給她，讓他們兄妹團聚，還有，讓葉子銘看清筱蝶的真正面目。她，並不想把筱蝶再打回官奴去的。

情緒低落的安然，獨自在夏府靜好苑裡翻看自己的百寶箱。

京城夏府中，安然的院子也用了「靜好苑」這個名字，算是對夏芷雲的一種懷念。在安然看來，自己既然承接了這具身子，她這一世就是夏芷雲的女兒，在泉靈庵的那場法事不就是母女相認的儀式？

「靜好」二字應該是夏芷雲對女兒幸福人生的美好期盼，那麼在他們姊弟的家裡，自己院子的名字，自然得用夏芷雲取的這「靜好」二字。君然的院子，就用了他的字，起名「容若苑」。

君然敲門進來，看見那一本本裝訂整齊的鬼畫符文字，笑道：「姊，這就是番文？」

「是啊。」安然看著那七、八本小冊子，覺得忒有成就感，那都是她的本錢呢。「等你考過了進士，有較多清閒時間了，姊就教你番文。你不是想學那鄭和下西洋，去番邦看看嗎？懂他們的語言才能跟他們交流，有交流，才有進步。」

「好啊，到時候我一定好好學。」對於姊姊會番文，君然從來沒覺得奇怪，在他眼裡，他姊會什麼，似乎都很正常，那個老婆婆一定是來幫助他們姊弟的神仙。

安然近來總不愛說話，不論是在夏府還是在大長公主府，常常都是一個人待著。連小瑾兒都發現了，絞盡腦汁地想逗她笑。

舒安幾個都很不理解，那個筱蝶咎由自取，而且六年前本就應該被發配的，小姐犯得著為她鬱悶嗎？

君然看見桌面的白紙上幾個「蝶」字，不露聲色地說道：「姊，妳跟我說過，這世上不合理的事情很多，但總是有因才有果的。那個筱蝶，她六年前被她父親拖累，『因』是她父親犯錯，『果』是她要被賣作官奴，這對她來說可能確實不大公平，但這是朝廷律法，她父親犯錯的時候就應該想到這種結果的。筱蝶的母親想盡辦法，還用婢女的命換了她的命，讓她逃過一劫，難道那婢女不無辜嗎？這也是一種『因』吧？

「而多年之後，那筱蝶為了保住自己在侯府的身分，竟然買凶謀殺對她視如親妹的石大哥，如果不是浩大哥的人一早盯著，石大哥已經死於非命了，他不無辜嗎？這麼幾個『因』才造成她現在的『果』，與別人沒有任何關係。這也就是世人常說的『因果報應』了。姊姊又何必把這個『因』往自己身上攬呢？至於那律法規定如何處罰，並不是我們能夠影響的。」

果然是姊弟連心，其他人都以為安然是可憐那筱蝶，認為刑罰太重才鬱悶的，只有君然知道，安然難過的是她覺得自己是害筱蝶淪為官奴的「壞人」。

安然眼底的陰鬱和沮喪一點點散去，目光灼灼地看著君然，突然閉上眼睛，猛地又睜開。「是我偏執了，鑽了牛角尖。呵呵，君兒長大了，都能開導姊姊了。」

君然見安然的笑意直達眼底，神色間已經雲開霧散，很是高興。不過，對於那句「長大了」很不服氣。「姊，妳只比我大一小會兒。」

「那也是比你大不是？」安然笑咪咪地一手拉下君然的腦袋，一手在他的前額輕拍一下。「等你九十九歲了，你還得叫我姊，輪不到我叫你哥。」

其實君然經常覺得自己更像哥哥的，他現在都比安然高出一個頭了，不過這是他姊「最憤憤不平」的事，不能提啊不能提，君然心裡暗笑。

「姊，妳前一段時間忙著照顧祖母，這幾天心情又不好，大家都跟著少了很多歡笑。不如我們明天帶瑜兒、瑾兒去清源寺上香，聽說那周圍的風景很美，而且清源寺的梅花總是最早開的。」君然建議道。

「好啊，小瑾兒早就嚷嚷著要出去玩了，去爬爬山也不錯。」安然欣然應允。

君然高興得立刻要出去安排準備，安然笑笑，沒有阻止。她知道，這個出遊計劃肯定是君然和瑜兒、瑾兒早商量好了的，目的就是拉她出去散散心，就讓他們仨張羅去好了。

她繼續整理著她的百寶箱，突然，視線落在了木箱角落的一個錦緞包，想起那是茹兒給她的那本冊子。因為安然對紡紗織布之類一竅不通，當時也沒注意它，只是小心藏好了，後來又接二連三都有事情在忙乎，幾乎忘了這東西。

她小心地打開包著冊子的錦緞，翻開看了看，裡面是織錦的方法以及織機的改良技術。冊子裡記錄有幾十種不同的織法，其中茹兒娘親獨創的織法就有二十多種，最稀奇的是冊子重點介紹了織花色錦緞的方法，有上百種花色呢！

安然不由驚嘆出聲，要知道這個世上還沒有有花紋的面料，都是繡上去的。她不由得暗暗猜想，茹兒一家不會就是因為這本冊子送命的吧？

翻到最後，她突然覺得手感有點不同，摸了又摸，咬牙將最後一頁從最上面小心剪開一條邊，從裡面抽出一張比冊子小一點點的對摺的紙張，翻開一看就跳了起來——英文？

原來茹兒的阿娘也是從現代來的，汶川大地震時穿過來的，在前世是織錦設計師，壯族人，出身織錦世家，從小就會用手工織布機織各種棉、絲、麻布料，去四川考察民間織錦藝術時碰上地震，意外地穿過來了。

她本想發揮專長，提升這個世界的織錦水準，沒承想剛剛織出一種「冰綾」就幾乎要把他們全家置於死地，這才醒悟到，沒有權勢的保護，他們這樣的小戶人家擁有這種才能和技術無異於三歲的孩子擁有千兩黃金。自那以後，她就只把自己的研究記錄下來，織出小樣也馬上燒掉，不再讓它們出現於人前。希望有一天能遇到有一定權勢又有人品的人合作推廣這些新的織錦技術。萬一到她死那天還沒有遇到這個機會，她希望這本冊子能夠落到好人的手裡，能夠讓這本冊子裡的東西豐富大眾的衣裝，裝點人們的生活，而不只是圖謀巨大利益。

安然感慨，自己真是命好，賣菜譜遇上的是薛天磊，賣繡圖和雙面繡碰上的是鄭娘子，後來又有了鍾離浩的各種保護，接著被接進京，有了「大將軍王嫡親外孫女」和「大長公主義孫女」的雙重身分保護，現在還成了縣主……

她捧著織錦冊子暗暗發誓，一定會完成「老鄉」的心願，讓這本冊子發揮最大作用，而不僅僅是謀利的工具，用這本冊子賺來的錢，她會將其中一部分投入慈善事業，幫助那些需要幫助的人，尤其是貧窮人家的女子。

只是安然對紡織行業一竅不通，手工織機只在電視裡看見過，就這本冊子，也只是看花色圖，很多文字說明都理解不了。

如果自己經營的話，對相關知識的毫無所知會讓她心裡沒底。而且大昱最大的織錦商是七彩綢緞莊，而薛天磊是七彩綢緞莊的東家，自己介入這個行業就跟他成了競爭對手，會不會讓薛大哥心有芥蒂？

如果與薛大哥合作，就等於是和薛家合作。自從與雙福樓終止合作那件事後，安然對薛家其他人的誠信就很沒有信心了，連薛大哥自己都被搶功奪權，可見那敬國公也不是個耳清目明的主。

據說薛家眾人還盯上康福來了呢，說什麼沒有分家，薛天磊這個未來掌家人的生意就是薛家的，還說要用公中的錢把康福來的本錢還給薛天磊，把康福來歸入公中。後來薛天磊拿出了契約，說他只占了三成的分子，而且按照契約，即使他要轉讓分額，也只能轉給安然或者黎軒，他們才不甘不願地作罷。

那樣的人家，呃，還是少扯上關係比較好。

罷了，先緩緩，改天聽聽鍾離浩的意見。另外，自己也需要弄一台織機來小小研究一下，最好再找一個懂織布又可靠的人來，安然是一個不容易有安全感的人，從來不做心裡沒底的事。

把冊子重新包好，安然長嘆了一口氣，好不容易遇見一老鄉，卻已經離開了這個世界。

清源寺在城外，坐馬車大約需要一個半時辰，而且只能行到山下，香客和遊客都需要步行登山上去，但這並不影響清源寺成為京城香火最旺的寺廟，聽說大年初一早上的頭三炷香最少都要值三萬兩銀子呢。

也因此，清源寺才能支撐京城最大的收容院——清源堂，專門接收那些流浪無家的孤兒和老人。

清源寺有三奇——無波潭、靜心樹，和無波大師。

無波潭，顧名思義，潭水無波，永遠剔透如鏡。即使你拿竹竿去攪，竹竿所劃之處如鏡之裂痕，只要竿一收起，潭面依然是無波無痕。有人說，那潭底一定藏著什麼寶貝，定住了水，但沒有人敢下去看看，誰也不知道那潭有多深，只知道拿幾根最長的竹竿接在一起都探不到底，而且，那潭水常年冰冷入骨。

靜心樹，也很好理解，能讓人靜心唄。據說，無論你有多煩躁，只要你盤腿坐在那大樹下，閉上眼睛，不出半個時辰就定能心平氣靜。

無波大師，清源寺的第一任住持方丈，誰也不知道他今年幾歲，只知道他任住持時看起來已經是個中年人了。自從卸任住持之職，無波大師不是四處雲遊，就是處於閉關狀態，言稱只見「有緣人」，不過幾十年來，這「有緣人」只有兩位，一是雲祥師太，二是當今皇上鍾離赫，這兩位都曾有幸與無波大師見過一面，也僅一面，至於談了些什麼，除了他們自己，就沒有人知道了。

安然他們爬到清源峰，即清源寺所在的峰頂時，已經過了午時，寺裡早接到通知，為姊弟四人準備了豐富的素齋，丫鬟、侍衛們則輪流到寺裡為香客遊客設置的飯堂用餐。

飯後，幾人由副住持帶領著參觀遊覽，在大殿後院，安然看到了那棵靜心樹。這棵樹的樹幹很粗，估計需近十個成年男子手拉手合圍才能圈住，在這個幾乎所有樹木都只剩枯枝枯葉的季節，靜心樹卻是枝繁葉茂。

安然圍著靜心樹轉了幾圈，看了又看，確定自己真的從來沒有見過這種樹，樹身甚至還散發出一陣陣似有若無的淡淡清香。

安然一時興起，也跑過去學著其他人盤腿坐下。一閉上眼睛，那樹的清香味更明顯地環繞著她，再伴著大殿中傳出來的絲絲佛音，讓她感覺到一縷縷從心底淌出來的靜謐祥和。看來，這淡淡樹香和縈繞耳畔的禪音，就是那靜心的法寶。

這時，一個小沙彌走過來。「這位施主，無波師尊說您不需要這靜心樹助您靜心，如果施主有閒，無波師尊想邀您飲茶。」

安然一愣，無波大師？難道自己也有幸成為那第三位「有緣人」？

周圍的人群也歡騰了，紛紛打聽這位小姑娘是誰，竟然能被那傳說中的無波大師相邀，連副住持都激動了。「小施主，請，讓貧僧送您到師尊的禪院外！」他們這些徒子徒孫，平日都很少有機會到那禪院的。

舒安和舒敏出於慣性，還想跟上，卻被那小沙彌攔住了，剛趕過來的住持大師連忙勸道：「兩位施主請放心，老衲可以以清源寺之名保證這位冷施主的安全，定會毫髮無損地將冷施主帶回。」

桂嬤嬤趕緊拉住舒安和舒敏，無波大師相邀，天大的福分啊！怎麼可能出什麼事？再說了，還從來沒有聽說過誰敢在這清源寺製造事端。

回過神來的安然對舒安二人笑道：「妳們在這兒等我，照顧好瑾兒和瑜兒即可。」然後跟著副住持和小沙彌走了。

無波大師的禪院就是一個很普通的小院，院牆邊的架子上掛著蓑衣斗笠和一些農具，院子裡還有一小塊菜地，若不是檀香縷縷，安然定會以為自己到了某個農家小院。

跟小沙彌進了正屋，迎面的炕上坐了一個青衣僧人，此刻正笑得慈祥。

小沙彌恭敬地說道：「師尊，冷施主到了，弟子告退。」說罷，退出去坐在院子裡翻曬菜乾。

無波大師看上去不過四十五歲左右，滿面紅光，雙眼明澈如燈，連修剪齊整的鬍子都是烏黑的。按照推算，這位傳奇人物少說也有一百幾十歲了吧？那雲祥師太就已是半仙，這位大師不會已經成仙了吧？想到雲祥師太，安然猛然想起她可怕的讀心術，立刻什麼都不敢想了。

果然，一臉慈祥的無波大師開口了。「世上沒有神仙，只有佛法，參透些許佛法的人能把一些事情看得更清楚，就是所謂的『得道之人』。就如老衲此刻能知道妳正在想什麼，也只是從妳的面上表情看出，小施主無須擔憂。來來來，過來品品老衲自己種、自己炒製的茶。」

短短幾句話讓安然的心情一下放鬆，走過去坐下，真的品起茶來。

「茶香悅鼻高爽，茶湯碧綠明澄，入口略苦，飲後口餘甘甜，回味長久，小女子不善茶道，卻也知這是真正難得的好茶，謝謝大師與我分享。」安然很享受縈留在口鼻間的淡淡茶香，笑咪咪地發了一番感慨。

無波大師摸著鬍子點頭道：「種茶之道，在於用心，品茶之道，在於緣法心境。如同人的一生，該怎麼走，該怎麼選擇，講求的也是兩點，一是緣法，二是『心』。不講緣法，謂之強求；不講心，謂之隨波逐流。」
蘊意深刻，就如那茶，讓人回味無窮！無波大師這是要提點她嗎？可她沒有什麼要選擇的呀？而且，她自認一直是個不喜強求的人。那麼，是要她隨心所欲？
無波大師的雙眼深邃，如無波古井，朗聲道：「隨心所欲有時候並不是那麼暢快，甚至更不易，比如，人的心若是分成了幾瓣，妳要隨哪一瓣走？」
「大師是指『兩難』的選擇？」安然若有所思。
「不指什麼。」無波大師又給安然倒了一杯茶。「人若要安然，首先要確定自己的心。有時候世人都以為很瞭解自己的心，卻沒有真正把自己的心看清楚。所以，遇事一定要多問問自己的心。」
談了半天「心」，就在安然感覺越來越糊塗的時候，無波大師開始逐客了。「老衲請施主過來品茶，現在茶也品了，就不再耽擱小施主的時間，下次有緣，再請小施主一起品茶。」說完朝向院子提高了聲音。「無心，送小施主出去。」
安然只好站起來向無波大師告辭，跟著無心出去了。
距離禪院不遠的地方，君然幾人正在等候，瑾兒一見安然就撲了過來。「大姊姊，妳沒回來，我們都沒心思玩了。那位老師尊沒有打妳罵妳吧？」
安然噗哧一笑。「又胡說了，大師好好的怎麼會打罵人呢？」
瑾兒撇了撇嘴，小聲說道：「那位白鬍子的住持大師都那麼老了，還怕那個老師尊，不敢進這個院子呢，所以我想他們的師尊一定很凶。」

眾人一聽，都忍不住掩嘴笑了起來。這裡靠無波大師的禪院太近，不敢喧譁擾了大師清修。

安然也笑著拍了拍瑾兒。「那是敬重，不是害怕。無波大師只是請我品了品他自己種的茶，然後點撥了我一些佛法道理。」

大家都替安然高興，但沒人問具體內容，這個年代的人特別信佛信命信鬼神，何況那是神話般的無波大師，他的教誨豈是人人都能聽得的？

因為按計劃明天才敬香做祈福法事，他們在寺裡遊覽一遍，就出去遊玩了。

清源峰的風景很美，讓人流連忘返，此刻的安然多麼希望手中有一台相機啊！

眾人到處轉轉，天就漸漸黑了下來。

雖然現在天氣寒冷，山上還是會有野獸出沒，安然等人也不敢在外面多逗留，去到不遠處勇明王府的別院休息了。

今天累了一整天，又費了腦子細細思索了無波大師的那幾句話，安然幾乎頭一沾枕就睡著了。正在夢中跟小雪和嬌嬌、大猛玩鬧呢，被一陣急促的吵鬧聲驚醒——

「走水了，走水了！」

安然猛地坐起身。「哪裡起火了？快，快，快去救火！」

舒安喊了一聲。「小姐您不用起來了，是靠近庫房那邊，我們去就成，外面亂糟糟的。」說著就和舒敏衝了出去。

靠近庫房？這個別院的格局與城裡的院子不同，住房都集中在一面，另一面是廚房、庫房、柴房等。

只要不傷到人就行，這別院的庫房應該也沒太多值錢的東西吧？舒安幾人都趕去了，安然也就沒那麼著急，不過還是要起來去看看君然和瑾兒、瑜兒他們。

剛套好外袍，就見一個黑影閃過，接著自己已被點了穴，嘴也被堵上了，再接著，一隻鐵鉗一樣的手臂攬住自己就騰空飛了起來，動作之快，一氣呵成，幾乎就在兩、三秒之內。

安然的腦中一片空白，只能感覺耳邊呼呼的風聲。

自己被綁架了？誰呀？為什麼呀？自己在京城沒得罪誰呀，難道是為錢綁票？

# 第五十六章　救人

大概「飛」了五分鐘的時間，總算落地了，安然這才看到劫持自己的人，可惜看了等於沒看，一身黑色夜行衣，包著黑頭巾黑面巾。

那黑衣人卻是開了口。「冷小姐莫害怕，我們不會傷害您的，迫不得已請您過來，只求小姐救治我們家爺。」

什麼？他說什麼？安然簡直懷疑自己是否幻聽了！她什麼時候成了大夫？

「這位俠士，你是不是搞錯了，我又不懂醫術。你早說的話，我讓我家婢女過來倒還可能幫得了你們，她才懂些醫術的。」

「您不懂醫術？」黑衣人愣了一下，緊接著卻又冷哼一聲。「冷小姐不用推託了，您不懂醫術如何救治慶親王？又如何救了大長公主？」

「你們誤會了，還有，你們怎麼知道我救過慶親王？」安然懷疑地看著黑衣人，他到底是什麼人啊？知道她救鍾離浩的除了劉嬤嬤和秋思，就只有黎軒、南征、馬掌櫃和薛天磊了。

正想再開口，脖子處一陣冰涼，冷冷的劍鋒抵著她的咽喉。「冷小姐，時間不多，若是救不了爺，您也別想活著出去。」

「三號，不得對冷小姐無禮。」又一個黑衣人出現在他們面前。「冷小姐，請您趕快給爺看看，他流了太多血，一直昏迷不醒。」

那個三號沒有移開劍。「請恕小的無禮，趕快進去！若妳救了爺，要殺要剮，小的任憑妳處置，再磨磨蹭蹭，小的只好先殺了妳。」

真是見鬼了！不過憑自己那兩下子跆拳道，對付街頭痞子沒有問題，對付面前這兩個黑衣人？還不夠他們看的，先看過他們家主子，見機行事吧。

安然小心地點了點頭。「帶路吧！」然後梗著脖子小心地往後移。

後來的那個黑衣人「嗳」了一聲，趕緊領著安然朝裡屋走。

一陣濃烈的血腥味撲面而來，安然條件反射地掩住口鼻就想嘔。

黑衣人見了皺了皺眉，這冷小姐就一閨中弱女子，真的懂醫？

屋子正中的床上趴著一個高大的男子，安然鼓起勇氣走近看了看，那人背上的衣服已經被剪開了，還做了簡單的清理，一條至少半尺長、半指深、皮肉都已翻起的傷口赫然入目，傷口處血還在不斷地湧出，衣服、床單全都染紅了。

安然算是明白為什麼自己會被抓來了，可這傷口比鍾離浩那次還要深還要長，自己那蹩腳的縫合可行嗎？

算了，試試吧，這傷口這樣放著，不是流血至死，就是感染發炎而死。看那兩個黑衣人對自己說話的態度，不大像壞人，說不定還是鍾離浩他們的熟人，既然自己都被劫來了，總不能見死不救吧？再說了，他死了自己恐怕也沒得活。還是那句話，死馬當作活馬醫了！

安然伸手到前面探了探傷者的鼻息，雖然微弱，但還是活著的，應該是流血太多昏迷了。「這位爺除了背上這刀傷，還有哪兒受傷嗎？」

黑衣人想了想說道：「嗯，爺的腦袋好像也撞上了岩壁，不知道嚴重不嚴重？」

「這樣吧，他這傷口太深太長，只能先縫上，要不會感染發炎的。你們拿一些烈酒、棉布、縫衣針還有絲線來，棉布放到水裡煮沸，酒越烈越好。對了，還要傷藥。」安然邊檢查那傷口邊吩咐，天哪，這傷口這麼大，能縫起來不？而且，縫好後發起燒來怎麼辦？還是得讓舒敏過來。

安然看向兩個黑衣人。「俠士，這傷口縫合以後，很有可能會發燒……發熱。你們最好讓人把我的大丫鬟舒敏找來，她是神醫黎軒的弟子。」

兩個黑衣人正猶豫，屋角大屏風後面傳出聲音。「三號，你馬上去。二號，你守著爺，看冷小姐有什麼需要，我去安排準備東西。」

這人的聲音怎麼有點耳熟啊？好像哪裡聽過。

就在安然咬著牙縫好傷口，手軟腳軟地癱坐在椅子上，讓那個二號把傷藥厚厚地敷在傷口上包紮起來的時候，舒敏總算到了。

見安然渾身、滿手是血，臉色發青嘴唇發白的樣子，舒敏撲了過來拉起安然上下前後檢查。「小姐小姐，您哪裡受傷了？」

安然連笑的力氣都沒有，微微勾了勾唇角。「我沒事，是那人的血，妳幫他檢查檢查，最好再準備點去熱的藥，傷口是縫合了，我擔心他晚點會發熱。」

舒敏應下，過去給傷者把脈，又檢查了一下，寫了兩個藥方給黑衣人。「這副是內服的傷藥，這副是備用的去熱的藥，都是些常用的藥材，好找。還有這顆是黎軒公子的補血丹，你們想法子讓他嚥下去。現在我要先侍候我們家小姐洗洗，放心，我們不會跑的。」

屏風後那個聲音又傳出來。「隔壁屋子已備好熱水，還有一套乾淨的衣服，請冷小姐將就一下，明日爺醒了，我們就送您回去。」

安然在舒敏的服侍下梳洗一番，換上一身新的薄棉裙，看起來應該是做給丫鬟的衣服，雖然大了些，但挺舒適，最重要的是，這會兒身上沒有了血腥味。

「小姐，您嚇壞了吧？睡一會兒，我守著您。」舒敏扶著此刻腿還在發軟的安然坐到床上。

「還好啦，一回生二回熟，下次有誰再把我綁來在人皮肉上繡花，我一定能繡得很漂亮了。」跟上次比，這次確實好多了，至少沒有嚎啕大哭，竟然還能開起玩笑。她突然想起前世Steven曾經說過——

「Emily，妳太過理智，特別是在處理突發狀況時，理智得讓人覺得有些『狠』。」

也許就因為自己太理智了吧，所以理智成了剩女，安然自嘲地笑了笑。

「君兒他們沒事吧？那個黑衣人怎麼認出妳，把妳抓來的？」

「他們沒事，少爺跑出來了一下，被平勇勸回去了，火勢並不是很大。我們回到屋子發現您不在，但床上留了一張字條，所以沒去驚動少爺他們，正在商量，黑衣人就來了。小姐您不知道，舒全差點被舒安揍了。」

舒敏一邊把安然的頭髮鬆鬆綰起，一邊笑道：「字條上說他是慶親王的朋友，請您去幫忙治病，很快送回來。這附近的別院不多，基本上都是皇家的人，我們三人正商量著分頭出去尋找，又有人用一把匕首將字條釘在我們的桌子上，指名要我跟去，能讓舒安和舒全毫無察覺，我們就知道此人的武功非我們能比，而且他的匕首上有皇家侍衛的標誌。」

「妳是說，他也是位王爺什麼的？」安然瞪大了眼睛。

「應該是的。」舒敏點頭。

門「叩叩叩」地響了，傳來急切的聲音。「冷小姐，爺真的發熱了，很燙啊。」

「快去看看。」安然抓起舒敏的手就出去了，回到那傷者的屋子，只見傷者的臉都燒紅了。

「快，把舒敏開的藥給他灌下去，再找些冰水來，浸了帕子給他敷額頭上。」安然趕緊吩咐那兩個黑衣人。「還有，再找些烈酒來，拿帕子沾了酒搽他脖子兩側、腋下、手心、腳心，反覆搽，不停地搽。」

舒敏給那人扎了幾針，加上兩個黑衣人輪流用酒搽他的身體，折騰了半宿，直到天亮，那人的體溫才降了下來。舒敏把了脈，說應該沒有危險了。

三號黑衣人「噗」地一聲在安然面前跪下。「冷小姐，謝謝您救了爺。小人說過，小人劫了您，對您不敬，要殺要剮，任您處置。」

「你快起來，快起來，你主子沒事就好，我殺你幹……」安然話沒說完，就見門外趕進來兩個人——鍾離浩和黎軒。

安然什麼都沒想就衝上去抱著鍾離浩。「浩哥哥，你怎麼才來，我昨晚都快嚇死了，嗚嗚嗚。」她昨天雖然手軟腳軟，但還沒想哭，此刻一見到鍾離浩，突然千般萬般的委屈和害怕都湧上心頭，不管不顧地大哭了起來。

鍾離浩也顧不上旁邊還有人，緊緊地摟著安然，小聲哄道：「不怕不怕，浩哥哥來了，不怕喔。」小丫頭剛才看見他時臉上的驚喜和依賴讓他真的很受用，又高興又心疼，認識了小丫頭這麼久，還是第一次看到她這麼脆弱的模樣。

等安然伏在鍾離浩懷裡抽噎了半天終於停下來，黎軒已經細細地幫那傷者檢查了一遍，又餵了一顆藥，這才打趣起安然來。「喲，原來我們的小然兒也會哭啊，那麼深那麼長的傷口妳都縫得下去，黎軒哥哥以為妳很享受在人皮上繡花呢。」

「討厭。」安然這才發現自己還伏在鍾離浩懷裡，很不好意思地掙開鍾離浩的手站好了。

鍾離浩寵溺地拍了拍她的腦袋，看到跪在地上的三號，問道：「怎麼回事？」

舒敏把昨晚的事簡單說了一遍，鍾離浩臉上立刻換了戾色，抓起三號就衝出門去。安然他們趕出去的時候，鍾離浩正對著三號拳打腳踢，三號卻是不敢還手，生生受著。

「浩哥哥，你快住手！」這樣打下去非出人命不可，安然衝上去想攔住鍾離浩，鍾離浩見安然衝過來的時候就停手了，生怕不小心傷到她。

安然扶起三號，責怪地看向鍾離浩。「這位俠士只是救主心切，他也沒對我怎樣。將心比心，換作是我受傷，舒安他們說不定做得更狠。」

三號是個硬漢子，被鍾離浩打個半死都沒哼一下，此刻聽到安然的話卻忍不住哽咽了。「冷小姐，謝謝您，是小的冒犯，王爺打死小的也是應該的。」

安然和舒敏回到別院的時候，瑾兒很不高興地嘟著嘴。「大姊姊自己去看日出也不喊上我們。」

安然笑道：「是誰最愛睡懶覺，叫都叫不起的？不過現在天也太冷了，等暖和的時候，有機會再帶你們去看日出。」

瑾兒這才訕訕地閉了嘴，乖乖地跟著上香祈福。

回城的時候，心疼姊姊「為了早起看日出」而頂著黑眼圈，君然把安然趕到屏風後面的床上睡覺去了，自己帶著瑾兒、瑜兒悄聲玩五子棋。

回到大長公主府，安然心情很好，若不是第二天一早發現舒安、舒敏以及被她從暗處叫出來的舒全全都「一瘸一拐」，她幾乎已經忘記了被脅迫救人的事。想都不用想，這三人肯定又都被鍾離浩罰了，這人怎麼這麼暴力、喜歡罰人的？

「浩哥哥打你們板子了？下次他再罰你們，你們就偷偷讓人告訴我。」安然從黎軒給的藥盒子裡找出上好的傷藥分給三人。

「本是我們失職，王爺不罰我們，我們自己也要請罰的。」聽說劫持小姐的那個黑衣人被王爺揍得直接趴床上了，沒有十天半個月甭想站起來，他們仨只是一人挨了二十板子，已經要偷笑了好不好？

「下次？絕對沒有下次了！以後就算天塌下來，我們三人也不敢全離了小姐身邊。」舒敏嚇得直搖頭。王爺可是說了，有一有二不可再有三，若再有一次，就另外派人來把他們仨全換了。

舒全沒有開口，心裡一萬個認同舒敏的話，他可不想離開這麼好的主子，但是王爺說話從來、絕對算數的，他可不敢有「下次」。

安然無奈地搖了搖頭。「今天都在府裡不會有事的，舒全你也去自個兒屋裡休息一下，你們仨輪流休息，老是動來動去的傷口好得慢，哪天我要出門你們也不方便不是？」不這樣說他們不會乖乖去休息。雖說自己拿著他們的身契，才是他們的主子，可是鍾離浩要罰他們她也擋不住，不小心還會連累他們被罰得更重，上次逛青樓就是個實例。

顧慮到舒安三人的傷，安然硬是在大長公主府裡憋了幾日沒出門，何管家只好到大長公主府來回事，順便拉來了兩大筐土豆、紅薯和辣椒。

「總共送來十車呢，昌伯的信中說，他們留了做種用的量，又跟李掌櫃他們商量留了一部分給福城店鋪用，其他的都送來了。」何管家樂呵呵地說道。

安然看見那火紅的辣椒就想嚥口水，麻辣火鍋啊，水煮活魚啊……

何管家見著他家小姐兩眼發亮，就知道他們很快又會有好東西吃了，哈哈，跟著小姐，自己也越來越饞了。

「這些東西府裡留兩筐，我外祖父府上送兩筐，浩哥哥、黎軒哥哥和薛大哥那裡各送一筐，之柔姊姊也送一筐，再留一車送到水叔莊子上做種，其他藏地窖裡，供紅紅火火用。」安然大致分配了一下，京城郊外添置的莊子很大，現在由水伯的弟弟水叔打理。

「對了，何管家，你幫我找一位會擺弄織機、會織布的人來，重要的是人要可靠。」這件事安然尋思了幾天，還是要自己先瞭解一些基本知識，然後，要有一個可靠的人在身邊做技術開發。

何管家笑了。「不用找，小端她娘就織得不錯。她不是家生子，從小跟著她母親和姊姊織布賣，後來她爹嗜賭被人打死，家裡欠下大筆賭債，她才自賣進府做奴婢的。」

安然驚喜道：「真的？林嬤嬤會織布，那就太好了！」何管家一家深得安然信任，如果是林嬤嬤會，她還真能放手讓她研究那冊子。

於是立刻讓人找來了林嬤嬤，三人關在安然的書房裡談冊子的事，當然隱瞞了茹兒阿娘的身分，只是說她有織布天分，同時安然也想聽聽何管家夫妻對她介入織布行業的意見。

何管家心裡直嘆道：「好人有好報！」他們家小姐人好心善，必然是個有福分的，才能有一個神秘的婆婆傳授那麼多技能，如今又有了如此珍貴的織布冊子，難怪無波大師都請小姐品茶。

他按捺住激動的心緒，沈思了一會兒才開口。「小姐，我覺得您顧慮得對，這事不能跟薛家合作。別說薛大少爺現在還不是掌家，就算是了，他們那個大家族那麼多唯利是圖、不講誠信的人，也是個麻煩。何況您還想拿出部分盈利做善事，那些人哪會同意？您不如跟慶親王爺合作呢。如果小姐覺得對薛大少爺不好意思，到時候可以劃一些區域供貨給七彩綢緞莊，給他成本價就好。」

安然不得不感慨何管家的處事能力和周到，這個想法和她不謀而合。

林嬤嬤很願意為安然做那個什麼「技術開發」，但她提出只做一段時間，邊做邊教習培養幾個可靠的人，她的主要精力還是要放在君然身上。

何管家笑道：「小姐您就成全她吧！少爺可是她的命根子，您不知道，她睡覺都會夢見少爺考上狀元，然後一個人坐那兒傻樂。」

安然卻是知道，林嬤嬤不願意全心做織布這塊，一方面是因為真心疼愛君然，另一方面卻是不想「太攬權」。之前安然有心讓她做內管家，她就不願意，說是何管家已經總管了府內外諸事，她不適合再做大管事，何況現在說的是個明顯盈利產業的重要位置？

安然瞭解這夫妻倆的倔拗脾氣，也不堅持，有林嬤嬤在君然身邊她也放心不是？而且她最近幾日正忙著張羅給薛天磊的成親禮呢。

至於準新郎薛天磊，他幾乎是拖到不能再拖才回京城的，再不然，敬國公就要派人押他回來了。

一回府，聽薛瑩說了安然被賜封為縣主和有緣見到無波大師的事，疲憊的臉上立刻洋溢起溫暖的笑意和淡淡的驕傲，那個女子總是能不斷給人驚喜，她是那樣美好，值得更大的福分。

坐在遠處看兩兄妹談話的國公夫人見到兒子的神色變化，心裡暗道——「兒啊，就算娘豁出去做一回遭天譴的事，也定要讓你如了願。」

只要兒子快樂，她不怕報應。何況，那樣一個聰慧有福氣的女子，不但是兒子的心頭寶，還會是兒子的福星，定能助他一臂之力。

# 第五十七章 心冷，心驚

薛天磊到家的第三天，就與安然姊弟、鍾離浩和黎軒相約在了紅紅火火。他們第一個品嚐了讓人吃得滿頭冒汗卻直呼過癮的麻辣火鍋。

鍾離浩指著花椒道：「難怪妳那日看到這東西那麼驚喜，沒想到花椒還能調味做菜，還這麼好吃。」

「那是自然，也不看看是經誰之手？」安然很臭屁地揚了揚腦袋。

鍾離浩輕輕拍了拍她的髮髻，一臉的寵溺。「是是是，我們然然就是美食小仙女。」若是別人這樣說話，安然肯定雞皮疙瘩掉了一地，可是鍾離浩這樣說，卻讓安然很得意。這個冰塊是不會奉承人的，可不就是大實話？看他剛才吃得一臉滿意愜意的樣子就知道了，他那鍋裡可是素菜，不過麻辣火鍋裡即使素菜也是好吃得不得了。

至於鍾離浩不知道從哪天開始稱呼她為「然然」的，她倒沒太在意，黎軒也是稱呼她為「然兒」的嘛。

薛天磊卻是被這一幕和兩人臉上的表情刺得……眼睛疼。雖然，他再三告誡自己這很不應該，雖然他知道自己馬上就要成親了，已經永遠失去了嫉妒的資格……可是，他就是控制不住地心疼，控制不住地難受。

他甚至想，只要安然對自己也有這樣的心思，他願意為她放棄一切，遠走天涯。

但他又看得那樣清楚，安然對鍾離浩，終究是和對別人不一樣的，即使她自己也許還沒發覺。

「咳咳。」黎軒挺身而出，打破了這詭異的氣氛。「天磊，七彩綢緞莊的生意怎樣了？你這次去了雲州那麼久，有沒有什麼收穫？」

「呵呵，平均售賣額還是增加了兩成，整個盈利總額還沒結算出來，不過我估測了一下，應該比去年至少增加一成，當然了，跟以前繁盛的時候還是沒法比。」薛天磊對在座幾位沒有絲毫隱瞞。

「已經很不錯了，你做生意的功力還真是無人可及。」鍾離浩讚道，七彩綢緞莊那麼龐大一個爛攤子，又是多年累積下來的問題，專門清理人事、尋找癥結就要花不少時間。

「誰說的？」薛天磊呵呵笑道：「我們的小財神可不比我強？安然可是給了我不少好點子呢。那個樣品冊和色卡的使用，讓我們節省了多少人力、物力和時間，那個……嗯……按安然的說法……就是市場反應快多了。」

「薛大哥你就甭謙虛了，我那都是簡單的想法隨口提提，也要你能把這些想法落到實處，而且用得恰到好處才行啊。你不知道有一句話叫作說得容易做起來難嗎？」安然是真的很佩服薛天磊，這個人根本就是商業天才，不需要上哈佛讀MBA的。

「行了行了，你們兩個都是財神好不好，別互相客氣了。天磊你還沒說雲州此行如何呢。」黎軒打趣之後繼續追問，他知道七彩綢緞莊能否重新振興對薛天磊有多重要。

「倒是找到一種稀罕的面料，可惜只有不到十足，跟那冰綾是同一個人織出來的。現在那人死了，家裡也被大火燒光，沒有人知道這兩種面料的織法。對了，你們知道那家人是誰嗎？就是收養瑾兒五年的那家。我查了很久，那一家人的死跟薛天其恐怕脫不了關係。他們先是逼那婦人交出冰綾的織法，後來又想劫持那婦人，還放火謀害那婦人的家人，結果那婦人衝進大火中一起被燒死了，只有一個女兒帶著瑾兒不知道怎麼逃過了那劫。大長公主的人已經把那幾個直接凶手處死了，估計也查到了薛天其，只是沒有證據能證明是薛天其指使的。」薛天磊鬱悶地搖了搖頭，他最看不上那些做生意違背良心不擇手段的人，偏偏，這人就出在他們薛家。

「你們薛家真是造孽！」君然憤憤地哼了一聲，茹兒一家可是瑾兒的救命恩人呢，還有養育之恩。話剛說完就感覺手臂上被安然擰了一下，頓然醒悟。「薛……薛大哥，我不是說你，你跟他們不一樣的。」

薛天磊苦笑。「君然不必解釋，你說得沒錯，這件事確實是薛家造的孽，也就是沒有直接證據，否則大長公主早晚掄著飛鳳鞭上門了。」

安然心裡也是氣憤，幸好自己就沒打算跟薛家的七彩綢緞莊合作，否則豈不是讓老鄉含恨九泉？沒有證據？沒有證據就能讓那薛天其瀟瀟灑灑地置身事外嗎？

「薛大哥，如果我有那冰綾的織法呢，你會怎麼做？」安然突然問道，同桌四個男人都愣住了，對啊，茹兒死前，安然可是見過她的。

「安然的意思是，妳不會願意把那織法給我們薛家的。」薛天磊自嘲地笑了下。

安然搖了搖頭。「不是我不願意，是我怕那茹兒一家死不瞑目，怕瑾兒長大了怨我，而且，大長公主祖母知道了也不會同意的。」

薛天磊知道這怨不得安然，安然說的在理，可是他真的很希望能夠得到冰綾的織法，而且，安然既然知道冰綾的織法，也應該有那另一種「暖緞」的織法。七彩綢緞莊已經很多年沒有推出新品了，那冰綾也只賣了一批，量還極少。

七彩綢緞莊是他們薛家起家的根基產業，對薛家有著不同的意義。因此，即使如今它已不是薛家最掙錢的生意，卻也還是敬國公和族長宗老們最重視的產業，那就是薛家在商場上的根。

可是，他瞭解安然，他也開不了口。還是，先放放再說吧。

安然也覺得再就這個話題說下去會讓氣氛太僵了，畢竟薛天磊是薛家未來的掌家，是七彩綢緞莊的東家，而那謀奪織法害人性命的事，真的與他無關。

「三位兄長，我有一個計劃要跟你們說呢！」安然笑道。「京城麗繡坊開業的時候，我們會在麗繡坊設一個學堂，教習基礎雙面繡，已經發信函到各大繡坊，只要他們願意，都可以派一至兩人來學，只需支付一人三百兩的學費，但是路費食宿要由各繡坊自己負責。」

薛天磊和黎軒都難以置信地瞪大了眼睛，畢竟那可是麗繡坊的鎮店絕活！

君然沒有半點驚訝，他是早就知道了，信函還是他和許先生斟酌著寫的。

鍾離浩雖然吃驚，但更多的是心疼，小丫頭一向敏感自保，她不會是擔心自己像茹兒一家那樣被人迫害吧？「然然，有我在呢，沒人動得了妳的。」

雖然是誤會，鍾離浩的話還是讓安然很感動，其實，自從一年前那次救了鍾離浩，自己就一直處在他的保護之下。「不是的，浩哥哥你誤會了。雙面繡只是一種技巧而已，繡品好不好還需要其他技巧配合，就好比，很多人都學過孫子兵法，但不是人人都能當將軍，都能打勝仗的。再說了，只要是人做出來的東西，早晚也會有其他人能做出來。而且雙面繡費功夫費時間，麗繡坊滿足不了那麼大的需求量，不如讓其他商家分享一些，也免得讓人嫉恨，我們還賣個人情。」

其他四人都沒有吭聲，靜靜地聽著，若有所思。

安然喝了一口菊花茶，繼續說道：「我也希望讓大家感受一種良性的競爭模式，同行的商家之間並不一定非得你死我活，也可以互相交流學習，互相督促，讓整個行業一起進步。至於麗繡坊的鎮店絕活，你們放心，自然還是有的。」

鄭娘子就絕對相信安然有那個能力讓麗繡坊保持「突出」，所以毫不猶豫地支持安然的決定，上次田老爺陷害她的事也讓她認識到吃獨食的危險。

黎軒長嘆一口氣。「我們幾個大男人，心胸還不如然兒寬廣。我師父很早就教導我，醫術要能為大多數人的生命和健康發揮作用才有意義，藏著掖著不如不學。」

鍾離浩驕傲地看著安然，他的小丫頭，總是那麼的不同。

「黎軒哥哥過譽了。」安然呵呵笑道：「我這麼做也有我的私心，我一個小女子也許不需要什麼心胸和魄力，但我希望我的品牌，無論是麗繡坊、美麗花園還是紅紅火火或者康福來，在行業中不僅僅是暴發戶，還都是『肚裡能撐船』的宰相，不但能憑能力讓人心服口服，還能憑道義德行贏得敬重。」

薛天磊細細品味著安然的話，他們薛家，已經沒有了先祖的氣魄，無論是生意的發展還是家族子弟的培養，都一代不如一代，如今，他們薛家，除了是「太后的娘家」之外，還有什麼是能讓人敬重的？

一直到離開「紅紅火火」，回到敬國公府，薛天磊都在想著這個問題。讓他沒想到的是，他難得一見的父親竟然有空坐在他的書房等他。

「這大半天去哪兒了？千請萬請才回京來，太后娘娘那兒還沒去請安，客人名冊不去看，家裡的生意不去關心，你成天在忙什麼？」

薛天磊見慣了國公爺的這副姿態，渾不在意。「太后姑母那裡已經遞了牌子，明日進宮請安。客人名冊不是由您親自把關嗎？我又何須多此一舉？至於生意，七彩綢緞莊有什麼問題嗎？雖然具體數目還沒結算出來，應該不會比前幾年差吧？」

「薛家的生意就綢緞莊嗎？你回來去過雙福樓沒有？」提到雙福樓國公爺就生氣，天其說客人都被「紅紅火火」和「康福來」分走了。

薛天磊似笑非笑地看著自己的父親。「不是您讓我不要過問雙福樓的事，說要給大哥足夠的空間嗎？」年初薛天其剛接手雙福樓的時候，他看不過去提了一些意見，結果薛天其跑到國公爺那裡撂挑子，說薛天磊瞧不上他，國公爺為此找薛天磊責罵了一頓，說雙福樓不是離開他就不行。

「你！」國公爺硬是從兒子臉上讀出了譏諷之意，氣結之下卻說不出話來，那話確實是他親口說的，他還說過薛天磊離開雙福樓，生意一樣會很好。他是真的沒有想到啊，薛天其接手後雙福樓的生意會掉得那麼厲害。

國公爺沈默了一會兒，看著垂下眼眸淡然喝茶的薛天磊，心裡有種說不清的感覺。薛天磊是他唯一的嫡子，自小聰慧，三歲會簡單算術，七歲會看帳，十歲時用自己積攢的例銀獨自同一個番人做了一筆生意，然後用所得的銀子低價搗鼓來一個位置很好的鋪面。

這個嫡子無論是身分還是能力，都是不容置疑的未來掌家人人選，也必定是未來的敬國公，這一點他從來沒有猶豫過。他也知道薛天其和青姨娘可能有些非分之想，然而雖然偏寵他們他卻不會在這一點上犯糊塗，何況上面還有太后娘娘盯著，他想犯糊塗也辦不到。嫡庶有別，就是在能力上，薛天磊也要比薛天其高出一大截，他還不想百年之後沒臉去見薛家列祖列宗。

可是，薛天其畢竟是長子，他們母子四人沒名沒分地在府外那麼多年，他覺得虧欠他們。所以他偏著薛天其，想多給他一些機會，讓他在薛家站穩了腳跟，那樣，即使以後自己不在了，薛天磊也不能虧待了他。

「你去跟冷小姐談談，雙福樓願意重新跟她合作。」國公爺終於開口。

薛天磊心裡冷笑，這才是他等在這裡的目的吧。「換作您是她，您願意再跟雙福樓合作嗎？她自己那麼多生意都忙不過來，還真不稀罕這點銀子。還有，您應該已經知道瑾兒小王爺養父母一家的死跟薛家脫不了干係，大長公主也不可能讓安然跟大哥合作的。」

「那家人的死跟天其沒有直接關係！」敬國公怒吼著站了起來。「薛天磊，你是薛家人，你這樣說話，配做薛家的掌家嗎？」

「不配！您趕緊考慮其他人選吧。」薛天磊繼續悠哉地喝茶。這個父親，近十年來跟他之間有限的幾次對話，不是為了薛天其，就是指責他不配做掌家，他還真心不願意做那個什麼掌家呢，不過他每次都忍下了，今天卻不知為什麼，突然煩了，不想忍了，他覺得好累。

「你，你這個孽子……」敬國公指著薛天磊的手都在發抖，瞪大的眼睛，猛然發現薛天磊臉上的疲乏和不耐。不耐？他突然想起太后娘娘的話。「天磊那樣一個好孩子，你不要最終讓他冷了心才好。」

不耐，冷了心，不耐，冷了心……國公爺突然煩躁起來，也顧不上發火了，重重「哼」了一聲，甩袖而去。

鍾離浩從紅紅火火回府，也有人候著，是皇上身邊的福公公來請他進宮。

路上，福公公一臉擔憂地說道：「皇上自從那天在大長公主府醒來後，除了上朝，其他時間總是一個人發呆，倒是宣了德妃娘娘一回，也沒說話，就那麼看了她一會兒便讓她離開了，還宣了音美人幾回，都是讓她唱曲兒，只聽那首〈茉莉花〉。對了，還讓我指派人出宮去買了不少百香居的點心。」

不知道為什麼，鍾離浩的心突然很不安，不知是擔心皇上的身體，還是為了別的什麼？

到了御書房，鍾離赫正閉著眼睛坐靠在榻上，後背墊了鬆軟的棉花大靠枕。

許是聽見動靜，鍾離赫睜開眼睛。「冰塊，你來啦？坐。」視線落在了鍾離浩腰間的天青色繡茉莉荷包，那枝茉莉很是眼熟，前世他的助理Emily辦公轉椅上放著的靠枕就繡著這樣一枝茉莉花。五朵花，三個花蕾，九片葉子，連數目都一樣，Emily最喜歡的數字就是三、五、九。

鍾離浩見皇上半天沒有反應，只是直直盯著自己的荷包發呆，更離奇的是連眼眶都紅了，他心裡的不安越發強烈。「皇兄，您怎麼了？您的傷好些了嗎？」

「哦，沒事，沒事，黎軒的藥好，朕的傷已經好多了，明天就可以拆線了。」鍾離赫的眼睛突然一亮。「對了，這傷口是冷小姐縫的，是……是不是要找她來拆線比較好？」

「不用！」鍾離浩脫口而出，好像慢一步就會被人搶走了他的至寶。「小丫頭不懂醫術，上次臣弟胸前的傷口也是黎軒拆線的，還要做些檢查、上藥之類，小丫頭不會。」

鍾離赫深深看了鍾離浩一眼，他知道鍾離浩對安然的感情，自然也看出他此時在防備自己。「這樣啊？那還是得讓黎軒來了。冰塊，你認識冷小姐一年多了，有沒有覺得她跟別人很不一樣？她從小就是這樣的嗎？」

「小丫頭是比一般人聰明些，其他也沒什麼跟別人不一樣的，您是沒看到她在莊子裡被人欺負的樣子。」鍾離浩急急回答，心想皇兄不會是覺得小丫頭太聰明像妖孽吧？宮裡的妃子們鬥來鬥去，最喜歡用些『妖孽附體』之類的惡毒招數誣衊他人。不過皇兄如果只是好奇這個，他倒還放心些。「至於小時候，聽說丫頭小時候比較孤僻冷淡，不愛說話。去年夏天的時候她去河裡抓魚撞到頭，昏迷了一天一夜，醒過來後想通了要勇敢面對現實，改善自己的生活，她娘又託夢給她，後來就開始有了很大變化。」

「這些都是冷小姐跟你說的嗎？還是你自己猜測的？」鍾離赫心裡幾乎確定了安然就是穿越的，而且極大可能就是Emily，前世那個冷助，冷安然。

鍾離浩點頭。「是我們聊天時小丫頭自己說的，黎軒和天磊也都在場。」

鍾離赫又問了一些安然的日常生活習慣，鍾離浩不敢隱瞞，知道的就老老實實回答了，畢竟隱瞞也沒用，皇上想要知道點什麼還不容易？

最後，他忍不住問出口。「皇兄，你不會真懷疑小丫頭是妖孽什麼的吧？」

鍾離赫一愣，嗯，這好像也是個不錯的藉口。「沒有那麼嚴重，只是覺得她小小年紀太聰慧些了吧？又會設計衣服，又會雙面繡，還有什麼菜譜之類的一大堆。好了，你回吧，朕乏了，要睡會兒。」

鍾離浩還想張嘴，看到皇上已經閉了眼睛，只好退了出去。

門一關上，鍾離赫就睜開了眼，心裡抑制不住地激動，真的是Emily嗎？她在那個世界發生了什麼事？為什麼也到了這裡？還同名同姓，太巧了吧？難道是老天可憐他前世感情不如意，至死都沒再見到Emily，才把她也送這裡來了？

前世，Emily離開後，他才知道自己對Emily的感情早已超過自己的想像，他早已不可救藥地愛上了她。他會在下班、其他人都離開辦公室之後，獨自一人坐在Emily的座位上回憶著她的一顰一笑，以及她辭職時他們之間的對話，他瘋狂地想要見她。

可是Emily離開公司後，手機就一直都處於關機狀態，很快，就聽說她已經離開了這座城市，連公司裡關係最好的幾個同事都沒有她的聯繫方式。

他知道，她是想徹徹底底地與他撇清，不論曾經是有、還是沒有的感情。所有的一切就像是一場夢，一場一睜開眼就一切成空的夢。

他逼著自己冷靜下來，逼著自己不再去想她。他們都是理智的人，理智永遠擺在情感的前面。他有女兒，馬上就要參加大學升學考試，他有他的責任，還有道義。他必須，也只能把她深深地埋於心底。

有時候他很後悔，那時要是沒有情不自禁寫下那字條，他們是不是依舊可以隔著一層窗紙日日相對？他為什麼要衝動地去捅破了那層紙？就因為聽到一個客戶說要對Emily展開追求，忍不住吃醋了？

生活。

就這樣，他壓抑著自己的情感和思念度過了四年，女兒也大學畢業留在美國有了自己的生活。

一次偶然，一個在深圳的客戶說起了Emily，原來她也在深圳，而且依然單身。他久久壓抑的情感一下噴發，再也收不住，當時就要打電話訂機票。電話接通，他卻放下了，就算現在去找到她，他要說什麼？要準備做什麼？她之前不能接受的，現在依舊不能接受，他必須先解決這些問題。

他與妻女進行了一次開誠布公的談話，沒想到，剛開口，妻子就淚如泉湧。「你終於開口了。」

離婚比他想像的順利，妻子跟女兒去了美國，而且，堅持只要一半財產，不同意他的「淨身出戶」。

他沒買到當天的機票，直接開車從廈門到深圳，後車廂裡是九百九十九朵玫瑰。他要在第二日早上出現在她的面前，因為，那日是她的生日。

不幸的是，才上高速公路就出了車禍，他來到了大昱。

醒來的時候他的腦海裡只有大昱太子鍾離赫的記憶，以及一種記憶缺失的不安。只要他去想那「缺失的記憶」，被堵住的腦袋就會脹疼，直到在清源峰上遇刺，腦袋撞上了山崖，才一下疏通了。

# 第五十八章　父親心思

安然很忙啊，事業日漸壯大，讓她的心很踏實，大長公主的身體一日好過一日，安然更是卯足了勁，每日換著花樣給大長公主做各種美味又對她身體有補益的膳食。

大長公主府和勇明王府的天又藍了，每日裡洋溢著愉悅溫暖的笑聲。

這日，安然接到冷弘宇遞的信，說冷家新購置的宅子已經整修好了，問安然什麼時候過去挑選院子，另外，冷弘文一行已經出發，月底就會到京城了。

安然對冷府的宅院沒有一點興趣，不過桂嬤嬤說得對，她未出閣前大部分時間還是要住在冷府的，挑一個讓自己舒適一些的院子也是應該。

想著想著，安然突然呵呵笑了起來。

冬念好奇地問道：「小姐，您想到什麼了，這麼高興？」

「呵呵，沒什麼，只是覺得我比兔子還滑溜了。」安然狡黠地眨著眼睛。「人都說『狡兔三窟』，妳們瞧啊，大長公主府這兒我有一個院子，我們自個兒的夏府裡也有我的院子，還有外祖父府裡的怡心院，現在再加上冷府裡一個，我在京城裡都四窟了，可不是比狡兔還多一窟？」

舒敏「噗哧」一笑。「小姐啊，照您這麼比方，我們這些人跟著小姐您過來過去，可不都成了一窩兔子了。」

大家哄然笑成一片，正好大管家來給安然送帳冊，也被笑聲感染，心裡感慨——主子說得不錯，這安然小姐就是主子的福星、郭家的福星，有安然小姐在，大長公主府裡就有了生氣。如果不是安然小姐趕回京城，現在……他真是不敢想。

比起安然的好心情，剛離開福城不久、正坐在馬車上的冷弘文卻是萬般滋味上心頭。

他盼了那麼多年，現在總算如願地升職回京，而這，還是託了那個被他冷落多年的女兒安然之福。

自從安然回京，每一次傳來的消息都讓他驚喜，真正的且喜且驚，甚至驚大於喜。

先是知道了生意火爆的紅紅火火背後的神秘東家竟然是安然和慶親王，同樣客似雲來的康福來也是安然跟薛天磊還有毒公子黎軒合作的。再接著，證實了名動南北名媛貴婦的美麗花園，還是安然和慶親王爺合作的。

難怪慶親王爺會幫他說情……

那麼，當時弄走那帳冊的人、威脅秦家的人，還有舒安和舒敏的前主子，到底是慶親王還是薛大少爺？

安然那丫頭到底是怎麼認識這一個又一個的貴人？她那些本事又是誰教的？

那麼多生意興隆的店鋪，安然現在該有多少銀子啊？想到安菊成親唱嫁妝那日，鄭娘子替安然來添妝，出手就是一間鋪子一個莊子，外加六套金、玉頭面，六套美麗花園的衣裙，讓到場之人無不驚嘆，這可比冷府出的嫁妝值錢太多了。

之前還曾經有過安然苛待庶出姊妹的傳聞，不是說她把庶姊腦門砸出血所以才被趕到莊子上去的嗎？可是，能給一個庶妹這麼大手筆添妝的嫡姊，這大昱朝還沒有過吧？

冷弘文和冷老夫人還有謝氏不但萬分尷尬，還心疼！那莊子都是肥田啊！那鋪子可是在鬧市旺區！那些頭面都是實打實的分量十足啊！給冷安菊那麼一個上不了檯面的庶女豈不浪費？她嫁的還是一個傻子呢！

再說了，就算要給，也經他們的手給嘛，這樣不是打他們的臉？

氣憤完了，他們又感慨，安然究竟有多少錢財啊？想想心都抽疼。

到現在，冷弘文似乎不得不相信很早以前雲祥師太說的話，安然是個福澤深厚的孩子。他後悔啊，那時怎麼會受林雨蘭那個賤人的挑撥，認為是雲祥師太為了夏芷雲胡謅的？

如若不然，他也不會忽視了安然，不會把她丟到莊子上不聞不問，更不會任憑林雨蘭苛待她，那麼如今，安然的福氣和能力可不都是他這個親生父親的福運？

更可恨的是，林雨蘭那個賤人讓他失去了唯一的嫡子。

在他獨自悔恨交加的時候，又傳來了更勁爆的消息。

冷弘宇來信說安然此次回京救了大長公主，還把治肺癆的秘方獻給朝廷，在及笄那日更被賜封為縣主，宮裡各大主子都賞了豐厚的賀禮。冷弘宇夫妻被請進大長公主府主持安然的笄禮，字裡行間都是與有榮焉的驕傲，讓冷弘文看了又驚喜又嫉妒，那樣風光的場合本應該是他這個親爹的舞臺。

冷弘文閉著眼睛獨自思量，坐在一旁的謝氏也是若有所思，她剛剛收到德妃娘娘的飛鴿傳書，正在想著怎麼跟冷弘文說。

「老爺，想什麼呢？德妃娘娘有消息傳來呢。」謝氏的右手覆在冷弘文交握於腿上的雙手。

「哦？」冷弘文睜開眼，把謝氏的小手包在自己的雙掌間輕輕揉捏，他真是愛極了謝氏柔嫩如青蔥少女的肌膚。「德妃娘娘有什麼吩咐？」

「娘娘是要恭喜老爺呢，聽說那清源寺的無波大師親自請我們家然兒飲茶，現在整個京城裡都在傳這件事，這也是我們冷家的福分呢。」謝氏一副慈母的姿態。「老爺，妾身也要恭喜您了。」

冷弘文大喜。「哈哈，同喜同喜，妳也是然兒的母親啊！哈哈哈哈……」無波大師欸，閉關至今只有雲祥師太和當今皇上有緣見過呢！

謝氏笑道：「可不？妾身可是幾世修來的福氣，才能嫁與老爺這樣好的相公，才能有然兒這樣既聰慧懂事又福澤深厚的女兒。老爺，德妃娘娘可是相中了我們然兒，想聘作二皇子妃呢！」

二皇子妃？冷弘文心裡咯噔一下。「娘娘是要請旨賜婚嗎？」

謝氏搖搖頭。「這事還得老爺多費心了，皇上一向敬重大長公主，如果娘娘請旨賜婚，皇上勢必要問大長公主的意見，那大長公主不知為什麼一直不喜歡德妃娘娘，娘娘怕她不同意。」

冷弘文心頭暗自一鬆，笑道：「娘娘都擔心大長公主不同意，我能有什麼辦法？大長公主可是早就警告過我，然兒的親事由她作主，何況現在然兒是縣主，按照律法她的親事我也是無權決定的了。」

早在他和謝氏成親的時候，秦大人就委婉提醒過他，千萬不要太早站隊。他冷弘文也不是個笨人，當今皇上才三十六歲，而且身體健康得很，再說了，雖然皇上這幾年獨寵德妃娘娘，但對皇后還是一直敬重有加，大昱皇朝又特別注重嫡庶之別。

他與謝氏成親很大一部分原因確實是想攀上德妃的關係，但謝氏只是德妃的表姊而已。而把安然嫁給二皇子可就不一樣了，等於把他們冷家，甚至大長公主府和大將軍王府都綁在了二皇子的船上，別說大長公主和大將軍王府不會如他們的意，就是冷弘文自己也不樂意啊。

何況，冷弘文心中還有自己的考量。那慶親王如此幫助安然，甚至為了安然幫自己說情，很有可能是看上了那丫頭。慶親王可是大昱最年輕的正宗皇家王爺（勇明王瑾兒也算是異姓王），還是目前唯一的親王，又深得皇上信任，據傳聞，他手裡還掌握著皇家的一支暗力量。做慶親王的岳父可比那前途未定的皇子的老丈人強，還穩妥多了。

「老爺。」謝氏輕輕靠在冷弘文身上。「娘娘想讓您從然兒這邊入手，然兒若是自己願意，大長公主就不好反對了，聽說她很是疼愛然兒，現在大長公主府和勇明王府的事務都是然兒幫著管呢。」

冷弘文被那柔軟的身體貼著，心裡癢癢的，伸手摟著謝氏，心不在焉地說道：「那就等然兒得空了，問一下她的意見，她可是個很有主見的孩子，而且倔得很。」說著說著嘴就湊到了謝氏那雪白的脖頸間。

謝氏雖然嫁過來不到半年，但還是很瞭解冷弘文的，見他對此事的反應淡淡，還有這樣明顯敷衍的回答，就知道冷弘文並不很樂意這樁婚事，其實她也不樂意呢！

# 第五十九章 金牢籠

十一月底的京城已經非常寒冷，安然這個最怕冷又最不喜歡穿得像隻狗熊的人又開始了季節性「冬藏」，就是奉行「可以不出門絕對不多走一步」的「宅女」法則，大部分時間窩在裝有地龍的內室。

秋思過來的時候，安然正在幫君然繡荷包。上次鍾離浩生日的時候，安然送了兩個特別的荷包，特別之處就在於那荷包上繡的茉莉花在黑暗裡會發光，而且湊近了，還能聞到淡淡的茉莉花香。

前幾天鍾離浩跟君然二人不知談論什麼鬥起氣來，人高馬大的大冰塊居然孩子似地向君然炫耀他珍藏的特別荷包。這下君然委屈了，跑到安然面前告狀加訴不平，潛臺詞就是他也要那種特別的荷包。

那荷包之所以特別是因為繡線在茉莉花水裡浸泡過，還裹了螢火蟲的發光粉。可現在天氣這麼冷，去哪裡找螢火蟲？只好跟君然商量，先做一個有梅花香的梅花荷包，會發光的等明年夏天再補上。

安然邊繡荷包邊暗自好笑，這兩個男人真是越長越回去了！

看到秋思進來，安然高興地招呼。「好長時間沒看到妳了，妳大嫂和小侄兒還好吧？」

秋思找到了大哥，安然把身契還給了她，可秋思不願意離開安然，仍然住在夏府。石冰知道秋思對安然姊弟的感情，而且大家都在京城，也不勉強她，但石府裡還是備了秋思的屋子。

秋思的嫂子懷有身孕，就要生了，卻是身體虛弱，有血虧症。秋思知道後搬到石府照顧嫂子，準備等孩子生下後再回夏府。

安然請黎軒為秋思的嫂子看診了一次，開了湯藥，還讓舒敏過去幫忙。直到前日石家得了個大胖小子，母子平安，舒敏才回來的。

秋思笑容滿面。「好，都好，要是沒有黎軒公子的藥丸，還教舒敏給我大嫂施針，他們母子恐怕……小姐，我大哥說他不好到大長公主府來打擾，等小寶滿月那天，他們全家再給您磕頭。」

安然佯瞪了她一眼。「說什麼呢？我們不是一家人嗎？妳侄兒不就是我侄兒？劉嬤嬤她們幾個可準備了好多小寶貝的衣服呢，估計兩、三年穿不完。」

幾人正談得開心，徐嬤嬤走了進來。「安然小姐，有客人來，主子讓您過去呢。」

安然趕忙起身。「徐嬤嬤，這麼冷的天，妳幹麼親自跑一趟？讓小丫鬟過來喊我就好了嘛。」

徐嬤嬤笑道：「我是北方人，習慣了寒冷的氣候，而且這老胳膊老腿的也要多動動。」

冬念拿來貂毛大氅給安然披上，舒安和舒敏跟在二人後面向主院走去。

到了院門口，徐嬤嬤攔住了舒安二人。「妳們就在這兒等。」

舒安和舒敏應下，徐嬤嬤親自來接小姐，又是第一次攔住她們，估計這客人是她們不能冒犯的貴客，而且這是大長公主的主院，不會有什麼事的。

安然進了大長公主的臥房，立刻有丫鬟上來幫她解下大氅。

大長公主床邊的太師椅上坐著的一位明豔照人卻笑得親和的女子轉過頭來，她三十歲上下，著蓮青色金刻絲蟹爪菊花緞袍，一頭青絲梳成簡潔的隨雲髻，只插一支鏤空飛鳳金步搖。這女子的妝扮並不奢華繁複，但周身散發出的那種尊貴之氣，卻是讓人不敢逼視。

大長公主笑著對安然招手。「然兒來啦？快來拜見皇后娘娘。」

皇后娘娘？難怪了，可不正是這天下最尊貴的女人？安然趕緊上前行了跪拜大禮。

皇后親自伸手扶起安然。「好個漂亮靈秀的孩子，難怪妳祖母疼得跟什麼似的，快坐到本宮身邊來，咱們啊，陪妳祖母好好說說話。」

大長公主笑道：「然兒還沒謝過皇后娘娘呢，在妳的笄禮上給妳加笄的正賓衛國公夫人，正是皇后娘娘的母親。」

安然正要起身拜謝，皇后忙攔住了。「好孩子，咱們坐好說話，不必拘禮。」又笑著對大長公主說道：「姑姑不知道，我娘她可羨慕您了，說若不是怕您生氣耽誤了養身體，她一定也要認下然兒為孫女呢。」

大長公主難得地一臉得意起來。「妳娘啊，從小就愛跟我搶，不過這個乖孫女，我可是誰也不讓的。」

安然見皇后沒有一點倨傲之氣，倒是和藹可親，也就漸漸放鬆下來，恢復了落落大方、優雅善談的本性，讓皇后很是讚賞，心裡不斷點頭。此次過來，一是探望大長公主，二是受太后之託來看看安然的人才品性。

太后最是掛心鍾離浩的親事，現在他的親爹娘都沒有了，可不就是要太后這個看著他從小長大的皇伯母加親姨母多費心關注？

雖然鍾離浩的孝期還有一半，但這人選可要好好挑選好好考察的。在太后看來，鍾離浩這個從小養在身邊的侄兒加外甥就如同自己的小兒子一樣。那孩子從小就沒了親娘，還險遭毒手，現在一定要給他找一個可心的、真心疼他關心他的媳婦，讓他的後半生有人疼有人愛。

皇后也是看著鍾離浩長大的，如今看到小冰塊的心上人要貌有貌，要才有才，知禮大方，氣質出眾，真是越看越滿意，兩眼笑咪咪地一直看著安然。

大長公主看她那模樣，就知道安然已經過了未來嫂子這一關，不用多久，太后娘娘就要忍不住召見安然了吧？

皇后臨走時摘下自己手上的碧綠玉鐲子套在安然的腕上。「好孩子，本宮一見妳就喜歡，好好照顧妳祖母，本宮得空了再召妳進宮陪本宮說說話。」

送走皇后回到主院，安然感慨道：「皇后娘娘真好看，又沒有架子。」

大長公主嘆道：「別看她高高在上，也是個可憐的孩子，本來同皇上青梅竹馬、如膠似漆，現在……唉，也不知他們兩人到底發生了什麼事？」

這也就是在大長公主的院子裡，大長公主又是皇上的親姑姑，否則誰敢這樣議論皇上的家事？安然知道大長公主也只是感嘆一下，不是要談論，想起陳之柔成親之前在陳府聽說的，當今皇上獨寵德妃娘娘，心裡不由暗自感慨——皇后娘娘明豔高貴，出身、人品、才情都無可挑剔，還與皇上有著青梅竹馬的情分。那德妃莫不是天女下凡？還是狐狸精轉世？唉，歸根結柢一句話，男人的感情，沒有幾個是靠得住的。

安然邊走回院子邊暗自抒發感慨，差點沒撞上一堵牆，抬眼一看，什麼牆啊？可不就是大冰塊鍾離浩嘛？再往後邊一看，舒安和舒敏哪兒去了？真是的，見到鍾離浩就跟耗子見了貓似的，有那麼可怕嗎？

「想什麼想得那麼專心，撞上人都不知道？」鍾離浩好笑地看著安然。

安然強詞奪理。「不是你擋著，我怎麼會撞上人？」其實安然說得也沒錯，這在大長公主府裡，又不是在大街上，下人們還真敢讓她撞上？早就避開了好吧，何況身後還跟著舒安、舒敏呢！

還沒等鍾離浩再開口，安然已經抓住他這個知情人八卦了。「浩哥哥，那德妃到底有多迷人，比皇后娘娘還美嗎？」

鍾離浩知道剛才皇后來過的事，心想小女子總是對皇宮裡的人好奇，也沒覺得奇怪，很乾脆地滿足了安然的好奇心。「德妃娘娘也算端正清秀，比皇嫂大兩歲。」

安然一下子就明白了鍾離浩的潛臺詞，德妃娘娘肯定是比皇后差遠了，那皇上為什麼移情別戀，冷落結髮妻子呢？若說政治婚姻沒有感情也就算了，可都說他們是青梅竹馬、感情深厚的啊！

人生若只如初見，何事秋風悲畫扇。「唉，做皇后有什麼好啊？男人就沒幾個好東西！」安然不禁咕噥出聲。

鍾離浩聽到第一句正覺得好笑，第二句的抱怨就飄進他的耳朵，頓時黑了臉。「小女孩家家的，又亂說話！妳見過幾個男人啊？」

安然這才從自己的思緒中回過神來，對著能凍死人的大冰塊輕吐一下小粉舌。「呵呵，浩哥哥是好男人。我只是覺得皇宮裡的女人真累，小小感慨一下，下次不說了。」

看著安然俏皮的小模樣，再被她拽著袖子搖了兩下，鍾離浩的冰山臉繃不住了，嘴角微勾，輕斥道：「小小年紀，懂什麼累不累的。」

安然見他面色緩和了，又「放肆」起來。「你只不過大我五歲，成天說我小小年紀，真拿自己當表叔啊？」

「妳……」鍾離浩輕拍了一下她的腦門，無奈地搖搖頭。「妳這個丫頭啊。」

不知為什麼，他突然想起那天見鍾離赫時的擔憂，認真地看著安然。「然然，如果，我是說，如果，讓妳進宮，妳願意嗎？」

「切，我腦袋又沒壞，怎麼會想進宮？」安然想都不用想，脫口而出。「有時間不如多賺些銀子，何苦到那黃金牢籠裡去跟一群女人搶一個男人？」

「妳呀，什麼話都能渾說的？」鍾離浩寵溺地瞪了她一眼。他的小丫頭不是第一次這樣語不驚人死不休了，他倒也沒多吃驚。不管怎樣，聽到她不想進宮，他的心就是舒坦多了。至於搶男人嘛，她不需要，他這個男人只會有她一個女人，他娘受過的苦，他不會讓他的小丫頭也受一遍，他曾經經歷過的危險，也不會讓他日後的子女再遭遇。

安然見鍾離浩瞪自己，一點也沒害怕，這鍾離浩什麼時候是真生氣什麼時候是擺樣子她已經摸出門道了。在鍾離浩面前，她是越來越放鬆，完全釋放自己的真性情。有時候，安然甚至會不由得想，鍾離浩要是個喜歡女人的男人就更好了。至於為什麼更好，她這個大忙人還沒時間去深想。

想到「不一般的男人」，安然同學的思維又跳了。「對了，浩哥哥，我有好幾天沒看到黎軒哥哥了，他出城去還沒回來嗎？」

「嗯，他去接一個很重要的人，應該就要回來了，三日後天磊成親，黎軒怎麼都會在那之前趕到的。」鍾離浩蹙起了眉頭。

安然注意到鍾離浩眼裡的擔憂，暗自腦補，黎軒那個什麼「很重要的人」為什麼會讓大冰塊煩惱呢？難道是反對他們那種特殊感情的親人？也是，在講求人權和人性自由的現代，大多數人還是不能接受同性愛戀，何況在古代？

「很重要的人?能夠影響黎軒哥哥人生重要選擇的人嗎?」安然試探地問道。

「當然。」鍾離浩一口回答。「她對黎軒來說，恐怕比這世上的任何事任何人都重要。」就如妳在我心中重過任何事一樣。

「比你還重要?」安然很替他著急啊，還有些……說不出來的感覺，難怪他眼裡滿是擔憂，安然不喜歡看到他難過的樣子，即使冷冰冰也好過這樣。

「當然比我重要，比我們任何人都重要。」鍾離浩嘴角抽了抽，這，怎麼比?他和黎軒是勝似親兄弟，但蓉兒是黎軒的生死愛人，兩種不同的情感，怎麼比?這哪跟哪呀?小丫頭的想法總是奇怪。

鍾離浩的表情落在安然眼裡就成了尷尬和強顏歡笑，她安慰地拍了拍鍾離浩的手臂。「堅定的真情都是最美好的，你不要太擔心了，相信黎軒哥哥能夠處理好。」

鍾離浩長嘆一聲，感情的事，光有一人堅定是沒用的，黎軒的選擇注定艱難。

安然不想再繼續這個話題徒惹鍾離浩傷心，很快把話轉移到美麗花園的生意上。

鍾離浩和安然沒有想到的是，不到一個時辰，安然說的那些話就被暗衛擺到了皇上鍾離赫面前——

「皇宮裡的女人真累。」

「我腦袋又沒壞，怎麼會想進宮?」

「有時間不如多賺些銀子，何苦到那黃金牢籠裡去跟一群女人搶一個男人?」

福公公在一旁看了直抽抽，這冷小姐也太、太大膽了，她不知道這被搶的「一個男人」是全天下最尊貴的男人，是大昱之主？哪個女人不想有機會服侍這個男人，光宗耀祖，惠及家族？他偷偷拿眼瞄了一下皇上的臉色。

鍾離赫正輕閉著眼睛，靠在龍榻上。根據這幾天龍衛們報回來的資料，他可以確定那冷弘文的女兒冷安然，定是他前世心心念念的Emily冷安然。可是那又如何，他們之間的鴻溝比前世還要寬、還要深，能跨得過去嗎？

前世他比安然大十二歲，今世，他比她足足大了二十一歲。

前世他有一個妻子一個女兒，今世他的後宮有二、三十個女人，還有八、九個子女。

老天啊，既然注定無緣，為什麼又把他們倆送到這裡來相遇？

既然已經讓他忘記了前世的一切，為什麼偏偏又在此時讓他想起所有？

他要壓抑自己，當作什麼都沒想起來嗎？

不，他做不到，天知道他有多想她，多想緊緊抱著她訴說分開後日日夜夜的思念，多想在她的耳邊告訴她他愛她，很愛很愛，愛得心都要碎了。

可是，傾訴完之後呢？讓她進宮？面前几子上擺著的那些話語，有必要讓她當著他的面親口再說一遍嗎？

放下一切帶她離開？也難！他不但有前世的記憶，還有今生的全部記憶。尤其是自己的靈魂穿過來後的這幾年，點點滴滴都已化在他的骨血裡。

太后對他的愛真真切切，母子之情已讓他的身體和靈魂早就融為一體；幾個子女都是現在這具身體的親生骨肉，過去的六年多時間，父子、父女之間的感情也不是輕易可以抹掉的。還有那些女人，雖然他對她們沒有愛情，就是那德妃，也只是因為……安然，但她們確確實實都是他的女人，真的可以……一笑而過嗎？如果真那樣做了，連他都會鄙視自己的。他……是人啊！

還有大昱，自登基以來，在他的努力之下，大昱的經濟日益發展，國力漸漸強盛起來。如今，他又有了前世的記憶，無異於如虎添翼，自信必能將大昱皇朝帶入鼎盛。哪個有能力有抱負的男人，能夠拒絕這樣一個製造輝煌的機會？

再說了，然然就不是一個能容許他拋家棄子、不負責任地一走了之的女子，否則，前世的她根本不需要離開。

如何選擇？他到底要如何做？鍾離赫痛苦地握緊雙拳，眼淚不受控制地流淌出緊閉的眼角。

福公公無意中的一瞥正好觸及那淚珠，大驚失色，皇上這是怎麼了？他四歲上下入宮，跟在鍾離赫身邊至今，就沒見他哭過，這是？是了，一定是為了那冷家小姐，皇上第一次見她，聽她唱了一支曲子就失態，那以後他還聽到皇上獨自一人哼哼那曲子。

沒兩天，慶親王就送了那音兒進宮，皇上封了她為音美人，每日都要聽她唱茉莉花。後來那麼巧，皇上在清源峰上遇到靖王爺派出的人刺殺，又被冷小姐救了。這十天來，皇上派出不少龍衛查冷小姐的事，她的經歷、她的喜好、她的習慣……這會兒看到冷小姐說不願意進宮，就成了這樣。

難道，皇上看上了冷小姐？是了，一定是了，皇上想投其所好，迎冷小姐進宮，可是冷小姐現在明顯不願意，而且，那冷小姐還是慶親王爺的心上人，所以現在皇上痛苦極了，矛盾極了。

福公公又想起昨日皇上寫下又揉成一團的句子——

剪不斷，理還亂，是離愁，別是一般滋味在心頭。

福公公即便不懂詩詞，也知道那幾句話的大概意思，皇上在思念一個人。更重要的是，那張紙上還寫了很多「然然」。冷小姐的閨名不就叫「安然」嗎？

想著想著，福公公就特別心疼皇上，皇上日日勤於國事，後宮的嬪妃還沒有那些王侯將相後院的女人多，而且他都看出來了，讓皇上可心的沒兩個。這好不容易相中了一個吧，還是最疼愛的小堂弟的心上人，皇上能不難受嗎？

他這個貼身太監是做什麼的？不就是要給皇上解憂，讓皇上健康、開心、順遂的嗎？其他事他做不了，幫皇上達成這麼一個心願還是可以的，只要不破壞了皇上和慶親王的兄弟情分，他願意扛下慶親王的怒火，任憑他處置。

# 第六十章　見面

冷弘文一行到了京城，迎接的隊伍裡沒有安然，只有冷弘宇一家、關係較近的同僚、作為親家的秦大人夫婦，還有代表安然的桂嬤嬤和劉嬤嬤。

桂嬤嬤上前向冷弘文行了禮。「大人，太后娘娘召我們縣主五日後進宮覲見，禮部派了人給縣主講授宮中禮儀，人剛到大長公主府，縣主不方便離開，只能明日一早再回府來給長輩請安了，還望大人見諒。」

太后召見啊！這可是他們冷家的榮光，看到周圍同僚羨慕討好的神情，冷弘文虛榮得都快飄起來了，哪裡還敢「不見諒」？他一臉肅敬。「太后她老人家的召見比什麼都重要，妳告訴然兒好好學習宮規，不用掛念府裡。」

「是。」桂嬤嬤笑道：「皇上和宮裡諸位主子都賞下不少好東西，縣主親自挑出一些送回府裡，都是老夫人、大人和夫人得用的，已經放在主院廳房，這是單子，請大人收好。」宮裡賞的東西不是所有人都可以用的，尤其是穿戴的飾品，而且一應物什非本人使用的，來歷必須明確，否則可能被人告為竊取冒用。

四周人群中又是唏噓一片，一位大人按捺不住，趕著恭賀冷弘文。「冷大人好福氣，冷縣主聰慧又孝順，得此一女，夫復何求？」因為安然沒有封號，按照習慣，可在稱呼時以姓冠於前。

「哈哈，哈哈，謝謝！謝謝！請各位大人廳裡坐，小女孝敬的東西裡面有上好的雲峰霧茶，弘文請大家共同品嚐。」冷弘文得意極了，和冷弘宇一起招呼客人到前廳。他這剛到京城，嫡女安然就狠狠地幫他長了一回臉面啊。

女客們則拉著謝氏客套了幾句，先告辭了。冷府眾人剛到，府裡還需要收拾上幾日，到時候一般都會再宴請親朋好友的。

這就是男人和女人的區別，整理府宅、收拾後院的事都與男人無關。

謝氏領著一眾人到了後院，首先安置冷老夫人的院子。冷府的下人只帶來一半，留了一些照顧在福城備考的冷紫鈺和冷安松，還賣了一些。

這一半人再加上李氏前幾日代買的幾個人，也是人手不足，只得一個一個院子慢慢張羅了。

第二日早上用了早餐，安然就過來冷府給冷老夫人和冷弘文、謝氏請安，同行的還有曾管家。

曾管家代大長公主送上賀禮。「冷大人，這是我們家主子恭賀大人一家遷進新府的賀禮。另外，我們主子身體未癒，大長公主府和勇明王府還需要縣主照顧，恐怕不能這麼快回冷府，還請冷大人見諒。」

冷弘文親自請曾管家落坐。「曾管家客氣了，請代下官向大長公主問安，然兒能夠在大長公主身邊侍候，是她的福氣，也是冷家的福氣。」

曾管家笑道：「那就謝謝冷大人了，你們許久沒有見到縣主，想必有許多話要說，冷大人請自便，小人就先回府去了。」

冷弘文陪著安然一起到冷老夫人的慈心院，一眾人都已在那裡候著。安然向冷老夫人和冷弘文、謝氏福禮問安，她現在是縣主，除非家族祭祀及出嫁拜別等特殊場合，否則是不需要行跪拜禮的。

「二丫頭，妳坐下，有些事要同妳說。」冷老夫人依舊一副老祖宗的姿態。

安然站著沒有動。

桂嬤嬤似笑非笑。「冷老夫人，按照禮法，縣主應該坐在主位，縣主一片孝心，不想讓您移動，可是若坐在下首，就是對皇家賜封的不敬，冷老夫人有什麼事不如下次再說。」

冷弘文大急，瞪了謝氏一眼，怎麼忘記了安然現在是皇家封的縣主，不能再按原來的座次。

謝氏冤枉極了，她剛才讓人來調整位次的，可是冷老夫人不肯將她的榻挪位置，又不肯換到冷弘文的主院議事。

「怎麼，縣主又如何？還想爬到我這個祖母的頭上嗎？」冷老夫人大怒。

「娘！」冷弘文趕緊喝止他娘，這可是在天子腳下，不是在福城，有點風吹草動都會讓他被參一本，甚至革職查辦。他現在可是諫議大夫，自己剛進京就被參，可不成了大笑話？

娘占了主位，讓安然坐下首或者站著都是他們冷家對皇家賜封的不敬，這可不是鬧著玩的，今天還是不要議什麼了。

「然兒，妳先回大長公主府去吧，進宮裡拜見太后的時候可要小心著點，不要冒犯了貴人。得空了再回來一趟，父親有事要與妳商量。」

「是，父親，女兒告退。」安然沒有片刻耽誤，說完就轉身走了。

「文兒，你幹麼攔著我？我還要說給梅兒添妝的事呢。」冷老夫人實在想不通，別說縣主，就是公主，也是她的孫女，她還是冷府的老太君。

「娘，這是在京城，然兒現在是皇上親封的縣主，如果真要計較起來，我們冷家今天就犯了不敬之罪。」冷弘文現在深知有一個小戶出身又不善於學習的母親是多麼大的悲哀。

「她敢？」冷老夫人依然嘴硬。

謝氏冷哼。「她為什麼不敢，先君後父，她維護皇家名譽是忠義的表現，有什麼不敢的？而且，根本不需要她計較，在這天子腳下，皇家的暗探到處都是，誰能保證我們的屋頂上這會兒一定不會有人。」謝氏心裡還在為冷弘文剛才那狠狠的一瞪憋屈呢，這個愚蠢、短視又自以為是的老太婆，她要活得不耐煩自己找條繩子就是，非要害得這麼多人給她陪葬不成？

冷老夫人果真被嚇了一跳，屏住呼吸望向屋頂，她其實很膽小怕死的。

冷安梅也嚇得半死，是她攛掇著冷老夫人給安然下馬威，想著這樣才能從安然那兒多要一些添妝來，她總不能還不如冷安菊那個賤丫頭吧？她的親娘又沒有嫁妝留給她們，謝氏也不可能給她準備多少東西。

「還有妳，安梅——」謝氏今天真是火大了，想想這些沒腦子的都要敲打一下，免得給她惹麻煩。「那齊家是看在然兒這個縣主的面子上才許妳為平妻的，如果妳得罪了然兒，讓齊家知道然兒根本不看重妳這個庶姊，我保證齊家一定不會善待妳，妳自己好好想想吧。」

冷弘文一聽謝氏這麼說，就知道今天肯定又是安梅挑的事，對著她怒罵。「真是什麼娘生什麼女兒，都是上不了檯面的東西。妳想害死我們一大家子嗎？容嬤嬤，大小姐今日起在自己院子裡專心繡嫁妝，不許出院子一步。」

冷安梅的臉唰地一下白如紙片，她的父親什麼時候如此厭棄她了？她只不過想多要一些嫁妝保身，但如果父親為了怕得罪安然而放棄她，失去了娘家庇護的她在齊家還能有什麼好日子過？平妻說到底還是妾，何況那齊榮軒根本不樂意娶她。

頭腦一片空白、暈乎乎的冷安梅，被兩個婆子架著出去，快走到門口的時候聽到冷弘文的聲音——

「還請夫人費心尋一個嚴厲的嬤嬤，好好教導月兒和蘭兒她們，免得再出一個不懂事的。」

冷紫月想反駁，被謝氏一眼瞪了回去。謝氏看向冷弘文，溫順地回答道：「是，老爺放心，我已經託人介紹了。」

冷安蘭自從有一次無意中聽到安松和安梅爭吵，知道自己此生不能生育後，就對一切都漠然起來，成天冷冰冰地對任何事都不理會。這會兒依然如此，一臉冷漠地坐在那兒，好像什麼都沒看到，什麼都沒聽到。

離開冷府正坐在馬車上的安然，對著桂嬤嬤和劉嬤嬤抱怨。「也不知二叔當時怎麼會選擇買這裡的宅子，要經過好大一片荒地，這要是在晚上，都不敢出來。」

桂嬤嬤搖頭嘆道：「既要宅子新，又要大，還不能太貴，在這一片能買到就不錯了。」

三人笑笑，不再繼續這個話題。

「小姐可知道老夫人今天準備跟您說什麼嗎？」劉嬤嬤笑道：「那個齊榮軒要娶大小姐作平妻，我聽到她的丫鬟跟別人談論，估計是想要小姐您多出一點添妝，上次給四小姐的添妝差點沒眼饞死她們。」

安然「嗤」了一聲，沒有說話，一臉的譏諷之色。她們能跟安菊比嗎？

桂嬤嬤突然「噗哧」一聲。「小姐，您知道那齊榮軒的正妻是誰嗎？」

「我認識？」安然笑看著桂嬤嬤。

「當然，老熟人了，杜宰相的孫女杜曉玥啊。不過，聽說是剛剛訂下的，所以還沒傳到大長公主府來。」桂嬤嬤語氣一本正經，那臉上卻明顯寫著「有好戲看了」。

「啊？」安然輕呼，杜曉玥碰上冷安梅，這兩種同類稀有元素相遇，會是什麼樣的化學反應？同樣的自命不凡，同樣的自以為是，呵呵。

主僕三人正說笑，外面突然傳來激烈的打鬥聲，桂嬤嬤正想撩起車簾看看，舒安的聲音傳了進來——

「小姐，待在車裡，不要出來。」

因為舒安、舒敏和舒全都在，安然沒有太擔心。她不知道的是，這次遇到的人身手比舒安他們仨還強多了。

安然被請出馬車的時候，才發現她們被拉到了一個陌生的地方，這是一片美麗的梅花林，可惜她此時一點都沒有賞梅的心情。

舒安三人都被點了穴昏迷不醒，但安然看他們都活著，先暗自鬆了一口氣，這些人只是為劫持她來，並不想害人性命，不會是又有人要她治傷吧？

桂嬤嬤和劉嬤嬤都嚇得半死，但依然緊緊把安然護在她們中間。

安然故作鎮定，學著電視裡看來的情節，清了清喉嚨，大聲問道：「你們主子是誰？既然把我們請到這兒，怎麼沒人招呼啊？」劫持他們來的幾個黑衣人只是站在一旁，沒有人回答。

躲在暗處的福公公愣住了，這位冷小姐還真是膽大，這換作一般的大家小姐，不說嚇得暈過去，至少也是哭得梨花帶雨吧？如此聰慧美麗的小女子又有這般膽色，還真是……萬中無一，難怪連他們家主子都……

福公公往邊上揮了揮手，兩個丫鬟打扮的人向安然三人走去。

「冷縣主，這邊請。兩位嬤嬤還請留在這裡喝茶，我們不會傷害縣主的。」一位丫鬟開口，語氣堅決。

安然看著依然緊緊護在兩邊的嬤嬤。「妳們就在這兒照顧舒安他們，放心，我不會有事的。」這是在人家的地盤上，自己幾人又明顯地沒有反抗能力，不如走一步看一步。

安然跟著那丫鬟走了二百米左右，見到一座精緻的小竹院。

丫鬟帶她進了一間屋子。「縣主，您在這裡稍等，我們家主子一會兒就過來了。」說完就帶上門出去了。

既來之，則安之，安然也沒驚慌，甚至開始打量起這間屋子來——

這應該是一間書房，靠牆擺著一張大榻，榻正中的矮几上擺著茶水和幾碟點心，沖茶的水用上好的無煙炭溫著，書架占了一整面牆，滿滿的都是書，大大的書桌一角擺放著一個小小的薰香爐，難怪屋子裡飄著淡淡的茉莉花香。

書桌上散著幾張紙，安然順手拿了一張看，暈，揉揉眼，瞪大了眼睛，再看——

剪不斷，理還亂，是離愁，別是一般滋味在心頭。

這個主人也是穿越的？老鄉？

安然急急地又抓起另外幾張紙，滿滿的都是兩個名字——「Emily」和「然然」。

「砰」地一聲，安然跌坐在椅子上，那幾行字加上Emily，再加上「然然」，天，不會是Steven吧？怎麼可能呢？他怎麼也到這兒來了？

# 第六十一章 老鄉?!

鍾離赫踏進皇家別院的書房時，看到的就是這樣一個景象——一個女子背對著他坐在椅子上，手上捏著一張紙，地上還散著兩張。

他勃然大怒道：「妳是誰，誰允許妳到朕的書房來？」

安然被身後突然傳來的聲音嚇了一跳，忙轉過身來，立在面前的是一個三十多歲左右、高貴俊朗的男子。

鍾離赫看到安然一臉是淚的臉愣住了。「然……冷小姐，妳怎麼在這兒？妳這是怎麼了？」

安然沒有回答，反問道：「你是這屋子的主人嗎？這字是你寫的嗎？」邊說邊抬起捏著紙張的右手。

「是的，我是這裡的主人。」鍾離赫話剛出口，就看見安然手上那張自己寫滿Emily的紙，他心裡的感情一時如潮水決堤而出，再也攔不住了，一把摟過安然緊緊抱在懷裡。「Emily，我是Steven，我是蕭逸飛啊，Emily，我好想好想妳，Emily……」他使勁摟緊安然，似乎怕自己一鬆手，安然又消失在他的面前。

安然也是喜極而泣。「Steven，老大，真的是你？嗚嗚嗚嗚，老大，真的是你！嗚嗚嗚……咳咳，老大，你鬆鬆、鬆鬆手，要掐死我了啦！」

鍾離赫這才鬆了鬆手臂，但還是把安然圈在自己懷裡。

安然總算可以拉開了點距離，深深呼吸了幾下，笑著認真打量起鍾離赫來，然後「噗哧」一笑。「嗯，不錯，還是大帥哥一枚，穿越還是有福利的！我更是撿了個大便宜，重回青蔥年華，還變成小美女一個，你瞧瞧我，快瞧瞧，我現在是不是很漂亮啊？」

鍾離赫忍不住寵溺地在她前額親了一下，再次抱緊了。「無論前世還是今生，不管妳長什麼樣子，在我心裡，妳都是最美的。」

安然被鍾離赫摟著，腦袋緊緊貼在他的胸口，聽著他跳得好快好快的心跳聲，自己的心跳也加速了。前世，他們雖然彼此喜歡，但剛捅破那層紙就分開了，更從來沒有這樣親密的動作。

她試著掙了掙，鍾離赫卻是摟得更緊了。「然然，讓我抱一會兒，妳離開廈門的那幾年，我天天都想這樣抱著妳，想妳想得都要瘋了。」

「咳咳！」安然吃力地爭取了一點點有限的空間。「老大，你還沒告訴我，你發生了什麼事？怎麼到這兒來了？」

「我去深圳找妳了，車才上高速公路沒一會兒，就出了車禍，那一刻，我最痛苦的就是還沒來得及跟妳說一聲『我愛妳』……」鍾離赫含淚親吻安然頭頂的烏髮。

待鍾離赫簡單地把前世得知她的消息、離婚、駕車前往深圳的事說了一遍，安然的眼淚又撲簌簌直掉。「你，你怎麼這麼傻呀？」

鍾離赫憐愛地又親了一下她的額角。「然然，妳呢，妳怎麼到這兒來的？」

安然苦笑。「我去希臘玩啊，回程的時候飛機失事，就轉道到大昱來旅遊了。」

鍾離赫一手輕輕抬起安然的下巴，直視那雙漆黑清澈的大眼睛。「然然，我愛妳，很愛很愛，今生不要再離開我了好嗎？」

他幽黑的雙瞳此時已經染上幾分氤氳，安然的臉一下子就被他灼熱纏綿的眼神燙紅了，他的五官在她的眼前不斷放大，滾燙的氣息噴灑在她的臉上……就在他的唇落到她唇瓣的前一刻，安然低下頭，把腦袋埋進了他懷裡。

鍾離赫也不惱，輕輕抱著懷裡的嬌人兒，唇角愉悅地向上勾起，一臉滿足的樣子，前世他們倆連手都沒有拉過呢。

好一會兒，安然抬起頭。「對了，老大，你怎麼知道我的？我們之前見過嗎？還有啊，你讓那些黑衣人把我弄這兒來見面，是不是怕人家把我們當妖孽啊？還有還有，那幾個人能那麼快把我的三個護衛都放倒，肯定厲害得不得了，呵呵，趕快告訴我，你現在是什麼了不得的身分呢？」

終究是要到這一關的，鍾離赫擁著安然暗自輕嘆，就是因為不知道該如何面對安然，他才壓抑著不敢去找她，才很沒用地躲到別院來。沒想到的是福子竟然會把安然給劫來。

但他知道自己不能隱瞞，安然的性子他太瞭解，最不能容忍的就是欺騙，而且是「一次不忠，百次不用」。

「然然，我們之前見過兩次了，第一次，妳唱了那首〈好一朵美麗的茉莉花〉，第二次妳救了我一命。」鍾離赫始終沒有放開安然，就那麼一直摟著。他很怕，真的很怕身分說出來後，就再也不能這樣抱著他的心上人了。

「啊？你就是那位表伯？我們還是親戚啊！原來我那晚救的人是你！對對對，我就覺得那天屏風後面說話的那個人聲音很耳熟，原來就是跟著你來大長公主府的那個聲音尖尖的隨從。哈哈，老大，以後我是不是都要叫你表伯啊？哈哈哈。」安然覺得好有趣，她好小哦！

「不要，我才不要當妳的表伯，然然，妳不許嫌我老。」鍾離赫很自卑啊，他的兒女有幾個都比安然大呢。

安然笑瞇了眼。「不老不老，一點都不老，當然了，前提是不能跟我這個青春美少女比，哈哈。」說著說著，突然想起另一個怕老的大冰塊來，一想到那天那張黑得滴墨的臉，她更加樂不可支了，差點沒笑岔氣。

鍾離赫好笑地搖了搖頭，倒了一杯茶過來給安然，又輕輕撫著她的背幫她順氣，寵溺地笑道：「有這麼好笑嗎？妳忘啦，在我們那兒，小姑娘可都喜歡大叔哦，我這個大叔也還是帶得出門的。」他在心裡暗下決心，從今往後一定要特別注意保養。

「不是笑這個啦！」安然一邊喝茶一邊擺了擺手，嚥下去後才笑道：「我是想起另一個怕被人叫老的表叔啦！」

鍾離赫立刻想起那天在大長公主府安然和鍾離浩二人的互動，就像小情人間的「打情罵俏」，他頓時像被泡進了醋缸，從頭酸到腳，猛地一下又將安然摟進懷裡。「不許想別人。」不能怪他，不是他橫刀奪愛，就算論個先來後到，也是他占理，然然前世就是他的愛人。

「不許這個不許那個，你現在可真霸道。」安然瞋了鍾離赫一眼，突然蹙了眉。「不對啊，我那晚看到你的臉了，不大像呢。」

「我那日出門辦事，易了容的。」鍾離赫笑道。「不信我脫了衣服讓妳驗驗傷痕？」

說到傷痕，安然的思維又跳開了。「老大，什麼人跟你那麼大的仇恨，那傷口又長又深，嚇死人了。」說著一隻小手就向鍾離赫的後背伸去，手不夠長，還踮起了腳尖。

那小手順著鍾離赫背上的傷輕撫著。「黎軒哥哥幫你拆線了吧？還疼嗎？你平時還是要注意，不要太用力，避免扯到那兒。」

「不疼。」鍾離赫的聲音裡充滿著依戀和寵愛。「我的然然親手幫我縫合的傷口，好得自然快，早就不疼了。」

「你呀，以前怎麼都沒發現你這麼甜言蜜語的？」安然掙開鍾離赫的懷抱，想要坐下，踮了一會兒腳後發現腳站痠了。

鍾離赫卻是搶先一步坐下，再把安然抱了放在他腿上。接下去就要說明身分了，她會不會轉身就跑掉？然後他再也找不著她了，就像前世那樣。

果然，安然掙了兩下掙不開，就先關注起未得到的答案來。「還沒說呢，你現在到底是什麼身分？為什麼有人會對你下那樣的狠手？」

鍾離赫把腦袋埋在安然的肩上，悶聲道：「然然，我是當今皇上鍾離赫。」

「皇上？」安然驚呼，然後就是無比興奮。「你是皇上？哇哦，我現在是不是誰都不用怕了，大Boss啊！大靠山啊！老大你可一定要罩著我哦！」

鍾離赫猛地抬起頭，不可思議地看著眼前興奮的小臉，一臉驚喜。「然然，妳不介意？妳不會離開我？然然，謝謝妳，謝謝妳讓我繼續愛妳。我絕不會讓妳屈居人下的，任何人都不可以欺負我的然然，我會想辦法讓妳做皇后，我們聯手，一定能把大昱發展得更繁盛。妳放心，我不會再碰那些嬪妃，她們願意離開再嫁的，我會好好安排，不願意出宮的，我們就當養著她們，好不好？」

「不好。」安然一口否決。

她一聽到鍾離赫是皇上，就只想到以後有個天下最大的靠山了，並沒有去想其他。這會兒被鍾離赫的一番話鬧醒，才想到那個美麗溫婉的皇后，那個多年倍受寵愛的德妃，以及後宮無數的女人，才想到鍾離赫口口聲聲愛自己，還有，前世他為了自己離了婚，很明顯，他是要再續前緣，讓自己進宮。

不，不能這樣做。

安然抬眸看向鍾離赫。「我不要做第三者，不對，這都不知第幾者了。」

看到鍾離赫臉上受傷的表情和明顯的惶然，感覺到他摟著自己的雙臂又加了兩分力道，生怕自己飛了似的，安然心裡又很不捨，放柔了聲音說道：「我聽說那皇后跟你可是青梅竹馬，那德妃也是你寵了多年的，你跟那些女人處了這麼多年，多少也是有真感情的吧？再說了，我們都知道，這古代後宮裡的女人可不僅僅是皇帝的妻妾而已，都關聯著各種勢力各種關係呢，你可別胡來。」

「不，然然妳誤會了。」鍾離赫趕緊把自己穿過來幾年一直處於「失憶」狀態的事告訴安然。「我雖然沒有前世的記憶，但是性子、喜好還是自己的，所以對那些嬪妃，包括所謂青梅竹馬的皇后都沒有愛。因為那片空白記憶，我心裡一直很不安，而只有跟那個德妃在一起，我才能有安心的感覺，這才有了眾人口中的『獨寵』。可是然然，妳知道為什麼她能讓我心安嗎？妳進宮看看就知道了，她跟妳前世長得一模一樣！」

「啊？」安然懵了，怎麼會這樣？老天玩他們嗎？

「真的，然然，我不敢騙妳的，如果騙妳被發現，我就再也別想見到妳了，然然，我不敢冒這個險。」鍾離赫再次把腦袋埋在安然髮間。「我那時候不知道自己想不起來的事情是什麼，只是感覺心裡有一個嵌得很深的影子，第一次見到德妃的時候，我以為那個影子就是她，只有她在我身邊，我才能覺得心安，才沒有那種惶惶然的感覺。我一直試圖找回那些空白的記憶，可是只要我一努力去想，腦袋就脹疼得厲害，像要爆開似的，上次聽妳唱歌也是那樣，熟悉的歌曲讓我拚命去回憶，結果還是什麼都想不起來，直到被刺那天腦袋撞到山石上，醒來後前世的所有記憶突然一下子都回到我腦中。」

安然想起那天鍾離赫雙手狠命敲打自己腦袋的可怕模樣，不由心疼起來，伸手輕輕撫摸他的腦袋兩側。「還疼嗎？想不起來就不要想嘛，哪有人像你那樣打自己腦袋的，真是自虐狂。」

鍾離赫抓了安然一隻小手貼在自己心口。「腦袋不疼，這裡疼，只要一想到妳會再次離開我，我的心就好疼。我想起所有後，就讓人暗查妳，確定了妳就是我的然然，可我又不知道要如何面對妳，我怕一個衝動，就像前世那張字條一樣，讓妳義無反顧地離開我，我永遠也找不到，我不知道要怎麼辦，就躲到這兒來了。沒想到的是，福子他竟然察覺了我的心思，還把妳劫到這兒來。」

安然的眼淚又流了下來。「你是怎麼確定我是我的？因為同名同姓？我做的那些事最多能確定我是穿越老鄉而已。」

「因為妳給浩兒做的荷包……」說到這兒，鍾離赫的臉色和語氣立即都「酸」了起來。「茉莉花的圖形和妳辦公室裡那個抱枕上的一模一樣，五朵花，三個花蕾，九片葉子，連排列都一樣。然然，我吃醋，我妒忌，我很妒忌！我也要那樣的荷包。」說到後面，明顯就是在撒嬌了。

浩兒？鍾離浩？是了，都說皇上最疼愛慶親王這個小堂弟。安然心裡不禁哀嘆，本來鍾離浩和君然兩個「倒著長」的男人就在那兒搶荷包，現在還要再加一個鍾離赫，她都要成了專職繡荷包的了。

「然然，妳那時跑得太快，抱枕都忘記帶走了，我就收了起來。後來，越來越想妳，我日日都要抱著那抱枕才能入睡。出車禍的時候，那抱枕就在我的手邊。」鍾離赫埋著腦袋繼續喃喃道。

「老大……嗚嗚嗚……老大……」安然哭得越發厲害，雙手環抱著鍾離赫，眼淚一下子就把鍾離赫前胸的衣襟打濕了一大片。

鍾離赫把安然抱得更緊，恨不得能把她嵌進自己的身體裡去。「然然，答應我，不管妳現在能不能接受我，都不要一聲不吭地離開，不要讓我找不到妳。然然，求妳了，答應我。」

安然在鍾離赫的懷裡使勁點了點頭。「但是你也要答應我，不要衝動行事，做什麼決定前要先跟我商量。」

「好。」鍾離赫毫不猶豫。「我什麼事都聽妳的，妳垂簾聽政，我心甘情願給妳做個傀儡皇帝可好？我們然然可是個精明幹練的，說不定還能出個冷則天呢。」鍾離赫輕點了一下安然的小鼻尖，笑呵呵地打趣道。他心裡繃了好久的弦總算放鬆了，心情很好。只要安然不會逃走，他就有機會，就能慢慢想出兩全的辦法。

安然笑罵。「去你的，本姑娘對你那些朝廷大事才沒興趣，我是說你不要隨便處置那些嬪妃，後宮很複雜的，她們都牽連著你那議事大殿裡的人和事，知道不？朝廷動盪，遭殃的都是老百姓。你既然承接了這個身體，做了大昱的皇上，就要對大昱千千萬萬的百姓負責。」

「知道知道。」鍾離赫很狗腿地笑道：「妳以後慢慢教我，每日裡耳提面命最好，我就不會衝動犯錯了。」

安然看著鍾離赫那俊朗的臉上滿滿都是寵溺的笑容，心裡驀然一酸，抬起右手輕撫鍾離赫的臉龐。「老大，你說，我們這到底是有緣還是無緣？還是有緣無分？不管前世還是今生，你都這樣優秀，都是做大事的人，可是偏偏這麼倒楣，總是遇到我。前世，要不是因為我，你不會不快樂，不會離婚，更不會死；今生，如果沒有我，你也不會這樣……」

「不，然然……」鍾離赫急急打斷了安然的話，他握住安然的手放到嘴邊深情地親吻。「我們有緣有分，只是我們的緣分都需要經歷一些波折。然然，前世，我並不是因為妳才離婚，我的婚姻一開始就沒有愛情，還有，我不快樂不是因為有妳，而是因為失去妳。所以現在，如果妳希望我快快樂樂地活著，就不要離開我，好嗎，然然？」

安然很想點頭，可是她非常清楚此刻點頭意味著什麼？這不是一個能夠輕易許下的諾言，牽連太大了，後果很嚴重。

「老大……我、我需要時間，我要想想，要想清楚才行！老大，我也知道，你是個重感情、負責任的男人，否則你就不需要躲到這兒來，而是早就來找我相認了。」安然看著鍾離赫，一雙剛被眼淚沖洗過的眸子越發幽黑清亮。

鍾離赫忍不住在那雙眼上各落下輕輕的一吻。「好，然然，我不會逼妳的。我知道這很突然，也很為難，我也知道妳和浩兒有了感情……我不逼妳，只求妳給我一個機會，讓我跟浩兒公平競爭，好不好？」安然答應他不會悄然逃走，已經是上天給他的意外驚喜了，他不會再強逼於她。

她和鍾離浩有感情？什麼意思？安然懵了，剛要張口否認，轉念一想，這樣也好，萬一……也多一個逃避的理由，反正鍾離浩沒有女朋友，跟黎軒的感情又不能公開，幫她做一下擋箭牌也不錯，不過要盡早跟他說一聲才好。

安然沒有接話，突然想到桂嬤嬤和劉嬤嬤還在外頭等著，自己進來這麼久了，她們可不急死？還有舒安三人也不知道有沒有事。

她掙扎著就要站起來。「老大，我的人還在外面等呢，我要趕緊出去了。」

鍾離赫扶著她站好。「好，我們一起出去，就說我傳妳來問些事。」

「問什麼事？」安然問道：「這口供可要事先串好才行。」

「問妳小小年紀這麼能幹，是不是妖孽？」鍾離赫揶揄道。

可不是妖孽嗎？偷了他的心逃到這異時空來的妖孽？幸好老天讓他也追了過來。

「切，你才是妖孽呢！」安然小下巴一抬，哼了一聲，轉身就往外快步走出去。鍾離赫哈哈大笑了幾聲，趕緊跟上。

守在不遠處的福公公有多少年沒有聽到鍾離赫這樣暢快的笑聲了，心裡大喊了一聲：

「值！」不管是皇上要罰他，還是慶親王要殺他，他都甘心受死，死而無憾。

安然正好看見跪在地上一臉是淚卻笑得欣慰的福公公，轉頭對鍾離赫說道：「皇上，福公公今日嚇到我了，您要罰他一整天沒飯吃。」

鍾離赫對著福公公輕喝道：「聽到縣主的話了嗎？等下自己去領二十板子，今天的晚飯加上明天一天都不許吃飯，若有下次，絕不輕饒。今天參與的龍衛，每人領五十板子。」

福公公激動得潸然淚下，響響亮亮地磕了三個頭。「謝皇上，謝縣主，謝皇上饒奴才不死。」

安然趕到剛才的地方，只見舒安三人已經解了穴道，不過手腳都被縛著，連桂嬤嬤和劉嬤嬤手腳都被綁在椅子上。

福公公訕訕地解釋道：「兩位嬤嬤等不及，一直要闖進去。來人啊！快，快給他們五人鬆綁！」

桂嬤嬤一鬆開繩索，就拉著安然上下檢查，見她似乎哭過，衣裙還縐了，大急，按捺住自己拉著她走了幾步，又仔細察看了安然眉眼之間，這才輕呼出一口氣，走到鍾離赫面前跪下大呼。「奴才叩見皇上，皇上萬歲萬歲萬萬歲！」

其他幾人聽到桂嬤嬤的話嚇了一跳，不管繩索解完沒解完的，都趕緊先跪下拜見皇上。

鍾離赫注意到桂嬤嬤一早就認出他了，只是急著先確定安然無恙，才沒顧上給他行禮。在桂嬤嬤的眼裡，他這個皇上不如她的主子重要吧？這讓鍾離赫心裡很高興，有這樣的人在安然身邊，他很放心。

鍾離赫朗聲道：「都平身吧，朕只是找你們縣主來問話，確認一些事情，並不會傷害她，你們大可放心。現在話問完了，你們都可以走了。」

安然忙屈膝。「臣女告退。」

早有人牽了他們的馬車和馬過來。

看著馬車漸漸遠去，鍾離赫的心裡空落落的，什麼時候他才能光明正大地把他的然然留在身邊，攬在懷裡？這剛離開，他就開始想她了，很想很想。

# 第六十二章　娶我你樂意嗎？

別院的一個丫鬟送安然等人出了皇莊的地界才折回。那丫鬟一下馬車，舒安、舒敏便讓舒全駕車，自己鑽進了馬車裡。「小姐，我們保護不力，請小姐責罰。」

「他們五個人，你們三個人，還要顧著我和兩位嬤嬤，要是這樣都能讓我們逃脫了，那五人還敢繼續做龍衛嗎？皇上睡覺都得不安穩了。所以呢，這事與你們無關，別再多想了，更不要傻兮兮地去找那個大冰塊請罰知道嗎？」

安然最怕這三人一條筋，愧疚於什麼「保護不力」，又去找虐，繼續叨叨。「老話說，天外有天，人外有人，何況那幾個人是皇上的龍衛，那都是大內高手啊，你們可不要死腦筋知道嗎？再說了，皇上只是找我問些事情，也沒有為難我。」

「小姐，恕嬤嬤冒昧，皇上問您些什麼啊？我們過兩天不是就要進宮給太后請安了嗎？」桂嬤嬤還是不放心。

安然故作神秘地往兩邊窗外看了看，小聲說道：「你們家小姐太過聰慧能幹，人家關心一下我師出何處，以防妖孽出沒。」

舒安一怒躍起，一不小心腦袋撞車頂上了，嗷嗷直叫，還不忘怒斥。「誰?!誰這麼無恥？造謠造到皇上那兒去了？他才妖孽呢，他們全家都妖孽。」

安然大笑，正要開口打趣她，門外傳來舒全的聲音。「小姐，王爺帶著人趕來了。」

啊？這個大冰塊，消息也太快了吧？

馬車停了下來，舒安和舒敏都下了車，安然剛想探出頭去，車簾已被掀開。

「小丫頭，妳沒事吧？」鍾離浩把安然從頭到腳檢視了一遍。「到底是誰把妳劫走的？」

「我沒事，浩哥哥，我們先回到府裡再說。」雖然這裡不是鬧區，可也還是在大路上，總不能在這裡說自己被皇上的人劫持了吧？

鍾離浩見安然一切正常，不像受到驚嚇的樣子，總算放下心來。又見安然態度堅定，必是有原因，不再堅持，跨上自己的馬，一行人向夏府行去。

車進了府裡，安然正想扶著舒安的手下車，就被一雙大手抱了下去。「然然快說，誰劫了妳，怎麼又放你們回來了？」

安然帶著鍾離浩到了書房，舒敏送了兩杯蜂蜜水進來，就退了出去。

「浩哥哥，是皇上，他……」

「皇上？」話沒說完，鍾離浩就一個激靈跳了起來。「皇上他……他……他對妳說什麼呢？他要接妳進宮嗎？」

「沒有，」安然喝了一口水。「皇上只是問了我一些問題，雙面繡啊、火鍋啊，還有那個馬車減震器什麼的，問我是從哪裡學來的，還有那個老婆婆長什麼樣子。」

「呼——」鍾離浩長長吐出一口氣，原來皇兄還是懷疑小丫頭太聰慧了，還好，還好，可他為什麼還是覺得那麼不踏實呢？唉，他的孝期還有十四個月，這婚旨一日未下，他的心就不能安定。

「浩哥哥，你怎麼這麼快知道我被劫的？」安然的問題打斷了鍾離浩游離的思緒。

「哦，你們夏府的那個車夫當時撞到頭，昏了，有路人弄醒了他，他就央人把他送到我府外求見，正好北戰從外面回府，聽到是夏府的人就直接把他帶來見我了。」鍾離浩一直就覺得何管家會調教人，連個車夫都沈穩機靈，嚇個半死卻沒有慌亂，懂得第一時間來找他求助。

「哦，是柱子叔啊，我們剛才回來的路上沒找到他還著急呢，他沒事就好。浩哥哥，有件事我要跟……跟你解……解釋一下，你……不要生氣哦。」安然不知該怎麼開口，要讓人家給自己做擋箭牌，還先斬後奏，要是自己肯定得火大。

鍾離浩好笑地看著安然。「從哪裡學來的支支吾吾？說吧，我不生氣就是。」小丫頭會怕他生氣才怪了，不惹他生氣就阿彌陀佛了，是擔心他怪罪舒安三人吧！

「皇上他、他誤會我們倆……嗯，就是……就是他以為你喜……喜歡我……我……」

鍾離浩盯著結結巴巴、小臉脹得通紅的安然，感覺自己的心都要從喉嚨裡跳出來了。

安然這麼半天說不出一句完整的話，也憋得難受，牙一咬，決定豁出去了，那句話怎麼說來著？伸頭是一刀，縮頭也是一刀。她現在不說，萬一老大直接去跟鍾離浩這個弟弟談

「公平競爭」怎麼辦？鍾離浩一點準備都沒有，鐵定露餡，而且還會更生氣。

緊閉了一下眼睛又睜開，安然似乎找回了自己的勇氣和豪氣，一鼓作氣。「是這樣的，皇上見我們走得近，你又一直在幫我，他誤會了，以為你喜歡我，我也喜歡你，他以為我們是、是……是……」

「是什麼？」鍾離浩直直盯著安然。

安然憋急了，一掌推開逼視著自己的鍾離浩。「啊呀，我知道你很不高興啦，我當時是應該馬上解釋清楚的，可是……可是我怕皇上讓我進宮嘛，一時心急就想著讓他繼續誤會好了。」

「誤會？難怪我聽說太后要給我賜婚，所以要召見妳，原來他們都『誤會』了。」鍾離浩似笑非笑地說道。

「啊，太后都知道了？這怎麼辦？這怎麼辦？你不要急，我去跟太后解釋，就說是我騙了皇上。」安然覺得自己忒對不起鍾離浩了，一個「同志」讓人逼婚肯定很不爽。

「妳騙了皇上？那可是欺君之罪，滿門抄斬的大罪。」鍾離浩邊說邊盯著安然，不想錯過她的任何一絲表情。「妳就算不怕死，也不想連累君然吧？」

安然暈了，這麼嚴重？對哦，這古代的「欺君」可是非常嚴重的，不對不對，現在這個「君」可是她老大，怎麼可能要她和君然的命？想到這兒她又鬆了一口氣。「不會，他不會殺我的。」

這麼篤定？捕捉到安然從緊張到惶恐到自信再到放鬆的每一個表情，鍾離浩瞇起了眼，小丫頭為什麼能這麼肯定皇兄不會殺她？她想起了什麼讓她突然放鬆下來？是皇兄對她的表白？或者什麼承諾？鍾離浩覺得心好疼，好像有人正在把他的心摘走。

等等，小丫頭一向防備心重，跟皇上才見一次面就這麼相信他？從時間上估算他們相處最多不超過半個時辰。

而且，小丫頭真喜歡皇上的話也不會不想進宮，還故意要讓皇上「誤會」了。

這中間，到底有什麼他不知道的事？從皇上第一次聽安然唱曲頭疼那次，鍾離浩的心就開始不安，上次進宮皇上問他那一番話後更甚，今日皇上甚至一點前兆都沒有地劫了小丫頭，現在小丫頭又是這樣的反應，鍾離浩覺得自己如果再認為皇上只是懷疑小丫頭的聰慧，就是被驢踢了腦袋了。

顯然，皇上喜歡小丫頭，小丫頭卻不想進宮，她不是說過「宮裡的女人真累」嗎？還說「腦袋壞了才會想進宮」。皇上知道自己對小丫頭的感情，肯定問了她是不是也喜歡自己，所以才有了她口中的「誤會」。

小丫頭還小，還不大明白男女感情之事，但是他能感覺到，小丫頭對他是不同的，有一種發自內心的依賴。那次酒醉得那麼厲害，都能認出他，在他懷裡是那麼的放鬆。

嗯，他可以慢慢教她體會男女之情，但是不能讓皇兄鑽了空子，他為了皇兄可以連命都不要，可是小丫頭比他的命更重要。再說了，小丫頭這樣的性子，也不適合到那「黃金牢籠」裡跟那些女人鬥個妳死我活，她總是說她「需要自由的空氣」。

鍾離浩在百般糾結千般思量的時候，安然的腦袋也沒閒著，她是一點不擔心鍾離赫會要他們姊弟倆的命，可是，她真的要進宮做他的「女人之一」嗎？或者，像他說的那樣把那些女人都「明休」或「暗休」了？出了宮的嬪妃有誰敢娶？那些女人年齡最大的估計也就三十多一點，她們又沒犯什麼錯，就因為自己和老大兩個異世穿越者的闖入，她們年紀輕輕就要過暗無天日、沒有希望的冷宮生活嗎？

安然從來就不是「聖母」，但這並不意味著她可以坦然看著無辜的人因為她而受苦遭罪，人家又沒招她惹她。她想到前世流行的一句話——女人何苦為難女人？以她對老大的瞭解，他也做不到那麼無情的。最重要的是，他的身分還那麼特殊，真的可以隨心所欲嗎？

安然抬頭看向鍾離浩。「浩哥哥，如果太后真的要你娶我，你……會不會很難接受？」

「妳認為呢？」鍾離浩抿了抿唇，他的雙手在身後握成拳，已經是汗津津的了。

「我……我……」安然很內疚地垂下眼眸。「浩哥哥，我知道你肯定很不樂意，但萬一真到了萬不得已的時候，也只有你能幫我了。」

不樂意？他會不樂意娶她？鍾離浩真的又想揍她屁屁了，雖然他承諾過再也不打她。

突然，安然又勇敢地抬起了頭，拿出以前商場談判的架勢跟鍾離浩談起合作來。「可是，浩哥哥，你娶我也有好處啊。」

「哦？妳說說。」鍾離浩又瞇起了眼。

有回應就好，安然對自己的談判能力還是很有信心的。她再喝了一口水，定定心神。

「你看啊，你和黎軒哥哥這樣，沒個遮掩也不行。而且再過一年多，你的孝期結束，再不訂親的話，太后娘娘那裡肯定不同意的，那個什麼老王妃也一定會弄幾個女人給你。」

鍾離浩愣住了，他和黎軒哪樣？為什麼要遮掩？他突然想到曾經有傳言說他和黎軒斷袖，理由還很充分，說什麼他們倆正值風華正茂、血氣方剛之年紀，又都是金尊玉貴的才貌，卻是雙雙不近女色，倒是兩人成日在一起打得火熱，不是有不正常關係是什麼？

他知道這是那兩房人爭奪世子之位的低劣手段，要的就是他的激烈反應，當時他只是冷哼一聲置之。由於他的地位和強勢，傳言並不敢太盛，加上沒有得到他的回應，時間一長也就不了了之了，難道又有什麼人舊事重提被小丫頭聽到了？

安然見鍾離浩臉黑黑也不意外，這種事被當面挑破肯定不樂意啊！為了表示她和他的關係親近以及傳達她的真誠，安然拉過鍾離浩的一隻手，咦，大冷天的怎麼這麼汗濕？她抽出帕子先幫他擦乾淨了才握著。

鍾離浩渾身僵硬，大腦都不會轉動了，雖然他們倆更親密的摟抱、親吻都做過了，還是她先「非禮」他的，但那是小丫頭酒醉不清醒的時候，這次可是她清醒時最主動最親密的舉動了。他沒有吭聲，更不可能阻止，由著安然動作。

她這是要做什麼？

安然雙手握著鍾離浩的左手，很「親切」地說道：「浩哥哥，你跟黎軒哥哥都很疼我，就跟我的家人一樣，你們做什麼我都會站在你們這邊的。我在平縣的時候就猜到你們的關係，可我從來沒有跟任何人提起，連君然都沒有說，以後也不會，我會尊重你們，還會保護你們。你看啊，如果萬不得已，非要你娶我的話，對你們的感情也是一種掩護不是？對外呢，我們就是恩愛夫妻，在府裡，我們還跟現在一樣是好兄妹，如果有誰給你塞什麼女人，我全幫你擋了，大不了讓人說我是『大昱第一妒婦』嘍。」

想得可真周到貼心！鍾離浩又好氣又好笑，誰跟她是好兄妹？他只記住了「恩愛夫妻」四個字，眼神也因為這四個字，還有包著自己左手的那雙柔若無骨的小手而柔和起來，管他什麼對外對內，他都只要和她做真正的恩愛夫妻。

安然見鍾離浩的面色緩和了，只道自己的勸說有了顯著的效果，正暗自得意，就聽到鍾離浩冰涼涼的聲音。「妳是怎麼發現我跟黎軒的關係的？」

「直覺啊，我的直覺最準了。」安然剛自誇了一句就發現鍾離浩的臉色不對，趕緊低下頭加了一句。「在雙福樓後院，我看見黎軒哥哥要親你的手。」

黎軒親他的手，怎麼可能？鍾離浩努力回憶著當時見安然前後的情景，可怎麼想也想不出黎軒什麼時候「親」他的手了。

安然繼續遊說。「浩哥哥你放心，我不會拖累你很久的，等過個幾年，你就以那個什麼善妒、無子之類的七出之條把我給休了，不過，咳咳，最好等君然出仕、娶妻之後再休我，好不好？」安然小鹿般的大眼睛可憐兮兮地看著鍾離浩，好像此刻就要被休了似的。

「好，明日我就進宮請太后伯母為我們賜婚。」鍾離浩回答得很乾脆。

「謝謝浩哥……不是……我們剛才說的是萬一太后娘娘要賜婚怎麼辦，你怎麼還要去找她老人家賜婚呢？」安然反應過來，大急，卻看見鍾離浩臉上揶揄的表情，知道自己被捉弄了，鍾離浩現在還在孝期，怎麼可能主動去請求太后賜婚？

鍾離浩定定看著安然。「然然，如果我不願意，妳又不想進宮，是不是就找別人來假成親了，比如黎軒或者天磊？」

「怎麼可能？」安然脫口而出。「他們就跟我哥哥一樣，怎麼成親？假的也不行，感覺怪怪的。」

鍾離浩的右手輕輕攬著安然的肩。「噢？那妳準備找其他人？陌生人？」他的左手還在安然的雙手裡包著呢。

「當然不是了！」安然一撇嘴。「成親欸，怎麼可以開玩笑的？我可以逃跑啊，躲得遠遠的，到誰也找不到我的地方去。」

鍾離浩的心一顫，攬著安然的手不自覺地加了力，看來要派人盯著這小丫頭了，他莫名地相信，如果小丫頭有心要躲，真的會不讓他們任何人找到。

安然這才發現自己被鍾離浩摟著，而且明顯感覺到他的不安，他的手突然使了勁，怕自己真跑了似的。她也沒覺得鍾離浩摟著自己有什麼不對，很自然地放開鍾離浩的左手，雙手輕輕環著他的腰，乖巧地靠在他懷裡。「浩哥哥別擔心，那是最壞的打算，有浩哥哥一直護著我呢，我沒必要躲起來不是？」

鍾離浩的心早是柔軟一片。「是，無論什麼時候，浩哥哥都會護著妳，所以不管出什麼事，妳都要跟我商量，不要衝動之下自己亂跑，外面各式各樣的壞人很多，浩哥哥又找不到妳，想護妳都只能乾著急了。」

「嗯。」安然在鍾離浩懷裡點了點頭，突然想起了什麼，蹦出鍾離浩的懷抱。「浩哥哥，你等等，我給你看為薛大哥成親準備的禮物，呵呵，絕對獨一無二！」說完就樂呵呵地走到書架那邊打開其中一個櫃子，她解決了一個大問題，心情好著呢。

懷裡突然一空的鍾離浩卻很不樂意，對著安然忙碌的小身影無奈地搖了搖頭，可心裡依然沁甜如蜜，他可以確定，自己在小丫頭的心裡也是獨一無二的，只是她自己還不知道罷了。也許是因為她認定自己和黎軒有染，也許是她還不識男女之情。嗯，自己不能心急，以免嚇著她，但可以先讓她見見一個人。

正想著，安然已經捧著一個大紅色的錦緞盒子過來了。

「浩哥哥，快來看。」安然打開了盒子，裡面是一個玉雕，安然戴上白色細棉布縫製的手套，小心翼翼地把那玉雕拿出來。

一對淡粉色透明的天鵝展現在鍾離浩眼前，這是用一整大塊玻璃種玉料雕刻而成，安然提在手裡輕輕晃了晃，天鵝裡水波蕩漾，更散發出淡淡梅香。

見鍾離浩滿眼的驚異和好奇，安然得意地笑了，把其中一隻天鵝脖頸上戴著的一朵玫瑰花拔開，原來這朵花是個塞子，花心有很多非常細小的孔，香味就是從這些小孔中散發出來的。

玉天鵝是中空的，裡面裝著梅花香味的水，難怪晃動一下就會有水波紋。

安然笑咪咪地解釋。「這玉天鵝是我精心設計的哦，我讓玉雕店的師傅把內裡掏空了，裡面的水是我用了一大桶梅花才提煉出來的，還必須都是大紅色的梅花，否則就沒有這種粉色了。嗯，這就叫梅花香水，瑩姊姊說薛大哥和梅小姐都喜歡梅花，梅小姐又姓梅，我這可真是煞費苦心了！」

「香水？」鍾離浩只知道香囊、薰香，還從未聽說過「香水」。

「對啊，也可以叫做花露水。」安然從玉天鵝裡倒了一點點梅花香水抹在自己的手腕動脈處，然後抬起手腕靠近鍾離浩的鼻子。「聞聞，是不是很香？」

鍾離浩笑道：「香，可我還是喜歡茉莉花香。」剛剛他懷裡還摟著淡淡的茉莉花香呢，那才是他的最愛。

「各人喜好嘛，等你成親的時候，我給你做茉莉花香的。」安然隨口而出。

「好，妳要記得。」鍾離浩一口定下。

「你、你真要成親？」安然秀氣的眉毛微微蹙起，怎麼可以？為什麼可以？當然不可以，黎軒怎麼辦？

「當然，妳也說了，孝期過後，太后娘娘那兒也不會允許我不成親的。」鍾離浩似笑非笑。

「那、那我怎麼辦？不，不是，你說你會幫我的！」安然急了。

「放心，在浩哥哥心裡，我們然然永遠是第一位的，要確定了然然不需要我護著了，我才會跟別人成親。」鍾離浩輕輕扯了扯安然落在額前的一綹秀髮。

「哦。」安然微微鬆了一口氣，可這心裡，為啥還是不舒服呢？對，一定是替鍾離浩難過的，跟不喜歡的人成親，就算是演戲給別人看，還是彆扭、難受不是？她低下頭，默默地塞好天鵝香水瓶的玫瑰塞子。

鍾離浩卻是愉悅地勾起一個大大的笑臉，這個傻ㄚ頭！

安然默不吭聲地包裝好香水瓶，鍾離浩只好出聲打破這太過於安靜的氣氛。「然然，為什麼會想到雕刻天鵝呢？」

安然抬起頭。「我曾經在一本書上看到過，天鵝的感情是最純粹最忠貞的，牠們一生只會有一個伴侶，我祝福薛大哥和梅小姐也能一心一意，白頭偕老。」

安然的眼裡星光熠熠，裡面有一種美好的嚮往和心願。鍾離浩看在眼裡，心裡默默許諾——

然然，我許妳一生一世一雙人。

# 第六十三章　意外

薛天磊成親，敬國公府裡到處張燈結綵，喜氣洋洋。

整個京城裡幾乎都在談論這場盛大的婚事。薛家是當今太后娘娘的娘家，世襲敬國公府，真正的顯貴世家，而梅家乃大昱首富，錢莊遍布天下，真正的富可敵國，這兩家聯姻，真可謂且富且貴，強強聯手。

有人說，梅大小姐的嫁衣是由三個頂級繡娘花了整整三年時間繡製而成，僅嫁衣上金絲線和粉珍珠的價值就夠十戶普通人家開銷一整年。有人說，梅家為愛女一擲千金，在京城內外購置多處宅院、莊子、肥田。有人說，梅家在京城以及附近多個州縣的百家店鋪，都已歸在薛家新婦梅大小姐名下。還有人說，梅家的嫁妝整整六百六十六抬，名副其實的十里紅妝……

梅家是晉州人士，但早在半個月前，梅琳的父母兄長以及梅家嫡系主支的主要當家人都已經從太原到了京城，就為了薛梅兩家的這場婚禮。

鍾離浩還在孝期，不適合出席這樣喜慶熱鬧的場合。薛梅大婚前一晚，他約了薛天磊和黎軒，三個好兄弟在紅紅火火的後院包間裡提前慶祝薛天磊成家立室。

酒過三巡，薛天磊和黎軒都已經醉眼迷離，只有以茶代酒的鍾離浩是清醒的，叫了夥計煮些醒酒湯過來。

薛天磊醉得眼紅臉紅脖子紅，一雙手用力一揮。「不……不要醒酒湯，醉……醉了好，今朝有酒今朝醉，明日愁來……明日愁。」

「愁？你愁什麼？你沒聽到人……都在說嗎？美嬌娘加……加錢莊，你薛大少爺是人……人財兩得，哈哈哈哈！」黎軒今天不知怎麼了，灌酒跟灌水一樣，也是醉得不行。

「人財我都……都不稀罕，你要都送……送給你。」薛天磊嘟囔著又仰頭飲盡一杯。

「我才不……不要，我要我的蓉……蓉兒……蓉兒……不……不要我……嗚嗚嗚……」

黎軒突然就這麼哭起來，哭得很傷心。

薛天磊一個轉身太用力，跌趴在黎軒背上，拍打著他。「不……不要哭，你……比我好，我愛的人不……不愛我，要娶的人……我不愛，你……你又不用娶別人，可……可以一直等……等蓉兒。」

鍾離浩其實也很想醉啊，可是看這兩傢伙醉了也一樣沒有忘掉煩惱，他也就不再羨慕他們可以一醉方休了。

他本來是三個好兄弟中最幸運的，他愛他的小丫頭，小丫頭心裡也有他，有他守護著小丫頭長大，等小丫頭慢慢體會到他們之間與別人不一樣的情感，他的孝期也應該結束了，皇上、大長公主都答應了他的賜婚請求，一切本可以順順利利，好比順水推舟。

誰知道皇上竟然看上了小丫頭！煩，煩啊！都怪他自己，那天若不是他堅持讓小丫頭唱曲，她本是不想唱的。

薛天磊怎麼知道鍾離浩的煩惱？他突然撲過來抓住鍾離浩的前襟。「大冰……塊，你……你是最幸福的，你要好好……待她，如……如若不然，我……我照樣揍……你。」

鍾離浩當然知道薛天磊口裡的「她」是誰。「你不會有這個機會的，我此生定不負她。」

當酩酊大醉的薛天磊被送回敬國公府的時候，國公爺氣得直想搧他兩巴掌把他搧醒，梅琳美貌溫婉，嫁妝驚人的豐厚，又對薛天磊一往情深，他還有什麼不滿意的？遲遲歸京不說，回來以後對親事也是漠不關心，明日就要迎娶了，今晚竟然還能這樣爛醉如泥。這些要是讓梅家知道了，敬國公府還要不要臉面了？那梅老爺可是他敬國公的救命恩人！

國公夫人則是真心心疼兒子，他對這樁親事真的如此不樂意嗎？「行了，老爺，磊兒又不是去哪裡花天酒地，他只是跟浩兒還有黎軒聚一下，誰不知道他們仨從小玩到大，比親兄弟還要親，浩兒明日又不方便過來飲宴，他們先慶祝一下也不為過啊！」

「妳就慣著他吧，他這副德行還不都是妳給慣出來的？哪有一點掌家人的模樣？」敬國公冷哼一聲，甩袖而去。這會兒薛天磊醉得不省人事，他說什麼都是浪費口舌，何必自找氣受？

國公夫人讓天磊的大丫鬟依靈帶人服侍他回房歇下後，讓其他人都退了出去，只留下女兒薛瑩。

她看著薛瑩閃避的眼神，輕嘆一口氣。「瑩兒，妳還沒下定決心嗎？見妳大哥這樣，妳於心何忍？妳希望他一直這樣不開心嗎？」

薛瑩的嘴唇蠕動了幾下，總算說出話來。「娘，那樣做真的很不好，對安然妹妹不公平，她會恨死大哥，恨死我們的。」

國公夫人一臉穩操勝券的神情。「這事成了，我豁出臉去求太后娘娘給他們賜婚。她進了我們家，妳大哥定會寵她愛她、如珠如寶，我也會把她當作親生女兒一樣，怎麼會對她不公平？再說了，誰都知道那只是一個意外，她最多生一陣子氣，不會恨妳大哥的。」

薛瑩還是覺得不妥。「可是，娘，這對大嫂也不公平啊！」

「傻丫頭，這對梅琳是最好的了，安然進門，妳大哥心情好，對她也會好些。否則妳看著吧，不要幾天妳大哥肯定又想法子躲出門去，梅琳一年裡恐怕也見不到他幾日。」國公夫人很肯定地說道，還有誰比她更瞭解她的兒子？

「這……就算您說的都對，一定要在明天那樣的日子嗎？」薛瑩有些動搖，大哥往外躲梅琳不是一次、兩次了。

國公夫人斬釘截鐵地應道：「對，只有在明天那樣的場合下，大家才都會相信那純粹是個意外，造成意外的所有理由才說得過去，整件事才不會對妳大哥和安然的名聲造成什麼影響。因為，那就是個誰都想不到，誰也都不願意發生的意外。」

「這……這……娘，我們還是要想想……好好想想……」薛瑩還是有些害怕，但她說不清究竟害怕什麼。

國公夫人輕拍著薛瑩緊握著的拳頭。「好了，瑩兒，妳要相信娘，這是最好的辦法了，過了這個時機就再也沒有這麼好的機會。而且，妳浩表哥也喜歡安然，只要有安然在，妳就算能嫁給他也只能為妾，先不說我們薛家的嫡女不可能做妾，怕只怕就算妳真的做了浩兒的妾，還是不受寵的妾。」

薛瑩很小的時候就開始喜歡表哥鍾離浩，雖然表哥總是一副冷冰冰的樣子，但她就是喜歡。在她的眼裡，浩表哥是最有男子氣魄的男人，除了他，還有誰十三歲就敢獨自衝進黑衣人的包圍中救出當今皇上？

可是鍾離浩不喜歡女人，尤其是年輕女子近身，對誰都是一副凍死人的神情，她這個嫡親表妹也不例外。

前幾日聽到大哥的小廝佳茗無意中透露出鍾離浩喜歡安然，安然是除了太后和皇后還有他奶娘之外唯一能近他身的女子時，薛瑩的心裡苦澀難當，甚至妒忌得很。安然真的那麼好嗎？讓大哥和表哥兩個京城最傑出的男子都對她傾心如斯。

再過兩個月薛瑩就滿十六歲了，如果鍾離浩再不表示要娶她，國公爺一定會訂下她的親事，不會再讓她拖下去，可她真的不想嫁給別的男人啊！

薛瑩不知道自己是怎麼從她娘的屋裡回到自己屋裡去的，也不知道自己究竟有沒有真正睡著，還是半夢半醒？

她只知道，第二天醒來的時候頭有點暈沈沈的，心，好像一直在漂浮著，不踏實。

安然來得很早，是跟黎軒、君然一起到的，還有瑾兒和瑜兒。

安然和瑾兒、瑜兒自然是由薛瑩這個嫡女接待，看見安然真誠溫馨的微笑，她不由得就覺得心虛。

薛天磊出門迎親前特意跑來薛瑩的院子，看見笑靨如花的安然，他的臉上也綻放出好幾天來第一個笑臉。

安然奉上紅色錦緞盒子。「薛大哥，這可是我花了很多心思，精心準備的禮物。希望你和嫂子都能喜歡，祝福你們新婚快樂，白頭偕老。」

薛天磊親手接過盒子。「安然無論送什麼，薛大哥自然都是喜歡的，薛大哥也祝福安然幸福快樂。」說完他將盒子遞給佳茗收了起來，而不是像其他人送的禮物一樣交給依靈放置在新房中。

這一切都被薛瑩看在眼裡，尤其是大哥臨出門前還深深地看了安然一眼，那一眼飽含無限深情和依戀。

薛瑩心想，也許娘是對的，大哥對安然的感情比她想像的還要深。

國公府的婚宴設在著名的梅園，梅園足夠大，分成男席、女席兩處。薛瑩、安然她們這桌在女席的最裡面，因為剛好被一排梅樹隔著，有點獨佔一角的味道，位置特別寬，景致特別好。

與她們同桌的除了陳之柔、杜曉玥和薛瑩的兩位堂姊外，還有一位郡主一位縣主。這座位也是國公夫人精心安排的，幾位千金小姐或是性格相似，或是有親戚關係，還有很重要的一個共同點——身分高貴。

在大管家的建議下，薛瑩讓人在邊上又加了一桌，讓桌上幾位小姐的貼身丫鬟都上桌同飲，也免得輪流去廚房用飯，她們這個位置距離廚房太遠。

桌上幾位小姐性格都偏向爽朗，其中那位郡主和薛瑩的一位堂姊都喜歡飲酒，於是，幾人邊飲酒邊對對子、作詩，桌上的氣氛越來越好。大家喝得高興，薛瑩興頭上來，又讓人取出她娘埋在地下多年的梅花酒與眾姊妹分享。

梅花酒幽雅醇厚，沁人心脾，大家都很喜歡。

杜曉玥看見安然就滿心不爽，但自從安然救了大長公主，又被賜封為縣主後，母親嚴令她不許去招惹安然，不許惹事，這讓杜曉玥非常的憋屈。這會兒機會來了，她仗著自己酒量好，不斷地想著法子讓安然喝酒，一心想讓她醉酒出醜。

安然前世挺能喝的，上次在怡紅閣也喝得不少，醒來時還不頭疼，心想現在這副身體跟酒精的親密度應該更高，而且這梅花酒確實清新幽雅，入口綿醇，也很是喜歡。

不過，她總歸擔心自己喝醉了又會「活潑」起來，酒品失控，那可真丟大臉了，所以還是小心控制，不動聲色、軟軟地擋掉杜曉玥不少硬刀軟劍，杜曉玥沒有灌倒安然，自己倒是喝下不少，只要安然想，杜曉玥那點子小心眼是玩不過她的。

沒想到的是，她冷安然今天注定要醉一回。

也許是那梅花酒年分夠久、酒勁夠足，也許是兩種酒混著喝易醉，總之，這兩桌的主子丫鬟都嘩啦啦地倒下了。

內管事陳嬤嬤報過來的時候，國公夫人哭笑不得，那一桌子小姐的長輩基本上都在她這一桌呢，當下很不好意思地嗔怪自己的女兒薛瑩。「這小妮子，竟然把我珍藏多年的梅花酒給偷弄出來喝了，那酒裡有梅花夫人給的珍貴秘方，雖然養生養顏，但酒勁太足，這下好了，帶累各位小姐都陪她一起醉了。」

梅花夫人是大昱有名的「隱士文人」，她的夫君是前朝名門之後，夫妻都極有才華但不喜世俗煩擾，躲在一個不知名的山坳裡建了一個遠離俗世的梅花莊，人稱梅花先生、梅花夫人。那梅花夫人不但文采好，還善於釀製各種鮮花酒，尤以梅花酒最為出名。

梅花夫人出閣前與國公夫人是閨中密友，能拿到製酒秘方倒不稀罕。

燕王妃，也就是與安然等人同桌那位郡主的母親笑道：「這幾個孩子倒是有口福，只是酒量太淺，白白糟蹋了國公夫人的好酒，哈哈哈。」

其他幾人也紛紛笑著附和，在這雅致的梅園裡，喜慶的氣氛下，幾個小姑娘飲梅花酒、行酒令、作酒詩，醉臥梅花下，倒也不失為一雅趣之事。她們那一桌在梅園深處，也不擔心有男子看到。

敬國公夫人吩咐陳嬷嬷。「找可靠的丫鬟婆子把小姐們扶到吟梅小築去，讓她們好好睡一覺，另外，讓人煮些醒酒湯送過去。」

吟梅小築是建在梅園裡的一處小院，距離安然她們那桌很近，總共只有十間屋子，但每間都非常雅致。每年的賞梅宴，有需要的夫人小姐可以在裡面小憩、處理些私務等等。有些人遇到醉了、臨時身體不適之類事宜，還會在主人安排下住上一晚。國公夫人這樣的安排倒是挺好，各位夫人也放下心來繼續飲宴，小姐們都有貼身丫鬟伴著，自然會照顧妥帖。

只有大將軍王府的二夫人宋氏心裡仍舊放不下，才吃了幾口菜，就提出要過去看看安然，安然外出帶的都是舒安和舒敏，那兩丫鬟都不是細緻人，主要還是護衛角色，把醉酒的安然交給她倆照顧她忒不放心了，如果舒霞或者冬念有一個在也好。

國公夫人笑著拉住了她。「妳放心好了，陳嬷嬷她們會安排好的，橫豎那幾個孩子這會兒都睡得香，妳跑過去一趟也只能看著她呼呼睡。」

燕王妃也笑道：「都說大將軍王府三位夫人疼這個外甥女如同親生女兒，今日看來此言非虛，二夫人比我們這幾個做母親的還掛心。被妳這麼一來啊，我也不放心了。這樣吧，馬上就要上『歡喜姻緣』了，等這道菜上來，我們用過後一起過去如何？」

「歡喜姻緣」是一道寓意吉祥的「彩頭」菜式，是婚宴上最重要的一道主菜，無論客人已經吃得多飽，都要挾上一筷子意思一下。

話都這樣說了，宋氏也不好堅持。「讓各位見笑了真是不好意思。我們家小姑去得早，然兒又乖巧懂事，別說她三個舅舅視如珍寶，就是我們這些舅母啊，也捨不得看她有一點點頭疼腦熱的。」

提到安然那三個舅舅，國公夫人的心不由得抖了一下，夏家老大、老二都是戰場上拚殺出來的，脾氣比拳頭還硬，老三平日裡看著溫文爾雅，聽說也是個心狠手辣的，幫皇上處理了幾件事都是毫不帶情面，讓相關人等膽戰心驚、寢食難安。他們仨的父親大將軍王就更別提了，那就是一個活閻王，眼裡只有皇上一個，誰要惹著他了，絕對六親不認。

沒事沒事，這就是個意外、意外！國公夫人在心裡不斷地安慰自己，給自己加油打氣。

果然，沒一會兒，「歡喜姻緣」就上來了，眾人用了一點之後，一起向吟梅小築走去。

走到半途，快到了的時候，就見陳嬤嬤在前面急急奔走，國公夫人的大丫鬟叫住了她。

陳嬤嬤回頭一看，國公夫人和各位夫人都過來了，大驚失色。

「陳嬤嬤，妳為何這樣慌亂？發生什麼事了。」國公夫人蹙著眉。「小姐們喝醒酒湯了嗎？」

「夫……夫……夫人……」陳嬤嬤似乎急得眼淚都要出來了，想開口又看向旁邊的各位夫人。

「說！」國公夫人喝道。「各位夫人都是我們敬國公府的至交，而且，我們有什麼事不可對人言的？」

「夫……夫人……」陳嬤嬤抖著唇說道：「大少爺他醉了，佳茗、佳餚又被大管家拉走辦事，國公爺他們就讓一個小廝送大少爺回新房。可是好半天了，大少爺都還沒回房，問了一下，才知道那小廝剛進府沒多久，路都沒認清楚，恐怕走錯地方了。」

「啊？」國公夫人驚呼。「那趕緊派人去各處找啊！妳跑這兒來做什麼？」

「有人看見……看見背影很像他們的人走去……去吟梅小築了。」陳嬤嬤的眼淚終於下來了。

「什麼？」眾夫人急了，再也顧不上什麼大家姿態貴婦形象，提起裙角就奔向吟梅小築，她們的女兒、媳婦在那小院裡面睡著呢，也是醉的。

在小院門口，眾人正好遇上縮頭縮腦往裡瞧但沒敢進去的一個小廝，一問之下，正是送薛天磊回新房的那位新進府的小廝阿有。「夫人饒命，饒命啊，奴才扶著大少爺回房，走錯了方向，到這裡時憋不住跑去方便一下，讓大少爺靠在這椅子上，結果回來的時候大少爺就不見了。」

敬國公夫人也顧不上懲治阿有，帶著幾位夫人挨個房間地找，吟梅小築的丫鬟婆子這會兒都跑到前面幫忙去了，但小姐們身邊都有貼身丫鬟跟著呀，怎麼都沒人聽到她們的動靜嗎？那麼多屋子一點聲響都沒有。

直到她們進了第一間屋子，看到裡屋的小姐睡得香乎乎，外屋的丫鬟睡得乎乎香，才知道連丫鬟們都醉了。連續找了幾間屋子都沒有看到薛天磊在裡面，已經看到自家女兒的夫人都不約而同呼出一口氣。兩個酒醉的人若是在一張床上，哪裡還說得清？薛天磊是很好，可是人家今天成親了啊，難不成給他做妾，他們這些人家的這幾個孩子都不可能給人做妾的。

連續走了六間屋，最後就剩下安然和薛瑩還沒找著了，敬國公夫人的心跳得厲害，低垂著的眼眸裡有著難掩的激動和興奮。

宋氏的額上則是冒出了汗，扶著丫鬟的手都在顫抖。

燕王妃安慰道：「薛大少爺應該是被其他下人發現接走了，根本就沒進這個院子。」

眾人又走進了一間屋，外屋果然是醉得沒有一點反應的舒安和舒敏，宋氏第一個衝進了裡屋，就聽到一聲嫩嫩的「二舅母」，大家一看，叫人的正是勇明王爺瑾兒。

安然裹在被子裡正睡得香甜，她身旁坐著的小瑾兒手上拿著一個魔術方塊玩。「二舅母您怎麼來了？大姊姊還在睡覺呢。」

宋氏鬆了一口氣，高興地摟過瑾兒。「小瑾兒，你一直在這兒呢。」

「是啊，大姊姊睡著了，舒安和舒敏也睡著了，瑾兒守著大姊姊。」六歲的小瑾兒臉上有著一種保護者的驕傲。

敬國公夫人暈了，不該是這樣，不該是這樣的啊！在安然床上的應該是醉了的薛天磊，怎麼會是瑾兒？瑾兒和瑜兒應該都被人帶去玩秋千了啊，那天磊呢？天磊上哪兒去了？

最後只剩下薛瑩的屋子了，眾位夫人心裡鬆了鬆，就算真的在那兒找到薛天磊，他們畢竟是親兄妹，總比在別的小姐屋裡強。

果真，薛瑩屋裡正中的圓桌旁，一身紅袍的薛天磊正坐在地上，抱著一張凳子呼呼大睡。

燕王妃「噗哧」一笑。「天磊醉成這樣，行事還是有分寸的，難怪做生意那麼精明呢。趕快找人給他送洞房去！這些爺們也真是的，總喜歡把新郎官灌成這樣才肯放過。」

旁邊一位夫人也呵呵笑道：「好了好了，我們也散了吧，今天虛驚一場，好在有驚無險，以後可不許這些孩子這樣喝酒了。」

# 第六十四章 人心

皇宮，御書房裡，鍾離赫面色鐵青地聽著「三號」龍衛的回報——

「小的到梅園的時候，縣主和同桌的小姐們正要被送去吟梅小築，奇怪的是那些小姐丫鬟飲酒的量多少肯定不同，卻是幾乎同時醉倒。一個婆子正在收拾桌面，其他碗盤都沒動，只急著收回酒杯，小的偷換來一個酒壺和一個杯子驗看，杯子內壁上有一些極難發現的白色細粉末。

「剛才回來的時候小的把那酒杯和剩下的酒拿給最擅長用毒的二號確認了一下，正是『無影香』，中了『無影香』的人立時就會昏睡過去，一個時辰後才會自行消解。這種迷藥無色無味，極難發現，但是『無影香』若與酒混合，會在瓷器上留下一層白色粉末。小的當時不知酒裡下的是無影香，但確定這酒有問題，就趕去吟梅小築，到了縣主休息的屋子，差點跟守在那裡的暗衛交上手，小的跟縣主的那個暗衛在清源峰上曾經交過手，他也認出了小的。

「小的看見有人護著縣主，正想離開去看看清平侯爺那邊有什麼動靜，就見一個小廝和一個婆子扶著爛醉的薛大少爺進來，把他放在縣主的身邊躺著，然後兩人就急急出去了，那個婆子還跟那小廝說國公夫人很快就會帶著那些夫人們趕來，讓他按夫人的交代做，還說等縣主嫁進門，夫人必會好好打賞他。

「他們如此謀算縣主，小的當時生氣極了，就把薛大少爺移到薛三小姐床上去，但是那個暗衛硬是把他挪到了地上，說他們兩兄妹都是縣主的好朋友，尤其薛大少爺幫了縣主很多，縣主不會願意看到他們名聲受損，小的也就沒堅持。

「然後小的就離開了。在院子門口正好看到一個僕從打扮的人要偷襲勇明小王爺，想把小王爺從吊橋上推下水去，小的便封住了他的穴道。小王爺沒有發現，繼續跑進院子裡去，嘴裡還喊著『大姊姊、大姊姊』，小的瞧見縣主屋子的門開了，應該是那個暗衛給小王爺暗示。」

鍾離赫面色微緩。「偷襲小瑾兒的人你帶回來了嗎？」

「是的，小的怕他自盡，給他服了軟力散，丟到雜物房裡了。」三號答道。

鍾離赫轉向福公公。「你把那個人送去大長公主府，讓姑姑處置，看來有些人還是不死心啊。」

福公公應聲離去。

鍾離赫繼續問：「清平侯都做了些什麼？」

三號回道：「清平侯爺果真布置了人要在半道上劫持縣主，然後讓二皇子『英雄救美』，沒想到縣主醉倒，大將軍王府的二夫人不放心，與縣主共乘馬車，同二爺夏燁華將軍一起親自送縣主回大長公主府。清平侯爺他們得到消息，只好放棄，讓那些人撤了。」

鍾離赫的嘴角勾起一抹冷笑。

「瑞兒的功夫自保都困難，還能救人？德妃還真是煞費心思啊！好了，你下去吧，多派幾人盯著清平侯府。」

「是。」三號告退，出了御書房。

鍾離赫靠在榻上，心裡真正是酸甜苦辣鹹，五味俱全。

甜，每次想到安然，他的心就甜甜軟軟的，兩世的愛戀，今生能否相依相伴？

酸，鍾離浩對安然的保護真是周到細緻，不但有舒安、舒敏貼身侍候，還安排了一個暗衛隨身。據說，為了防止安然再次跑去青樓聽曲，鍾離浩專門送去兩個善於唱曲的丫鬟。鍾離浩年輕英俊、家世顯赫、聰明能幹又潔身自好，至今別說姬妾，連一個通房丫頭都沒有，對安然又是如此貼心呵護，如果他是女子，也定會傾心於這樣的男子，可是……他實在不能放手！

辣，想到德妃和敬國公夫人算計安然的行徑，他就氣得火辣辣。正因為福子無意中探知德妃打上安然的主意，想借助安然為二皇子爭奪儲君之位增添籌碼，他才會派三號盯著，沒想到那敬國公夫人竟敢陷害安然，想讓安然給薛天磊做妾嗎？他的然然怎麼可能給人做妾，與人共事一夫？

思及做妾，他的心又發苦起來。如果不能解決宮裡那些嬪妃，尤其是皇后，安然進宮來不也是為妾？還要與那麼多女人共事一夫？他究竟該如何做才好？

一滴淚又無聲地滑下，落到嘴角，鹹澀直達心底……

第二日清晨，剛醒過來的安然不知道自己經歷了一場「險事」，差點被人謀算成「平妻」，她正在痛並懊惱著。

昨日喝得開心，還沾沾自喜於這副身體抗酒精侵害，不承想今日醒來腦袋脹脹疼疼，難受死了。為什麼？上次在怡紅閣喝得更多，也沒有頭疼，今天為什麼疼得這麼厲害？難道怡紅閣的酒更好？沒道理啊！

好在有舒敏，舒敏餵她喝了特製的湯藥，頭才慢慢不疼了，不過手腳還是發軟，剛好徐嬤嬤又傳話來說今日大長公主有事處理，讓四個孫兒孫女都不用去主院請安。

安然遂不想動彈，吃了早餐就靠在炕上聽舒妙和舒悅唱歌，瑜兒、瑾兒也窩在她身旁。

舒妙二人嗓音美妙，學歌又快，近來跟安然學了不少現代流行歌曲，還有幾首童謠。更加令安然驚喜的是，那舒妙還能把安然教的歌用箏彈出來，真真一個妙人兒啊！

這會兒，一人彈琴，一人唱歌，一曲〈採蘑菇的小姑娘〉迴盪在院子裡，正在做事的丫鬟媳婦都被那歌聲吸引，邊忙著手上的活兒，邊小聲跟著哼哼。

舒安、舒敏卻是很鬱悶地靠在門邊，她倆昨晚就醒過來了，一清醒就覺得不對，因為上次怡紅閣的事，兩人在酒桌上都只喝了不超過三杯的酒，怎麼可能會醉得不省人事？

她倆醒後，舒全跟她們說了昨晚發生的事，三人斷定，那酒一定有問題，敬國公府竟然敢算計他們家小姐！然後，舒全去了一趟慶親王府，回來後說慶親王爺讓他們把這件事爛在肚子裡，不許讓安然知道。

想到在自己的眼皮底下竟然讓安然中了迷藥，連自己都中招，舒敏就嘔得難受。安然看到二人悶悶不樂就好笑，用得著那麼怕鍾離浩嗎？不就是喝醉了嗎？那麼多人都醉了，又不止她們主僕三人，連主家小姐薛瑩也倒下了呢。

當下也不管她們，自己帶著瑾兒姊弟邊聽歌邊玩拼圖，樂得自在。

相比安然院子裡的溫暖歡樂，主院裡的氣氛可就真的是冰冷至極。郭年湘夫妻跪在地上，大氣不敢出一個，不遠處癱軟如爛泥的那個穿著中書侍郎郭家小廝服裝的人，事實上是他們杜家莊子上的下人。

為了自己家人的性命，那個小廝是想自盡來著，無奈渾身癱軟，連咬舌的力氣都沒有。大長公主可不是好欺的主，手上的郭家軍也不是吃乾飯的，昨晚福公公把人送來後，不出兩個時辰，那人的底細和事情的經過就全給弄明白了。此時，那人的父母全被抓來跪在一旁。

大長公主冷冷地看著自己唯一的親生女兒郭年湘。「妳不知道吧？瑾兒他們從福城回來的路上遇到偷襲，雖然沒有查出是誰幹的，但是我把郭氏族長宗老都叫來了，讓他們敲打族人，即使瑾兒真出了什麼事，我寧願過繼一個外姓人進府也不會接受他們的子孫，而且我一旦查出真凶，就會讓他們全族人給瑾兒陪葬。妳認為郭家人還敢貿然動手嗎？」

郭年湘從來沒有見過她娘那樣冰冷鋒利如刀劍的目光，渾身不由自主地顫抖。「娘，娘……您饒了我們，都是我一時糊塗，娘，我再也不敢了！」

大長公主心裡如萬箭穿心般地疼，她的女兒在想什麼、盤算什麼，她一直很清楚，但無論郭年湘如何冷情，畢竟是自己的親生女兒，又是現在唯一的孩子，她也沒有真正跟她計較，沒想到的是現在這個女兒竟然下手殺害瑾兒！

瑾兒可是勇明王郭府唯一的根苗，是郭年湘的嫡親侄兒，唯一的侄兒！

大長公主一字一句痛心地問道：「爵位和錢財真的重過骨肉之情、兄妹之義嗎？妳大哥大嫂如何待妳的，妳都忘記了嗎？」

郭年湘癱軟在地，淚如雨下。「娘……您太偏心，太偏心了呀！我是您的親生女兒，修文、修傑他們是您的嫡親外孫，可您的眼裡只有瑾兒，只有瑾兒！」

大長公主冷哼一聲。「我要怎樣才算是不偏心？要把瑾兒的東西都分給妳的兒子們，要把瑾兒爹娘留給他們姊弟的一切都給你們杜家才算是不偏心嗎？郭年湘，妳當年的嫁妝可不比公主們的嫁妝少，幾乎分走了當時勇明侯府一半的財產和我一半的嫁妝，妳哥哥連眉頭都沒皺一下，滿心贊成，連聲說杜家底子薄，多給妳一些財物傍身他也安心。可妳是怎麼對妳大哥，怎麼對他唯一的兒子瑾兒的？郭年湘，妳還是人嗎？妳還有心嗎？」

郭年湘啞口無語，泣不成聲。

杜家大爺一個勁兒地磕頭。「岳母大人饒命，岳母大人饒命……湘兒她是一時糊塗，岳母大人饒命！」他也抱怨大長公主偏愛瑾兒，也垂涎勇明王府的家產，可是他真的沒有想到自己的妻子竟敢對瑾兒下毒手，大長公主是什麼人？他們杜家亡矣！

大長公主冷聲道：「一時糊塗？若是有人一時糊塗殺害了你們的子女，你會如何想如何做？」

「……」杜家大爺的腿腳開始發抖。

「你們走吧，從此大長公主府和勇明王府與你們杜家任何人沒有絲毫關係！大管家，送客！吩咐下去，從此杜家任何人不許踏入我們兩府一步！還有這個人，拖下去亂棍打死，他的家人發配西北！」大長公主一口氣說完，疲憊地揮揮手，徐嬤嬤和一個大丫鬟趕緊過來扶她進臥房。

「娘，娘，不要啊！」郭年湘想撲上去抱住大長公主的腿，卻被大管家攔住了。「杜夫人，請吧！」

不管她如何掙扎請求，還是被幾個力大的婆子拖出了府。大門關上的那一刻，對她來說彷彿天塌了，她的眼前一黑，終於暈了過去。

而已經回到臥房坐在榻上的大長公主也是幾近崩潰，忍不住嚎啕大哭。

徐嬤嬤只是默默守在一旁，也不勸阻，她知道大長公主需要發洩一下，再憋下去對身體無益。

嫡親女兒要謀害好不容易找回來的唯一嫡親孫子，任誰，也無法承受！

親情，在有些人眼裡，真的如此脆弱？徐嬤嬤又想到不久前，安然將麗美銀樓、百香居和京城裡新置的夏府、莊子都更名到君然名下時說的話——

「他是我唯一的弟弟，這就是理由。」

# 第六十五章　進宮

郭年湘的事情安然幾個都不知道，安然忙著做進宮請安的準備工作，不但要對禮儀非常熟悉，還要聽桂嬤嬤講太后、皇后、四妃等後宮幾位主要主子的脾性、關係、避諱等。這聽得越多，安然對皇宮那個金鳥籠越增加幾分反感。

安然進宮這一天，鍾離浩一早就進宮向太后請安。「皇伯母，浩兒很久沒有吃到慈寧宮的飯菜，想得緊，今天就在宮裡蹭飯了，可好？」

太后嗔罵了一句。「你是真惦念慈寧宮的飯菜也罷，還是擔心你的小丫頭受委屈也罷，總之都沒有惦念哀家這個老太婆就是。」

鍾離浩一本正經地答道：「惦念慈寧宮的飯菜還不就是惦念著跟皇伯母您一起用飯的滋味？歸根結柢，還是浩兒想您了。還有啊，皇伯母您老都還沒有老呢，哪來的『太婆』？更別說『老太婆』了。」

太后哈哈笑道：「啊喲，我們的小冰塊都會說好聽話哄人了，哀家還真是對那冷家丫頭越發感興趣了，哈哈哈。」

鍾離赫今天一下朝就直奔慈寧宮而來，壓抑著激動和緊張，好像戀愛中等待約會的毛頭小夥子，此刻聽到太后和鍾離浩的對話，坐在那兒跟著嘴角彎彎，心裡卻是酸澀——小冰塊這不是擔心母后會委屈了然然，而是防著他這個皇兄吧？

聽到守門太監報——「夏二夫人到，冷縣主到」的時候，鍾離赫立刻拋下了心裡那股酸澀，期待地望向門的方向，他已經好幾天沒有看到然然了。

鍾離浩注意到皇上突然兩眼亮晶晶看向門口的神情，以及難掩的興奮之色，心裡又沈了幾分。他真的要跟皇兄搶一個女人嗎？可是，要他放棄他的小丫頭，不可能！

安然跟在宋氏身後慢慢走進慈寧宮的大殿，她第一次進宮需要有進宮資格的長輩帶領，老太君年紀大了，大長公主還在養病，這麼冷的天安然都捨不得讓她們折騰，宋氏就成了領她進宮的第一人選。

半低著頭，規規矩矩地走路，一絲不苟地行禮，安然還是能感受到幾道熱忱的目光投在自己身上。

對於今天進宮會見到鍾離赫，安然一點都不奇怪，但沒想到這麼快，皇上不是都需要上早朝的嗎？還有，鍾離浩怎麼也一早就進宮來了？

「冷家丫頭，起身讓哀家好好瞧瞧。」頭頂前方傳來慈愛的聲音。

安然應聲抬起頭來，只見正前方右首的座位上坐著一位雍容華貴的女子，雖然上了年紀，但那保養得宜的面龐和依舊窈窕的身段，無不顯示著四個字——風韻猶存。

太后娘娘身著深藍色宮裝，用五色金絲線繡著朝陽拜月飛騰的五彩鳳凰，手挽同色羅紗，複雜的雲鬢上插著閃亮的鳳穿牡丹金步搖，一個字，美；兩個字，高貴！

太后的臉龐比較瘦削，卻絲毫沒有刻薄之相，讓人感覺平易溫和，讓安然微微忐忑的心平靜下來。雖然不知道太后娘娘為什麼要召見她，不過皇宮裡的女人，還是不要招惹的好，尤其這個大昱最尊貴的女人。

太后在安然起身、抬起頭後，也在細細地端詳著這個「久聞其名」的女孩。安然今天穿著一件緋色長錦衣，用深棕色的絲線繡出了奇巧遒勁的枝幹，再用桃紅色的絲線繡上一朵朵怒放的梅花，從裙襬一直延伸到腰際，腰間用緋色軟煙羅繫成一個大大的蝴蝶結，給人一種清雅不失華貴的感覺。一頭烏髮綰成飛仙髻，髮髻上插著粉色珠花和一支蝴蝶步搖。濃淡適中的秀氣柳葉眉，更襯出皮膚白皙細膩，靈氣逼人的大眼睛在眼波流轉之間光華盡顯，臉上沒有任何脂粉痕跡，便是白裡透紅，粉嫩雙唇水水潤潤。

「真是一個靈秀漂亮的孩子。」太后由衷讚道。「快快坐下，哀家聽聞皇后對妳讚不絕口，總是說妳聰慧體貼，談話有趣，便想著召妳進宮來陪哀家說話，就是怕妳小小年紀，嫌哀家悶了。」

宋氏趕緊言道：「能夠陪太后解解悶，是然兒的福分。這孩子乖巧聰敏，是我們府裡老太君的開心果。每次只要然兒回府，老太君的笑容和說的話就比平日裡多了三倍，連米飯都能多吃上小半碗呢。」

饒是安然臉皮比較厚，也被「王婆賣瓜」的宋氏說得臉紅了。「二舅母，哪有您這樣誇自家孩子的。一會兒太后娘娘若是覺得我無趣，看您的臉往哪裡擱？」

「哈哈，哈哈，不會不會，哀家看著妳這丫頭就喜歡，以後有空就多進宮陪陪哀家，哀家和妳外祖母一樣，老了老了，話就多了，說得高興了，這胃口自然就開了。」

「太后娘娘哪裡老了？剛才臣女第一眼，還以為您是皇上的哪位姊姊呢。」安然覺得自己並沒有太誇張，這太后看起來也就四十出頭。

「哈哈，今天有妳和小冰塊兩個甜嘴孩子，哀家真的可以多吃一碗米飯了。」太后再次爽朗地笑起來。哪個女人不喜歡被人家說年輕？

話音未落，門口傳來熟悉的女聲。「母后要多吃什麼？臣媳也要來蹭吃的了。」緊接著就聽到太監的傳報。「皇后娘娘到，德妃娘娘到。」

待兩人落坐，宋氏和安然趕忙起身行禮。

當安然見到坐在皇后下首那位穿著金羅蹙鸞華服的德妃時，立刻呆住了，雖然鍾離赫已經說過，雖然安然在進宮前已經做了足夠的心理準備，還是不能自已地呆住了。

真、真的是和前世的自己一模一樣，連右眉間的那顆痣都一樣，只是換了服裝和髮式，安然感覺自己像是在照鏡子，這……難道是自己的轉世？轉世的神和形是分開的？

安然的神情讓鍾離赫心裡泛起一絲苦澀、一絲欣慰，苦澀的是老天實在會捉弄人，欣慰的是他的然然應該不會再介意自己「獨寵」德妃的事了吧？從前世到今生，他心裡想寵的只有她一個，無論她的外貌變成什麼不同的樣子。

鍾離浩看到安然的表情卻是心頭大震，皇兄說過德妃像他心裡的一個影子，與他缺失的記憶有關。安然這是第一次看到德妃，竟然呆住了，滿臉的震驚和不可思議。而安然第一次見到皇兄，一首曲子就讓皇兄又勾起缺失的記憶。這種種之間似乎有著什麼關聯，這種看不見猜不著的關聯讓鍾離浩的心十分不安。

「然兒，然兒，快給德妃娘娘行禮！」宋氏對安然的失禮很是惶恐，這真是個不該出現的錯誤。那德妃，沒有那麼美吧？

回過神的安然趕緊跪下行禮，然後連忙解釋道：「臣女似乎在哪裡見過娘娘，又實在想不起來，所以愣住了，還請娘娘恕罪。」說完竟忍不住飛快地瞥了鍾離赫一眼。

而鍾離赫，似乎在看著安然行禮，實際上卻是一直看著她的臉。

這一幕，讓鍾離浩越發不安了。到底有什麼他不知道的事發生在皇兄、德妃和小丫頭之間？

德妃雖然也對安然的行為疑惑得不得了，還是不露聲色地柔聲道：「無妨，這說明本宮和妳有緣分。本宮見著妳就覺得親切，像自己的女兒一樣。」

「娘娘抬愛了，臣女謝德妃娘娘寬恕。」安然行過謝禮後快速回到自己的座位，再這樣面對著德妃那張面孔，她真的擔心自己又會失態。

謝天謝地的是皇后娘娘出聲轉移了話題，問起了皇上今日怎麼這麼早下朝，大夥兒坐了一會兒，鍾離赫就叫上鍾離浩去御書房處理事務去了。剩下幾個女人話題慢慢集中，大家東扯一句，西扯一句，不知不覺就到了午膳時間。

用完午膳，宋氏和安然正要告辭離開，福公公走了進來。「冷縣主，皇上想要問您一些關於大長公主身體康復的事，請縣主到御書房一趟。」

也許因為這皇宮裡的大Boss是自己的老大，安然行走在其中並沒有什麼畏懼，跟在福公公身後走得很是從容，還不忘欣賞一下沿路的風景，畢竟到皇宮旅遊不是天天都有機會的。

當然，她還是注意保持形象，沒有太誇張地東張西望，只是走得比較慢，這樣才能賊眼溜溜又不被人發現。福公公自然不敢催促，心裡暗自腹誹這縣主不是第一次到皇宮嗎？怎麼像在自家後花園散步呢？

到了御書房，福公公沒有跟安然進去，自己守在門口。

門剛在身後關上，安然就落入一個寬厚溫暖的懷抱，緊接著鍾離赫那顆大腦袋又埋在了她脖頸間。「然然，我好想妳。」

這個老大穿越過來後成了擁抱狂欸！安然暗嘆，鍾離赫溫熱的呼吸讓她的脖頸間癢癢的、麻麻的。

「然然。」

「嗯？」

「然然。」

「嗯？」

「然然……」

安然「噗哧」一笑。「老大，你讓我過來不會就是要這麼一直抱著我、叫我的名字吧？」

鍾離赫放鬆了手臂，卻是猛地低下頭含住了安然的唇，一隻手上移，牢牢地固定住安然的腦袋，溫柔卻堅定地摩擦吮吸著那比他想像中更加甘美的唇瓣。

突如其來的吻讓安然頭腦一片空白，這……可是她前世今生頭一遭，是初吻欸！

安然前世相親不少，真正戀愛卻只有一次半。

一次是她的初戀M，剛剛大學畢業時，在朋友的生日宴上認識的，那時M也剛從一所知名大學研究所畢業，正在申請到美國一所著名的大學留學。

安然自小受到父母非常傳統的教育，M也不是個浪漫開放的人，兩人交往了四個多月，直到M離開赴美，也只是發展到擁抱、親親面頰和前額。

相處四個月，等待了四年，最後等來的卻是背叛，M與一個富孀結婚留在了美國。

那半次，就是和老大之間的「暗戀」，捅破的時候就分開了，兩人連手都沒有拉過。

安然的神遊給了鍾離赫機會，輕易頂開了小貝齒，捲起安然的甜蜜小舌細細品嚐，安然被那麻麻的、略微疼痛的吮吸刺激著，耳邊一直重複播放著鍾離赫的聲音——

「然然，不要離開我，不要再離開我，我……受不了……」

她想到自己離開後他夜夜抱著茉莉花抱枕入眠，想到他為自己離婚，離開最愛的女兒，想到他帶著玫瑰去深圳找她卻死於車禍……

安然的眼睛模糊了，意識也模糊了，她的雙手緩緩繞上鍾離赫的脖子，開始下意識地回應鍾離赫的吻。

鍾離赫此時的心情，已經不能僅僅用「狂喜」兩個字來形容，他緊緊摟著安然，一邊越發加深了這個吻，龍舌大肆侵犯，細細品味著安然嘴裡的每一個角落，一邊控制不住地流下了眼淚……

安然卻在意識即將全然抽離之際，模模糊糊覺得自己似乎這樣吻過，怎麼可能？這是她兩世的初吻！可是，可是……她突然咬住鍾離赫的龍舌吮吸，鍾離赫沒有絲毫「抵抗」，反而把自己的舌頭再往安然的口裡更深地送進去讓她吮吻。他愛死了這種感覺，他似乎想要把安然吞進自己的身體裡，又似乎想讓安然把他吞掉。他，只恨不得他們滲進彼此的骨血，再不分離。

就在兩人吻得迷離、理智漸失的時候，門外傳來福公公急切的聲音。「皇上，太后娘娘請您過去慈寧宮，皇上大喜啊！皇后娘娘和盧美人剛剛查出雙雙有喜了。」

鍾離赫愣住了，似乎被一盆冷水兜頭澆下，火熱的激情頃刻間被澆滅，他不知道自己該做什麼了，只是緊張地盯著安然。

安然迷離的雙目登時清明起來，猛地掙脫出鍾離赫的懷抱，她剛才做了什麼？她在做什麼？老大這一世還是有婦之夫，她暈了頭了嗎？他們這算是在偷情嗎？

安然閉了閉眼睛，再睜開，訕訕地轉過身，抽出帕子抹去唇邊殘留的銀絲。「老大，我們過去吧，太后她們等著呢。」

鍾離赫從後面抱住她。「然然，我……我發誓，從我記起前世的那天起，我就再也沒有碰過她們任何一個人了。」

安然輕嘆，臉上帶著一絲苦笑。「老大，我相信你，但她們是你的責任。老大，這就是緣分，是天意，你看，我們連偷情都偷不成，這兩個孩子的到來就是給我們的警示。人，還是不能隨心所欲。」

「不，然然，我們不是偷情，不是！」鍾離赫收緊了手臂，為安然說那句話時濃濃的自嘲而心疼。他太瞭解安然了，因為瞭解，更加心疼。

而且，安然說出了這樣的話，就意味著他們兩人又回到了鴻溝的兩側。他，還跨得過去嗎？

安然掰下鍾離赫的手。「我們出去吧，老大。再拖下去，人家真要起疑心了。」

鍾離赫嘆了一口氣，就算他真的要放棄一切，也要先處理好很多事，包括，眼前皇后和盧美人有喜的事，她們並沒有錯，錯的是老天，天意弄人啊！

路上，福公公說了事情的經過，盧美人已有兩個多月的身孕，卻沒有透出消息，今日去給太后請安，因為座椅後邊靠近夾竹桃請求換個位子，羞羞答答地說懷疑自己有身子了，但不敢確定，還沒請太醫診過。

太后一聽趕緊宣太醫來給盧美人請脈，一診之下果真有喜，太后大喜，讓皇后安排給盧美人移宮，後宮嬪妃有了身子就可以成為一宮之主，順利產下皇嗣即可晉封。

皇后起身太急，差點暈倒，幸好身後的宮女扶住，太醫忙給皇后檢查，一請脈，又是一個大喜，皇后也有了快兩個月的身孕。

鍾離赫心裡苦笑——算一算，他穿過來這幾年，後宮就沒有嬪妃傳出過喜訊，偏偏在他即將恢復記憶前，這個身子突然這麼有威力了嗎？

鍾離赫和安然到慈寧宮的時候，眾人正圍著皇后和盧美人道喜，太后笑呵呵地在吩咐著太醫什麼。

鍾離浩帶著三皇子鍾離旭衍坐在太后身邊，他出了御書房就被三皇子的人請去，三皇子纏著他練了好一會兒武，又一起用了午膳才過來慈寧宮。

這會兒看見安然跟在皇上身後進來，鍾離浩的目光就一直追隨著她，敏銳地發現安然的眼睛有點紅，好像是哭過，雙唇輕微地腫起。雖然安然的頭略低著，雖然雙唇的微腫不注意看不出來，但他還是發現了。安然的五官，尤其那帶著茉莉花香味的粉嫩唇瓣，早已深深地印在鍾離浩的心裡眼裡，上次在馬車上的初吻後，他還對著那粉唇研究了半天，最終結論是被他的唇齒蹂躪過的花瓣更好看，那微微的腫起更加粉嘟嘟，更加誘人……

鍾離浩的雙拳在身側握緊，皇兄對小丫頭做了什麼？

安然也感覺到鍾離浩的目光，不知為什麼有些心虛，他知道了會很瞧不起自己吧？安然知道鍾離浩一直很敬重皇后，如姊如母，而且自己還跟他說過不會進宮，如今卻跟老大偷情。唉，她以後再也不要到宮裡來了，還是跟老大保持距離的好，實在不行，就逃吧。

安然刻意避開鍾離浩的目光，頭垂得更低了。

太后見鍾離赫二人進來，高興地說道：「恭喜皇上了，今兒真是雙喜臨門，看來以後哀家真的要多招然丫頭來，這丫頭就是個福星啊。然丫頭來來來，坐到哀家身邊來。」

鍾離赫的子嗣並不多，至今只有三個皇子，這一天之內就有兩人有喜，其中一個還是皇后，太后能不高興嗎？她由衷地認為這都是安然帶來的福氣，要知道這後宮已經好幾年沒有喜訊了，而且整個京城的人都知道安然是第三個有緣見到無波大師的人，肯定是個有福之人。皇后說過大長公主稱安然是他們郭家的福星，現在太后卻認為安然就是個福氣娃娃，走到哪兒就把福氣帶到哪兒，這不，才第一次進宮，一下帶來兩個喜訊。

安然只好快步上前行禮。「謝太后娘娘，恭喜太后娘娘又要做祖母了。」然後在太后身旁的椅子上坐好，這下靠鍾離浩更近了，兩人之間就隔著太后。

安然依舊微低著頭，一是要避開鍾離浩的目光，二是她的腦袋昏昏的，心還被剛才的意亂情迷搞得亂亂的，需要整理一下。可這會兒氣氛這麼熱鬧，若是她告退離開肯定不好，只好坐這裡先想想了，好在大家的注意力都在皇上、皇后和盧美人身上。

她剛才怎麼會那樣？她還是愛著老大的對不對？想到那個「愛」字，她心裡突然有一種說不清道不明的感覺，好像有什麼東西堵著。

她愛他嗎？究竟什麼是愛？她想起前世看過的一句話——愛是一種默契，愛是信賴。

他們有默契嗎？前世有，今生，時間太短，總共才見了兩次，還不確定。那信賴呢？想到信賴，安然的腦海裡突然出現一個身影，她用力地甩了甩腦袋，不，怎麼會？也許……可能……唉，那個大冰塊確實是自己現在最信賴的人，誰讓他總是幫她、保護她，總是替她安排好一切，讓她覺得只要有他在，她就不用擔心什麼不用害怕什麼。可是，唉……自己不可能會愛上他的，明明知道……又怎麼可能會……

是了，愛是信賴，但信賴並不一定就是愛。安然這樣一想心裡覺得踏實多了，她忍不住扭頭朝左邊看了一眼，沒想到鍾離浩也正好看著她，兩人視線一對上，安然趕緊扭回頭來，不知是羞澀還是被「抓包」後不好意思，臉迅速紅了，一直紅到耳根。

鍾離浩一直關注著安然，看著她蹙眉，沈思，搖晃小腦袋，偷看他，然後臉紅似火。他的直覺告訴他，小丫頭正在想的事情裡肯定有他。

不行，他不要慢慢來了，不想慢慢引導了，他一定要盡快安排小丫頭和蓉兒見面，然後告訴小丫頭她小腦袋裡想的那些亂七八糟的東西是根本不存在的，他要讓她看到他的心，還有她自己的心。

再晚一點，他恐怕就要永遠失去小丫頭了。

# 第六十六章　賜婚

正在跟皇后說話的鍾離赫，卻是大半心思都在安然這邊，他沒有錯過安然和鍾離浩那一剎那間無聲的互動，以及兩人臉上的神色，心裡越發酸楚。

太后娘娘無意間看到鍾離赫的眼神，很是奇怪地順著看，才發現自己身旁一雙小兒女的彆扭，一個紅著臉低著頭，一個不時地偷瞄，心裡暗笑——看來這小冰塊真的陷進去了。

冷家丫頭確實不錯，聽說京裡不少人家都在打著她的主意，而且這丫頭已經及笄，一般這個年齡都要訂下親事了，難怪小冰塊這麼緊張，是擔心等到他的孝期過了，心上人已經被人訂走了吧？

太后越想越覺得萬一真的錯過確實很可惜，這丫頭長得好、聰慧可人，又是個有福氣的，更難得的是一向不近女色的小冰塊自己喜歡。

罷了罷了，這孩子從小吃了不少苦，給他吃顆定心丸吧，要不這還有一年多時間可不日日不踏實？

太后從來就是個果決的人，一拿定心思，就直接開口了。「呵呵，今日喜氣洋洋，哀家就再添上一件喜事如何？」

皇后笑道：「母后莫不是要打賞我們？」

「妳就盯著哀家那點體己吧！」太后假意指著皇后笑罵。「打賞是肯定少不了妳們的，不過那不還是妳們的那兩喜？哀家說的第三喜是要給浩兒和然丫頭賜婚，待浩兒孝期過後再擇吉日完婚。」

皇后撫掌。「好，好，這還真是大喜事一件！臣媳正想著怎麼跟母后提呢，這要真等到孝期完了再提，然兒就怕要被別家搶走了。」

「不，不可以！」鍾離赫脫口而出。

眾人怔住了，太后更是奇怪，小冰塊和然丫頭的事最初就是皇上跟自己說的，還讓她不要再給小冰塊瞎張羅其他女子。

鍾離浩還沒來得及狂喜，就被鍾離赫的一句「不可以」震得手腳冰涼，皇兄這是真的要跟他搶小丫頭了？

「朕……朕的意思是……」鍾離赫驚覺自己的失態。「朕的意思是還是等浩兒的孝期過了再賜婚比較好。」

德妃暗自鬆了一口氣——只要不是馬上賜婚就好，還有一年多時間，她的二皇子就還有機會。

皇后卻是覺著鍾離赫的神色有些古怪，他們是青梅竹馬，但自從多年前那次皇上被襲之後，她是越來越看不懂皇上了，她總覺得皇上所想不是像他剛才解釋的那麼簡單。

太后沒有其他人想的那麼多，在她心裡，鍾離赫雖然貴為皇上，卻是個難得的孝子，又對鍾離浩視如親弟、手足情深，因此，皇上給的理由一下子就解開了她心裡的疑問，笑著說道：「皇上不必多慮，孝期賜婚從來就有，只要不在孝期內成親即可，不會影響浩兒的名聲。再說了，你皇叔臨終前最大的遺憾就是沒有看到浩兒成親，早日將此事訂下來，你皇叔在天之靈也可安心，然丫頭可是個好的，你皇叔和皇嬸必然滿意。」

鍾離浩起身走過去拉著安然跪下。「浩兒謝皇伯母，再過幾日就是父王的生忌，浩兒必定將這個消息寫信燒給父王，以慰父王母妃在天之靈，讓他們知道皇伯母為浩兒訂了一門好親事，我們以後會過得很幸福。」

安然掙了幾下沒有掙脫鍾離浩的手，就被他拉著跪下了，可她此時不能反抗、不能反駁，否則就是打鍾離浩的臉，這還是她自己求鍾離浩幫忙的呢。

可是，她為什麼就是覺得這麼不對呢？是因為自己剛剛做了對不起鍾離浩的事？不，她怎麼會這麼想？她和鍾離浩就算真成親了也是假夫妻，是權宜之計，別說自己剛才只是失了初吻，就算是失了初夜，也談不上「對不起」鍾離浩啊，要也是對不起以後真正的老公。

可是可是，為什麼自己的手被鍾離浩握著，聽到他說那些話，心會跳得那麼快？比剛才意亂情迷時心跳得還快？他說以後會過得很幸福，是因為她嗎？是因為他們被賜婚真是門「好親事」嗎？還是，他的演技這麼好，說得像真的一樣？安然覺得，她現在需要一杯冰水冷靜冷靜。今天，她的世界，很亂，亂七八糟。

皇后笑道：「母后您瞧，這下您想推遲都不行了，這事可得趕在皇叔生忌前落定才好。」邊說邊偷偷看了一眼鍾離赫那灰暗的臉色。

太后樂呵呵。「喜子，即刻替哀家備好賜婚懿旨，分別到慶親王府和冷府傳旨。另外，派人到大長公主府和大將軍王府道喜。呵呵，哀家等不及了，今日就要這三喜臨門才好。對對對，先幫哀家把那雙鳳銜珠金翅步搖拿來，先給了這見面禮，然丫頭就是我們皇家訂下的媳婦了。二夫人，哀家同妳可成了親家了哦！」

宋氏趕緊上前跪下。「謝太后娘娘，然兒能得如此良緣，大將軍王府感激不盡。臣婦替公公婆婆以及然兒的三位舅舅，感謝太后娘娘對然兒的厚愛。」

皇后親自過來拉起宋氏。「夫人忒客氣了，占便宜的可是我們，我們可是得一佳媳了呢，對不對，母后？」

太后又是大笑。「對！對！啊呀，你們兩孩子怎麼還跪著呢，趕緊起來。」

剛好喜公公拿來了太后要的金步搖，太后親自給安然戴上。「然丫頭，這步搖是當年慶親王妃，也就是浩兒的親生母親留下的，浩兒和妳都是從小沒了娘，以後你們倆互相照顧，過得和和美美的，哀家也就放心了，百年之後見了我那妹子也好有個交代。」

聽了太后的話，安然只覺得頭上千斤重，卻什麼也說不出來，難道她要說——大冰塊他不喜歡我，我只是利用了他，恐怕要辜負您的囑託了……

鍾離浩見安然的眼神就知道她又不知神遊到哪兒去了，握著她的手略加了點力捏了一下，安然這才收回神思，趕緊跪下謝過太后。

直到喜公公帶著擬好的懿旨來請太后用印，鍾離赫才回過神來，深深看了安然一眼，藉口有政務要處理，離開了。

安然心情複雜地看著鍾離赫的背影，她和老大之間，注定是兩世孽緣？

鍾離浩看到了安然眼裡濃濃的愧疚，疑惑不已。為什麼？為什麼小丫頭會覺得對皇上愧疚？他看得很清楚，那眼神裡不是愛戀、不是不捨，而是愧疚！

出了慈寧宮大門，鍾離赫仰望沒有一絲雲彩的天空——老天，我做錯了什麼？祢要這麼玩我？我不能再一次失去然然，不可以！

因為要接旨，鍾離浩和安然必須先回到各自府中，接到南征口信的夏燁林急忙趕過來陪同安然回冷府。

很快，太后賜婚的懿旨就傳到各相關府邸。

首先，自然是離皇宮最近的慶親王府。

當鍾離浩滿面笑容地接過懿旨，給了喜公公一個一看就分量十足的荷包時，慶親王府其他主子們的臉上可就難看太多了。

吳老王妃的手指甲生生被自己掐斷了兩根，她從嫁過來起就想著除掉或者養廢鍾離浩，好為自己的兒子鋪路，沒想到老慶親王看似不管內務好說話，在鍾離浩的問題上卻固執得很，說什麼長嫂如母，無論她怎麼說都不肯去跟皇后要求把鍾離浩從宮裡接回來。鍾離浩母親的嫁妝也一直由皇后的人代管，王府的產業則由外管家管著，只有轉到府內帳上的銀子才捏在她的手裡。

更鬱悶的是她自從生了女兒鍾離菡之後，肚皮再無動靜，當時的皇后也就是如今的太后，在一次宮宴上甚至還故意說什麼「老天爺是睜眼的」，暗諷她作孽太多所以生不出兒子。後來她娘家垮臺，慌了，為了在王府站穩腳跟，急急過繼了許側妃的小兒子鍾離麟到自己名下。

而自那時起，皇后也不再讓鍾離浩回府了，她們下手的機會幾乎為零。隨著鍾離浩一年年長大，越來越難對付，無論是她還是許側妃，下了幾次手都沒有成功，最後一次，她花重金僱傭了一個據說是江湖第一的殺手組織，說什麼萬無一失，結果還是沒有成功，最終老慶親王病逝，鍾離浩接掌了王府。

直到那時，眾人才知道，老慶親王早在很多年前就已經陸續把王府七成的產業轉移到鍾離浩個人名下，王府公中帳上的產業只不過是那剩下的三成，而且這些在皇族族長和宗老那裡都有文書紀錄，她們就是想鬧都沒得鬧，大昱皇朝原本就是一個重視原配嫡出的朝代，老慶親王這樣做在世人眼裡再正常不過，甚至值得讚揚。

也就是說，以後王府這麼一大家子人的各種用度、生老病死、七個子女（包括鍾離浩）的聘禮、嫁妝全都指望那三成的產業，或者，她們自己的私房錢。

悔之晚矣，原來老慶親王並不像她們認為的那樣好說話，他只是懶得與她們說而已！夫妻十幾年，直到人沒了，吳老王妃才知道她一點都不瞭解自己的丈夫。

她在自己的侄女、外甥女中挑選姿容出眾的帶到府裡來，就是想讓她們近水樓臺先得月。只要其中一個能嫁了鍾離浩，王府、鍾離浩，還有所有產業就遲早還是掌握在她這個老王妃手上。

誰料鍾離浩真如傳說中的不近女色，而且他那個院子防守嚴密，誇張一點說，一隻外來的蚊子都飛不進去。

有一次，鍾離浩從外面回王府，一個表妹在他前面十步遠的地方「暈倒」，他竟然看都沒看一眼，還從旁邊繞道回了自個兒院子。

還有一次，在鍾離浩經過花園的時候，另一個表妹「不小心」掉進水裡，丫鬟向他求救，他想都沒想就讓一個侍衛去救了。丫鬟趕緊說小姐落水衣服必然濕透，不能讓那個男侍衛去救，鍾離浩冷哼一聲。「本王這裡只有男人。」說完轉身就走了。

吳老王妃這幾天正在盤算著如何在老王爺生忌那天，把最出眾的一個外甥女弄上鍾離浩的床，沒想到太后娘娘竟然這麼快就下旨賜婚，還是一個有大長公主府和大將軍王府雙重後臺的女子。這樣一來，即使她成功了，外甥女至多也只是一個側妃，怎麼可能掌握家財？又怎麼能拉住鍾離浩將來為她女兒鍾離菡撐腰？

她的娘家敗落後，她的嫁妝很多都貼補了幾個兄弟，僱傭殺手又大出血一次，能給鍾離菡的陪嫁真是太少了，而且一無所有、至今還沒有考取功名的嗣子鍾離麟能夠撐得起鍾離菡的「娘家」嗎？

唉，人算不如天算，如果早知道自己生不出兒子，如果早知道老慶親王如此愛重鍾離浩，如果早知道自己的娘家會衰敗，如果……

可惜，沒有如果。

王府二爺鍾離麒也是恨得直咬牙，為什麼，他也是父王的兒子，皇家的血脈，皇上的親堂弟，但是所有的名利所有的好處都歸了鍾離浩，就因為他是嫡子，自己是側妃生的庶子嗎？

鍾離麒比鍾離浩僅小幾個月，當年，他們才四歲的時候，王妃死了，他偷聽到他的娘親許側妃跟舅舅說她很快就是王府的當家正妃了，她的子女們都可以成為嫡出，甚至成為世子，再不受人輕視。

沒幾天，大哥鍾離浩中毒昏迷不醒，救過來後就被皇后接進宮。他想著，以後自己就是這王府裡最尊貴的少爺了，很快就會成為世子，將來的王爺。

沒承想，父王很快就娶了新王妃，聽說新王妃的娘家勢力強大，娘跟父王鬧了很久沒有結果，整整哭了三天。

後來，娘和新王妃明爭暗鬥，再後來，不知為什麼她們似乎又交好起來。八歲那年，王妃的娘家倒臺，娘為了安慰她，甚至讓五歲的三弟鍾離麟養在王妃名下，成了嫡子。當時他很不高興，為什麼不是把他變為嫡子。娘告訴他，弟弟小，王妃才會接受，讓他不要著急，這個王府，遲早是他們母子三人的。

他不喜歡讀書，練武又嫌太辛苦，但他在父王面前永遠那麼懂事、孝順，希望成為父王最鍾愛的兒子。誰知道父王總是偏愛三弟鍾離麟，說他乖巧、聰慧、孺子可教。哼，不就因為他現在是嫡子了嗎？不就因為他會讀書嗎？

在鍾離麟第一次參加院試的時候，他略施小計，就讓鍾離麟壞了肚子，拉得天昏地暗進不了考場。去年父王病逝後，按禮制，鍾離麟三年不能參加考試。這樣，他們兄弟倆就扯平了，都一樣沒有功名。

沒想到的是，在父王「七七」後，鍾離浩接任慶親王，族長宗老按照父王的遺囑過來清點、轉交府務，他們才知道這王府裡的一切，早就都是鍾離浩的了，他們能得到的，只不過是他牙縫裡漏出來的一點點碎屑。原來不管是自己還是鍾離麟，在父王眼裡根本比不上鍾離浩的一根頭髮絲。那晚，娘不吭不動呆愣了近三個時辰，才對著父王的靈位喟嘆道：「他不是不知道，他只是不屑。我們在他眼裡什麼都不是，也就是幾個跳梁小丑罷了。」

鍾離麒慌了，按照禮制，只要他成親，鍾離浩就可以把他分家出去。而那一點點公中財產，還有至少五成是鍾離浩這個嫡長子的，老王妃和鍾離麟可以分到三成，嫡女鍾離菡的嫁妝再占一成，剩下的一成才是他和其他三個姊妹的。這意味著，他鍾離麒以後只能確保衣食無憂，要想再像以前一樣錦衣玉食、風風光光是不可能的。

他拜訪了不少宗室長輩和親朋好友，希望打好關係，必要時能博得同情，從鍾離浩那裡多爭取一些利益，最好能不要分家。可是眾人對他這個王府庶子都是淡淡的，誰都知道，當今皇上視慶親王鍾離浩如親弟弟，最為愛護，沒有人會願意為他去得罪鍾離浩。

只有舅舅告訴他，為今之計，只能從鍾離浩的親事和子嗣上動手了。他還沒合計好要怎麼做，太后竟然就給還在孝期的鍾離浩賜婚了，還是一個有強大背景，輕易動不了的縣主。

眾人口不對心地恭喜了鍾離浩幾句，鍾離浩也沒怎麼搭理，反正眾所周知，他跟府裡這些「親人」一向都不親的。

待人都散去，鍾離浩才對南征說道：「從今天起，多派一些人手輪流在暗處保護小丫頭。這幾個不安分的，都給我盯緊點。」

南征應下，立即出去安排了。

與慶親王府不同的是，冷府的氣氛至少在表面上看來真的很歡樂。

接到消息的冷弘文以最快的速度趕回府裡，焚香備案，敬等懿旨。他一想到剛才同僚們那羨慕巴結的眼光，心都快飄起來了，當今唯一親王的岳父呢！他們冷家，再也不僅僅是那讓人低瞧一眼的「寒門探花」了。

謝氏也很興奮，德妃一直催著她對冷弘文吹枕頭風，可現在是太后賜婚，那萬千寵愛於一身的德妃娘娘都沒有辦法，自己一個四品恭人又能如何？倒是這樣一來，德妃表妹以後恐怕要反過來有求於她了，無論如何，她現在都是安然的母親，慶親王的岳母。

從一開始起，謝氏就沒想過要與安然作對，安然母親的嫁妝掌握在她自己手中，又有慓悍的外祖父和舅舅，加上一個地位超群的義祖母，哪裡是那麼容易對付的？就那丫頭本身，也足夠精明，滑不溜鰍的，不是個容易糊弄的主。

她嫁到冷家是為了給自己母子三人一個家，給子女「買」一個好身分，沒必要去得罪那些人，也得罪不起。她只想著從安然身上獲取更多的好處，借更多的「勢」。冷紫鈺和冷紫月現在都是安然這個慶親王妃的兄妹，對他們的前程和親事都大有好處。

安然和夏燁林比傳旨公公早一步到，冷弘文和謝氏圍上來噓寒問暖，做足一副慈父慈母狀，安然也不掃他們的面子，做做表面功夫對她這個前世天天跟客戶、代理打交道的人來說還是不難的。只是她今天心裡很亂，不想說話，只好保持著臉上淺淺的招牌式微笑，幸好這會兒還有三舅舅在身邊幫她。

安梅、紫月、安蘭，以及其他姨娘庶女，都沒有資格到前面接旨，想酸言酸語幾句都沒有機會。冷老夫人雖然現在有四品誥命在身，本來倒是可以到前廳去的，卻被謝氏慫恿冷弘文留在了後院，生怕她一個不靈光，又與安然衝突，今天可還有夏家三爺在呢。

喜訊就像長了翅膀，飛得忒快。一個是名動京城「最有福氣」的縣主，一個是大昱唯一的親王、最年輕的王爺，又是太后賜婚。不僅是有人特意上門道喜的大將軍王府和大長公主府很快歡騰起來，其他有心人也很快被這個消息震撼了。

首先自然是黎軒，因為是當事人之一鍾離浩第一時間親自上門告知的。黎軒一雙勾人的桃花眼眨巴了兩下。「說，你小子耍了什麼花招，讓太后她老人家等不及你守滿孝期就急著賜婚？讓你這麼快就成了我的準妹夫？」

鍾離浩悠哉地喝著茶。「皇伯母她召見小丫頭，十分喜歡，怕被人搶走，就趕緊先訂下來了。」當然，他耍了點小心眼，讓太后看到他的「毫無顧忌」，看到他對小丫頭的緊張。

「就這樣？」黎軒懷疑地看著鍾離浩，他太瞭解這個從小一起長大的兄弟了，別人都只看到他的冷和硬，只有他知道大冰塊是外冷內熱，外硬內滑，一旦玩起心眼來會是多麼的滑溜溜。「呵呵，你現在樂得不行吧？雖然知道這賜婚是早晚的事，可這麼快還真是讓我震驚！」

「震驚？還有更震驚的事，你要不要聽聽？」鍾離浩朝黎軒勾了勾手指。

黎軒疑惑地把耳朵湊過去，鍾離浩輕笑著小聲說了一句話，黎軒立刻跳了起來。「斷袖？我和你？這個臭丫頭，想什麼亂七八糟的呢？明兒見到她看我不揍她一頓。」

鍾離浩一聽這話，瞇起眼斜睨著黎軒。「你試試！」

「不敢不敢。」黎軒趕緊投降，然兒那丫頭簡直就是大冰塊的逆鱗。「那她怎麼還肯接受賜婚呢？」

「皇兄看上她了，小丫頭不想進宮。」鍾離浩一想到這件事就頭疼，總覺得自己肯定遺漏了什麼事。然然為什麼會對皇上愧疚呢？一來她救過皇上，二來她的眼神告訴他她對皇上並沒有愛戀，那為什麼要愧疚呢？還有，她看到德妃的表情簡直太奇怪了。

「什麼？怎麼會這樣？」黎軒今天真的是被一連串的「驚」給「震」得夠狠，突然想起什麼，哈哈大笑起來。「先被然兒冤枉成斷袖，再被她明白著利用，你……哈哈哈……都是你慣的她，平日裡什麼都順著，她要聽曲兒你給買歌女，她要整人你給遞棍子，她如果真要摘星星，你都恨不得給她搭梯子吧？看看，寵得她現在在你面前都肆無忌憚了。」

鍾離浩的唇難得地彎起一個好看的弧度。「我寵我的小丫頭，我樂意，我就樂意瞧她肆無忌憚的樣子，怎麼了？你想寵，人家蓉兒還不給你寵呢。」

「我說大冰塊，你自個兒得意就是了，何必這樣戳我心窩子。」黎軒的笑臉一下子暗沈下來，懶懶地靠在榻上。

鍾離浩也不敢說笑了，正色問道：「怎麼，蓉兒還是不肯留下來？」

「是啊。」黎軒閉上眼睛，側過臉把腦袋枕在自己膝蓋上。「過三日就走，她說要趕回庵裡過年。」

「黎軒，不如讓然然見見蓉兒？」鍾離浩提議。

「幹麼？要證實我們倆沒有斷袖？明說不就可以了，又不一定要見蓉兒。你也知道，除了你，蓉兒她不肯讓我的朋友見到她。」黎軒沮喪道，要是可以，他倒是很想讓蓉兒和然兒成為朋友呢。

鍾離浩很肯定地說道：「我有一種感覺，然然興許能夠說服蓉兒。」

「……」黎軒猛地抬起頭，盯著鍾離浩看了好一會兒，突然眼睛一亮。「對呀，然兒古靈精怪的，總能說出一些我們都想不到的歪理，說不定還真行。反正我已經拿蓉兒沒辦法了，不如就讓然兒那丫頭再來一次『死馬當活馬醫』吧！」

「那就這樣說定了，後日我帶然兒過來。」鍾離浩一口拍板。

黎軒既是抓到救命稻草，哪裡肯拖？「為什麼要等到後天，明天就讓然兒來吧。」

鍾離浩搖了搖頭。「然然今天心裡有事，我想她需要時間獨處，我讓舒安幫我約著時間，後天早上再去找她，跟她說說，然後帶她過來。」

既是這樣，黎軒也不再堅持，沒有人比鍾離浩更瞭解安然了。

# 第六十七章 點破

安然難得地把自己關了一天，更難得的是，無論是兩位嬤嬤還是四大丫鬟，無論是恰逢書院休沐的君然，還是瑾兒和瑜兒，都「沒空」來騷擾她。即使冬念偶爾進來，也只是放下一杯蜂蜜水，或者一碟點心水果，就立刻輕手輕腳地出去了。

今天大家怎麼都這麼忙？安然有點奇怪，不過她也懶得深想，忙點好呀，她真的需要一個人安靜一下。本來以為自己昨晚一定會失眠，沒想到躺下沒一會兒就睡著了，難道人變小，靈魂也變得沒心沒肺了？

昨天發生的一連串事情讓她感覺像是作了一場夢，更像是飆了一回車，先是瘋狂發洩般地把汽車當飛機開，在就要失控的時候又突然急煞車，然後就是一個一百八十度的大轉彎。

她還真是佩服自己的心理素質，這麼一場不要命的折騰下來，她竟然還沒趴下，還能囫圇地駕駛著車繼續前行。不，不對，她怎麼覺著自己看似坐在駕駛位上，但這車的方向盤卻不在她的手上呢？

亂，就如同一團摸不著頭緒的亂麻……

她還是先搞清楚自己和老大之間的關係再說！她很清楚，前世的她是真的愛上老大，即使分開那幾年，心裡也一直都是他的影子，所以對誰都難有感覺。

既是這樣，現在自己又沒有別的愛人，應該還是愛著他的吧？可是，為什麼感覺不一樣了呢？是他的相貌變了？不，不是，她知道鍾離赫就是老大時心裡是多麼的興奮和親切，就像看到了家人。

家人？對，老大對她來說就是親人，是家人。她對他有關心、有心疼、有歉疚，但是，好像，已經沒有前世那種愛的感覺了。

為什麼呢？她愛上別人了？安然的腦海裡突然跳出一個名字……不，不可能，她怎麼又想到他了？安然使勁甩了甩腦袋，閉上眼睛，大冰塊那修長冷峻的身影卻越發清晰地呈現在她腦中。

她想做什麼，他總是無條件地支持。

她想要什麼、需要什麼，他總是先一步替她安排好。

他無論做什麼，她也從來沒有懷疑和擔心，她那麼毫無理由地相信他，相信他總是為她好、為她打算。

只要他在她身邊，只要想到有他在，她心裡就一片安然，似乎就沒有什麼解決不了的問題，也沒有什麼能讓她擔心害怕。

安然渾身一震，怎麼會這樣？是因為他們走得太近，鍾離浩對她太好了嗎？可是薛天磊和黎軒也與她走得近，也對她很好啊！薛天磊成親她一點都沒感覺什麼不對，還興高采烈地幫他準備禮物；上次鍾離浩說要跟別人成親，她卻感到極其不舒服，當時也沒細想下去，現在想想，她才不要鍾離浩跟別人成親呢！只要想到他以後處處關心、呵護著另外一個女人，她心裡就酸酸的，就……心痛，幸好幸好，幸好昨天他們已經訂親了，他是她的了！安然得意地笑了起來。

不對不對，什麼「幸好」？什麼「他是她的」？亂了，全亂套了，不能再這麼想下去了，否則就太對不住鍾離浩和黎軒。這男人和男人之間的第三者，同樣也是第三者，不能做的，何況這兩人對自己都這麼好！

終於，她用力把鍾離浩暫時甩出了自己的腦袋，思緒重新回到和鍾離赫的關係上，拿出筆墨紙硯，開始寫信。當斷則斷，不斷則亂，她冷安然做事，一向不喜歡拖泥帶水。雖然她沒有很多的感情經驗，但也知道，感情的事不能拖。

此時，院子裡坐著的幾個人正小聲嘀咕著——

舒敏說道：「這都大半天了，小姐到底在想什麼啊？我們不能問問嗎？說不定能幫上忙呢。」

冬念回道：「不知道，小姐一會兒閉著眼睛，一會兒埋著頭，一會兒又自個兒傻笑，我進去都不敢發出聲響擾了她，她也沒搭理我。」

桂嬤嬤問道：「昨天在宮裡到底發生什麼事沒？按說這賜婚是好事啊，王爺對小姐的好我們都看得見的，小姐也沒不樂意啊。舒安，王爺究竟是怎麼跟妳說的？」

舒安回道：「我們就別猜了，王爺說小姐需要自己一個人安靜地想點事，不許我們去打擾她。」

「對了，小王爺和小郡主今天怎麼也這麼乖，沒跑來找小姐？」舒霞一臉疑惑。

舒安笑了。「王爺和少爺帶他們出府玩去了。好了好了，我們也散開吧，萬一小姐出來還以為發生了什麼事。」

眾人想想也是，當下散開各自忙活去了，舒敏悄悄靠近舒安的耳朵。「舒安姊，那今晚還要在小姐的牛奶裡加安神散嗎？」

「不用了吧，王爺就說了昨晚。」舒安抿抿嘴，她還真覺得王爺多慮了，他們家小姐的睡眠一向好得不得了。

安然寫完了信，心事了了，又費了一天的心思，當晚還真是早早就進入了夢鄉，讓舒安和舒敏恨不得把王爺找來好好瞧瞧什麼叫杞人憂天。

第二天一早，安然還在吃早餐，鍾離浩就來了。

瑾兒嘆道：「表叔您好厲害，您怎麼知道今天大姊姊親自做了皮蛋瘦肉粥？這麼早就過來和我們一起用早餐。」

鍾離浩捏了一下他的小鼻子。「我聞到了香味，就過來了啊。」

瑾兒皺了皺鼻子。「可惜今天我要跟許先生學習，二姊姊也要跟桂嬤嬤學琴，沒有空陪您玩了，您跟大姊姊玩吧。」說完和瑜兒一起出去了，君然也告辭去了書院。

今天開始，許先生白天到大長公主府教授瑾兒，上午下午各一個半時辰，小諾和小午一起跟著學。

鍾離浩聞了一下冬念端過來的皮蛋瘦肉粥，少見地眉眼彎彎。「一早就能吃到然然親手煮的粥，真好！」

安然第一次見到鍾離浩如此燦爛的笑容，讓她突然想到前世電腦桌面那張藍天白雲的笑臉圖片，好溫暖、好溫馨的感覺。

鍾離浩見安然又發「花癡」，似笑非笑地看著她，眼裡的柔和都快漾出來了。如果每天早晨起來都能這樣跟小丫頭一起吃早餐，多好！

當安然突然回過神的時候，對上鍾離浩那雙柔情似水的眼睛，想到自己昨天想的事，想到他們現在是名義上的未婚夫妻了，臉唰地一下紅了，趕緊向四周瞄了一眼，才發現舒安和冬念她們都遠遠地站到了廳房外邊，背對著她和鍾離浩。她藉著用帕子抹嘴，迅速地低下頭，覺得整個廳房安靜得似乎只能聽到自己的心擂鼓似地響。

鍾離浩看著安然那兩隻紅紅的小耳朵，抿著嘴笑了，看來小丫頭昨天想了很多事，以前在他面前從來沒有這麼害羞過。

他也不急著開口，眯起眼先享用他的粥，他知道面前這隻害羞得可愛的小白兔，很快就會「惱羞成怒」了，他得抓緊時間先把這香噴噴的愛心粥給喝了。

果然，他剛剛嚥下最後一口粥，安然就抬起頭來。「浩哥哥，你今天過來不會就是為了喝粥吧？一早就笑得晃眼，晃得人頭暈。」

鍾離浩又是一個明快的笑容，亮出雪白的牙齒。「我只對然然笑，要暈也只有然然暈。」

安然差點又看呆了，聽到鍾離浩的話，剛冷卻下來的雙頰又紅似火。「浩哥哥，你……你……」

不能再逗他的小白兔了，惹急了遭罪的還是他，鍾離浩正色道：「然然，今天要請妳幫黎軒一個忙。」

「啊？」安然驚道：「黎軒哥哥怎麼了？」

「別急啊，我先跟妳講一個故事，講完了再告訴妳黎軒怎麼了。」鍾離浩從安然手裡抽過帕子，抹了抹嘴，然後把帕子再放回安然手上，一連串動作是那麼自然，好像天天如此。

安然立刻又鬧了個大紅臉，雙手擰著那帕子，都快絞成麻花了。

鍾離浩心裡得意得都快飛起來了，面上卻一本正經，在安然爆發前趕緊開始講故事。

「十四年前，有一個五歲的小少爺，因為滅門仇殺，失去了父母、兩個哥哥和一個妹妹，身邊只有一個貼身照顧他的十二歲丫鬟蓉兒。那天，正因為小少爺纏著蓉兒帶他去買糖葫蘆，才躲過了那場劫難。蓉兒帶著小少爺去投奔小少爺的舅舅，在舅舅家住了一年，沒承想舅舅突然病死了，舅媽說小少爺是災星，把他們主僕賣給了一個江湖毒醫做藥人。」

「藥人？」安然驚呼，前世武俠電視劇裡看過，很沒人性的一種「試驗品」。

「是，藥人，就是從小泡在各種毒藥裡，用來試驗各種毒性以及毒藥之間相生相剋性狀的人，這種人，有的一次、兩次，一年、兩年就死了，有的多活幾年，有的最終活下來了，他的血就成了最毒的毒藥，或者絕無僅有的解藥。」

「那，那個小少爺和蓉兒活下來了嗎？」安然緊張得攥緊了雙手。

「對於做藥人來說，十三歲的蓉兒太大了，小少爺才六歲，又根骨極佳，最是合適。蓉兒苦苦哀求那個毒醫放了小少爺，讓她為奴為婢做藥人她都願意。那個毒醫見蓉兒長得漂亮，生了邪念，提出只要蓉兒願意侍候他，他就放過小少爺，並給他們提供吃住。」

「蓉兒答應了？」安然緊張地問道，她才十三歲欸，按照現代法律界定，不滿十四歲還算是「幼女」呢。

「她能不答應嗎？他們那時已經站在藥桶邊上了。」鍾離浩憤慨地說道：「可她沒有想到的是，當她被那個毒醫抱進屋子裡的時候，毒醫的徒弟按照他師父的囑咐，仍然把小少爺堵了嘴扔進藥桶。」

「無恥！下流！卑鄙！這種人就該千刀萬剮！」安然氣得一掌拍在桌子上，然後疼得齜牙咧嘴，直甩手。

鍾離浩心疼得蹙起眉頭，拉過安然的那隻手檢查了一下，輕輕揉著。「妳呀，這手不是妳自己的？」

安然也顧不上把手抽回，急著催道：「不疼不疼，你快說，蓉兒和小少爺後來怎樣了？」

鍾離浩只好繼續道：「那個毒醫睡著後，蓉兒偷偷溜了出來，到處找小少爺，最後才看到他昏迷在藥桶裡。蓉兒搬了一塊石頭砸在那睡著的徒弟頭上把他砸死了，然後抱起小少爺就跑，就快被毒醫追上的時候，她遇到了帶著一位小公子上山的玄德道長，那毒醫正好就是被玄德道長的師父趕出師門的一個弟子。

「那位小公子之前被人下毒，身上餘毒未清，玄德道長帶著他上山就是找毒醫要一味珍貴的藥材，當時只有那毒醫有，而毒醫恰巧欠了玄德道長一份恩情。

「小公子看到中毒昏迷的小少爺，求道長救小少爺，道長嘆道，毒醫有小少爺主僕的賣身契，他也沒辦法。小公子就問道長，如果沒有那味藥，他會不會死，道長的回答是不會死，但每隔一百天就會發作，全身抽搐，疼到暈倒，直到找到那味藥。於是小公子就求道長用那份恩情把小少爺主僕要過來，他不要那味藥了。

「後來，道長幫小少爺去掉了身上的毒，在小公子的幫助下，小少爺拜在了道長門下學醫，蓉兒則一直跟著照顧，為他們師徒洗衣做飯做衣裳，可以說，小少爺就是蓉兒一手帶大的。那麼多年，有不少人向玄德道長求娶蓉兒，但每次都沒成，一是蓉兒不放心小少爺，二是每次小少爺都會想出各種各樣的招式把人嚇走或趕走。

「小少爺天資聰慧，對醫藥、毒術特別有天分，十二歲的時候，就用針灸和藥蒸的方法幫小公子清掉了身上的餘毒，同時借著藥力幫小公子打通了經脈，讓他的功力翻倍。兩人再次找到了毒醫，小少爺親手殺死那惡人替蓉兒報了仇。小少爺十六歲出師，醫術、毒術都超越了師父玄德道長，十七歲就名滿天下。」

安然腦袋裡一個激靈，張嘴就想問，想想又閉上了，還是急著先聽完。

鍾離浩注意到了安然的表情，知道她猜到了些什麼，也沒停下，繼續道：「在又一次趕走一個向蓉兒提親的人之後，小少爺自己向蓉兒求親了。其實，幾年前他就知道自己深愛蓉兒，但一直忍耐到自己有能力保護她、照顧她的時候才開口。」

「蓉兒拒絕了？」安然雖然用的是疑問的語氣，但其中已含了八分的肯定。

「妳怎麼知道？」鍾離浩驚訝地看著安然。

用腳趾頭想都能想到！安然撇了撇嘴。「蓉兒先前一直為小少爺所做的，已經說明她把小少爺看得比她自己重要多了，她必然希望把最好的東西都給她的小少爺，包括一個在她看來完美、乾淨、配得上小少爺的女子，而她自己在自己的眼裡卻恰恰是一個卑微、年長，還失了清白的女子，又怎麼可能答應小少爺呢？」

鍾離浩定定看著她。「那然然也認為蓉兒不應該接受小少爺嗎？」

「這就不能憑空地認為了。」安然回答。「如果我是蓉兒，我要先弄明白兩件事，這兩件事才是關鍵，其他都不重要。」

「哪兩件事？」

「第一，小少爺對蓉兒的感情究竟是愛還是報恩？等一下等一下，我要先問你一個問題，黎軒哥哥就是那個小少爺對不對？他……他真的喜歡蓉兒？那你……你們……」

「我們怎麼了，我們什麼都沒有。對，黎軒就是那個小少爺，他很確定自己對蓉兒的感情，連我這個做兄弟的都看得很清楚，他很愛蓉兒，是愛，不是什麼報恩，對他來說，這個世界上的任何人、任何事都沒有蓉兒重要。」鍾離浩肯定地說道。「妳剛才說的第二件關鍵的事呢？是什麼？」

「啊？哦，第……第二……」安然突然發現自己的手還被鍾離浩握著，使勁抽了幾下沒有抽出來。「第二就是蓉兒要確定自己對黎軒哥哥是不是也有愛。兩個人在一起，彼此喜歡才是關鍵，與這點相比，其他都不那麼重要了。」

鍾離浩雙手一圈，把安然摟在了懷裡。「然然，對我來說，這個世上的任何人、任何事都沒有然然重要。那然然呢？妳喜歡我嗎？」

安然的頭腦裡，此刻只有「驚喜」兩個字，鍾離浩和黎軒不是玻璃！他愛的人是自己！那自己就不是第三者了。可是，那天……那天他為什麼不解釋，由著自己誤會，還在他面前大談娶她的好處，真是太過分了！

想到這裡，安然掙開鍾離浩的手，伸手就往他臂上重重拍了一下，然後又一次齜牙咧嘴。「明知道我誤會，你那天為什麼不解釋？裝！裝！你都可以拿奧斯卡了！喂，你身上這長的是骨頭還是肉啊，這麼硬，疼死我了！」

傲思卡？是什麼東西？鍾離浩再次抓過安然的小手為她揉著。「下次要打我先跟我說一聲，我好放軟了讓妳打，這可不白白弄疼了自己？」

這！也太那個了吧？被打的心疼打人的？還放軟了挨打？哪有這樣寵女朋友的？不，不是女朋友，他們已經訂親了。想到訂親，安然一下子又羞得滿臉通紅。

鍾離浩看著安然那嬌羞的小模樣，簡直愛死了，再次把她摟進懷裡。「我要是解釋了，然然妳不接受賜婚怎麼辦？我寧願讓妳誤會斷袖好了。」

「傻瓜。」安然輕輕靠在鍾離浩懷裡，蚊子哼哼。

鍾離浩心裡一片柔軟，很想大叫一聲抒發心裡的快活。此刻，他就是這世上最幸福的人了。唉，如果不是還有任務在身，他真希望就這麼一直摟著小丫頭，不想鬆手。

任務？對啊，黎軒還等著他們救命呢！

「然然。」鍾離浩的下頷輕頂著安然的髮髻。「蓉兒她明日就要回雲水庵了，這次回去，恐怕真的要落髮出家。如果那樣，妳以後可能就再也看不到妳那個灑脫優雅的黎軒哥哥了。」

「出家？」安然雙手頂在鍾離浩胸口，撐開了距離。「就算她不肯接受黎軒哥哥，也沒必要出家嘛。」

鍾離浩不喜歡懷裡驀然空蕩蕩的感覺，又把安然摟回去。「黎軒前天的生日，他現在已經二十歲了，可是除了蓉兒和妳，他幾乎不理會別的女人，跟誰成親呢？蓉兒說，黎軒再不成親，為黎家開枝散葉，她就落髮為尼。這幾年，蓉兒為了躲黎軒，一直住在雲水庵帶髮修行，黎軒生日那天正好是他一家人的忌日，蓉兒每年只會為了那一日回來一趟。」

安然想到鍾離浩一開始說的請她幫黎軒，頓時明白了。「你們是想讓我幫忙勸蓉兒。」說實話，她聽完故事就對那個蓉兒充滿了興趣，而且黎軒待她和君然就像親哥哥一樣，能有機會幫他她自然樂意。

鍾離浩笑道：「我的然然就是聰明，正是如此，黎軒已經拿蓉兒沒有辦法了。」

「誰是你的？你才是我的呢。」安然不情願地咕噥道，兩手悄悄環上鍾離浩的腰，似乎在宣告主權。

「好好好，我是妳的。」鍾離浩心情大好，哈哈大笑，嘴湊近安然的耳邊悄聲說道：「從妳在我心口繡花那天開始，我就早已經是然然妳的人了，妳可不能把我丟下哦。」

安然大臊，手就往鍾離浩腰上的軟肉重重擰了一下。「走了走了，黎軒哥哥等著急了。」說完急急掙脫鍾離浩的懷抱，逃也似地往外走。

她那「重重」一擰對鍾離浩來說無異於搔癢癢，倒惹得他越發開心暢懷，又是一聲哈哈大笑，緊走了幾步跟上安然，嘴裡還大聲吩咐著。「冬念，給妳們家小姐取件大氅來。」

舒安四人背對著廳房，接連聽到鍾離浩的笑聲，面面相覷——冰山王爺也會笑？她們不敢回頭看，倒是不約而同地都看向天上，今天沒有什麼異象嗎？人都說，天呈異象會有不同尋常的事發生呢……

# 第六十八章　猛藥

黎軒住在京郊的一座超大宅院裡，其實準確地說，應該叫作莊園，裡面有一座小山，一條小溪，還有大片大片的藥田和花田。幾個小院，以及一排排外觀統一的小屋，環繞著莊園中間的大院子——蓉院。整個格局看似無規則，實則非常講究，鍾離浩說，這是根據道家的八卦陣法搗鼓出來的。

兩人進入莊園，一路暢通，也無須回報，一看鍾離浩就是這裡的常客，所有的人都十分熟稔地向他打招呼，然後該幹麼就幹麼去了。

蓉院裡有一個「桂花亭」，四棵高近三米的桂花樹繁茂的枝葉互相穿插融滙，形成亭子的頂部，而長得較低的枝葉都被修剪掉了。遠遠看見那個樹亭，安然就在想，若論享受生活，黎軒哥哥可不比她差呢！

「蓉兒喜歡桂花，只要回來，她總喜歡待在桂花亭，蓉兒做的桂花糕也好吃，是黎軒最喜歡的點心。」鍾離浩低聲說道。這一路上，安然問了不少黎軒和蓉兒之間的事情以及兩人的習慣。

此刻，桂花亭裡，黎軒正靠在一張躺椅上看書，不時翻動一頁，其實一個字都沒看進眼裡，心裡直嘀咕——這大冰塊不會一見到然兒就只記得溫馨甜蜜，把他這個苦難兄弟的事給忘了吧？

亭子中間有一套鐵梨木桌椅，一位年輕姑娘正坐在那裡縫製一件白色錦袍。鍾離浩低下頭小聲說道：「那就是蓉兒了。」

看見鍾離浩二人進來，蓉兒抬起頭，安然頓時看呆了——美！太美了！美得純淨清澈，美得超凡脫俗。怎麼叫蓉兒，不是龍兒呢？這活脫脫就是金庸大師筆下的小龍女嘛，比李若彤的小龍女形象還要經典的小龍女！

那女子看上去不過雙十年華，也是一身白色衣裙，膚白似雪，面如桃瓣，那雙清澈如水的眸子就似一潭碧水，波光盈盈。烏黑的長髮整齊地披著，只用一條白色緞帶繫了頂部的髮，以防散亂下來，渾身上下唯二的飾品就是右手腕上一只無色透明的玻璃種玉鐲，以及左手腕上套著的檀香木佛珠。她整個人就像一座極品玉雕，如撫凝露，晶瑩剔透，如沐月光，皎潔瑩潤，亦真亦幻，魅力動人。

安然心裡驚嘆——不是說比黎軒大七歲嗎，二十七？怎麼看上去就像十七、八？這就是心如止水、傾心向佛的好處嗎？都真正修煉成仙女了！白蓮花，對，就是一個白蓮花仙子。不行不行，不能讓她去落髮做什麼尼姑，太可惜了！這樣的容貌，這樣一塵不染的氣質，對著她，都有助於平靜心緒，淨化心靈。

安然對著蓉兒「花癡」的同時，蓉兒也在靜靜地打量著安然。雖然未曾想到會突然進來一個外人，但蓉兒似乎也被眼前的小姑娘吸引，並沒有像黎軒擔心的那樣立即躲回屋子裡去。

安然今天穿一件米白色、繡淡藍色櫻花的薄襖，下著一襲藍色長裙，外披及笄時鍾離浩送的雪狐毛大氅。無論是那生動靈轉的隨雲髻，還是頰間微微泛起的俏皮梨渦，抑或那黑白分明、流盼生光的誘人眸子，無不充分襯托出她的飄逸靈氣和由內散發而出的清貴之氣。

剎那間，蓉兒覺得，只有這樣的女子，才能配得上她家少爺黎軒。可是為什麼，這樣想了之後，心裡突然有一種從未有過的刺痛感覺？

鍾離浩正在為安然對著別人——雖然是個女人——發花癡而醋意大發，竟然發現蓉兒也直直地看著安然，不由得與同樣滿臉訝然的黎軒對視一眼。

這兩姑娘如此對眼？

「咳咳！」黎軒看向蓉兒。「蓉兒，這是然兒，是……」

「蓉兒姊姊好。」安然上前一步攬住了黎軒的右臂。「我是冷安然，很快就是黎軒哥哥的未婚妻了。」

蓉兒明顯一震，眼裡一絲疼痛快速閃過，然後就是欣慰和喜悅。果然，這個靈秀大方的然兒小姐真是老天爺為她的少爺所準備的，她一眼就相中了這個女孩，只有這樣的妻子站在少爺身邊，才是一對璧人，才不會辱沒了少爺，辱沒了他們黎家。

安然的眼睛一秒都沒有離開過蓉兒的神色，無論是那一閃而過的疼痛，還是隨即而來的喜悅。她不得不感慨這個蓉兒對黎軒全心全意、無私的愛。

「真的嗎？少爺？」蓉兒笑著問黎軒，眼裡竟然有一絲期待，這讓安然再次暗暗驚嘆，但蓉兒那握著的、微微顫抖的雙手，還是洩漏了她心底的緊張。

「當然是真的！」安然笑靨如花。「黎軒哥哥說了，送姊姊回雲水庵回來後，就到我們冷府提親。黎軒哥哥說，妳是他最重要的親人，一直盼著他成親，所以讓我來見見妳，給妳一個驚喜。蓉兒姊姊，妳不會不喜歡我吧？」

黎軒和鍾離浩二人都被震呆了，聽著安然和蓉兒的對話，半天都不知道反應。尤其黎軒，被安然摟著一條手臂，整個人都僵住了。

蓉兒滿臉欣慰地看著安然。「怎麼會？我第一眼看到然兒小姐就很喜歡，少爺的眼光真好。然兒第一次來黎家，等下我帶妳四處看看，這個府邸少爺花了很多心思，妳會喜歡這兒的。」

安然欣喜地答道：「好啊，那謝謝蓉兒姊姊了。我雖然沒有來過，但黎軒哥哥給我描述過。以後，黎軒哥哥就可以帶我到那山頂上看日出，可以跟我一起到半山的月亮谷摘楊梅，我可以到那田邊看他採藥，還可以一起去浣花溪邊烤魚吃……」

蓉兒不由自主地慢慢垂下眼眸，長長的睫毛蓋住了她眼裡幾乎要隱藏不住的疼痛和失落，安然說的那些「可以」都是現在自己跟少爺一起做的，以後，他的身邊將換成這位美麗嬌俏的然兒小姐，再也沒有自己的位置了。

那一串「可以」也點醒了鍾離浩，終於想起了在大長公主府裡安然說的「第二就是蓉兒要確定自己對黎軒哥哥是不是也有愛」，他心裡嘀咕著——難怪一路上問了我那麼多黎軒的喜好和習慣，還有這座山莊的事。

雖然猜到了安然的意圖，鍾離浩看見被安然摟著的那條胳膊還是萬分不舒服，看得眼睛疼，心更疼。此時不能去拉安然，但可以拉黎軒啊。

動作比腦子快，鍾離浩一邊攬過黎軒的右肩。「黎軒，你看那兒，我之前怎麼都沒注意到那兒有個秋千架呢？」一邊似不經意地拂掉了安然的雙手，還「懲罰性」地捏了一下，就這樣自然而然地隔在了安然和黎軒之間。

「啊？哦，新裝不久的。」黎軒收到了鍾離浩的眼神暗示，但思維仍處於遲鈍狀態——這兩傢伙，搞什麼啊？一個、兩個的突然跟他這麼親熱幹什麼？還有，然兒可是自己的妹子，是大冰塊的未婚妻，求的哪門子親？

那邊，安然在心裡對鍾離浩的醋勁感到好笑，面上不露聲色，還在繼續。「嗯，其實就是不走出去，這蓉院我也很喜歡。哦，不，以後這裡該改叫然院，不能再叫蓉院了，容易讓人誤會，妳說是不是，蓉兒姊姊？還有這桂花亭，好是好，就是桂花太香，招蟲子，嗯，要把它們砍了，蓉兒姊姊幫我好好想想改用什麼樹來做這樹亭比較好。」

此時，蓉兒的臉上已經有了明顯的失落，有了少奶奶，一切都將變了，她的影子，她的一切，都將慢慢從這裡淡去。從此，少爺的生活、少爺的喜怒哀樂都將與她無關。她的心，似乎被人剜走了一大塊，熱辣辣地疼。

安然看蓉兒的神情，心道差不多了，上前拉著蓉兒的手。「蓉兒姊姊，聽說妳花了好幾年的時間為黎軒哥哥的新娘準備了一件禮服，現在可以帶我去試試嗎？我好想看看呢。」

「啊？可以……可以，我這就帶然兒小姐去。」蓉兒神色複雜地看了黎軒一眼，帶著安然轉身向屋子走去。

走出幾步，安然趁蓉兒比她先一步的時候伸手到自己背後做了個OK的手勢，這個手勢鍾離浩和黎軒都認得。

看著兩人的身影消失在牆拐那邊，黎軒「啪」地一下打在鍾離浩的肩上。「快說，然兒到底在做什麼？她那個『沒問題』的手勢是指什麼？」

「她還能做什麼？不就是在幫你嘍，『沒問題』就是說她確定了蓉兒心裡是喜歡你的。」鍾離浩懶懶地坐在那張躺椅上靠了下去，還閉上了眼睛，哼，看到黎軒那條右胳膊他就是不爽，很不爽！

「真的嗎？她怎麼看出來的？」黎軒一改平日裡慵懶自如的形象，急切地抓住鍾離浩的肩。「剛才蓉兒可都沒說什麼。」

「你問我？我怎麼可能知道那些小女人的心思，想知道？自己去聽啊。」鍾離浩誘惑著黎軒，其實是他自己突然很想「見識」一下他的小丫頭下一步要對蓉兒做什麼。

「對，對，我們去聽聽，一位是你的然兒，一位是我的蓉兒，我們去聽聽也沒什麼。」說幹就幹，此時已經顧不上什麼「非禮勿聽」之類的，黎軒拉著鍾離浩縱身躍起。

蓉兒的臥室簡潔淡雅，靠牆的櫃子上點著薰香爐，整間屋子裡飄著淡淡的桂花香。

蓉兒取出用大紅錦緞包著的大紅色喜服，小心地鋪放在窗邊的榻上。喜服的整個裙幅上繡著成片的桂花，在照進屋子的陽光映射下變幻著色彩，一簇簇，一叢叢，金桂、銀桂、丹桂，以及黃色的四季桂爭相輝映，真正稱得上是巧奪天工。「桂」為「貴」，在大昱常被繡在嫁衣上寓意吉祥貴氣，但繡得出色的少之又少。

安然自己善繡，還是對這件喜服的做工和繡藝讚不絕口，那些桂花花朵外型嬌小，顏色卻繁多，對刺繡的手藝還有繡者的耐心及投入要求很高。

「蓉兒姊姊，妳很喜歡桂花？」在安然看來，這樣仙子般的女子應該喜歡蓮花、梅花、蘭花之類才對。

「嗯，小時候，我家院子裡有一棵桂花樹，我最喜歡跟爹娘一起坐在那樹下，聽爹講嫦娥飛天的故事，吃娘做的桂花糕。四歲那年，我爹病死了，我奶奶把我娘和我趕出門，幸虧夫人收留了我們，讓娘在廚房裡幫工，我就侍候小少爺。夫人對我們很好，並沒有讓我們簽賣身契，說入了奴籍我以後就不能嫁個好人家了。夫人和老爺他們一家都是好人，他們當年就是因為仗義救人，才被惡人報復滅門，只留下小少爺。然兒小姐，少爺從小吃了很多苦，請妳以後一定要好好照顧他。」蓉兒的眼神從喜服上移開，看向安然。「然兒小姐，妳穿上它一定會很好看，妳要不要試試？如果有哪裡不合適，我還可以趕著改出來。」

「蓉兒姊姊，關於桂花，我還聽說過一個故事。」安然並沒有接蓉兒的話。「當年黎軒哥哥投奔舅舅家，舅母苛刻，只要舅舅不在家，就苛待黎軒哥哥。蓉兒姊姊為了讓舅母對黎軒哥哥好一些，每日都要做很多桂花糕讓他們放在店裡賣，以此充抵你們兩人的生活費用。因為舅母經常不給黎軒哥哥吃飽飯，妳會偷藏一、兩塊桂花糕帶給他吃，被發現了就是一頓好打。蓉兒姊姊妳知道嗎？黎軒哥哥從來不吃別人做的桂花糕，因為無論誰，都做不出他心裡的味道。桂花糕尚且如此，何況這件美麗的嫁衣？除了蓉兒姊姊，誰又能穿出黎軒哥哥心裡的味道？」

屋頂上的黎軒已經熱淚盈眶，然兒說出了他心底深處的話，一字一句，都是他心中所想。

「然、然兒小姐……」蓉兒沒有想到安然會突然說出這麼一番話來，她是不放心自己嗎？是糾結少爺和自己的過去嗎？不，他們沒有過去，他們只是主僕！「妳千萬不要誤會，那些事都過去了，而且少爺是主，我是婢，照顧少爺是我的本分。少爺念舊，所以對我很好，但是妳不一樣，妳是要陪少爺過一生的人，妳這麼美好，少爺他一定會待妳好的，要不他也不會跟妳說這麼多事。然兒小姐可是少爺請回來的第一個女子，而且他從來不讓其他女人靠近的，少爺真的很重視妳。」

安然俏皮一笑。「黎軒哥哥當然重視我了，我是他妹子，是他的好朋友。至於說靠近他嘛，妳不知道，剛才我挽著他手臂的時候，感覺他渾身冒著寒氣還有殺氣。如果不是妳和浩哥哥在旁邊，他一定一掌把我劈到大門口去了。」

鍾離浩一聽氣壞了，兩眼利劍般地瞪著黎軒，小丫頭那樣都是為了幫他，他竟敢對小丫頭散發殺氣？哼，他還不樂意呢，要不是自己最好的兄弟，真想一刀廢了那胳膊。

黎軒很無辜地搖搖頭，攤開手，表示他的冤枉和委屈。他可是把然兒當作親妹妹一樣，平日裡也有拍拍腦袋、刮刮鼻子這樣親密的小動作，哪裡會因為被她挽著胳膊就對她散發什麼寒氣、殺氣？他只是被她突然的一句未婚妻、求親給搞懵了，再被摟著手臂，才一時反應不過來而已。

蓉兒也急了，拉著安然的手。「然兒小姐，不會的，少爺他只是還不大習慣而已，我瞭解少爺，他剛才絕對沒有一點生氣的意思。等他去貴府提了親，你們相處多了，就好了。」

「提親？」安然反手握著蓉兒的手。「蓉兒姊姊，妳說這句話的時候心不痛嗎？人的眼睛是不會撒謊的，我在妳的眼睛裡看到了心痛。妳先別急著反駁我，妳摸著自己的心想想。」安然抓著蓉兒的手貼在她自己的心口。「妳真的希望黎軒哥哥把我娶回來，像他往日對妳那樣對我？妳真的希望黎軒哥哥陪我看日出，陪我摘楊梅，陪我散步；在我開心的時候陪著我笑，在我難過的時候摟著我安慰我，妳真的希望看到這些嗎？妳真的希望他在心裡一點一點地把妳抹去嗎？」

鍾離浩不知道蓉兒此刻心痛不痛，反正只要想到安然描述的那些畫面，他的心就痛得半死，又狠狠瞪了黎軒一眼。黎軒真是冤枉，但只能生生受了鍾離浩莫名其妙的乾醋，這不都是因為他們在幫他嗎？他也勉強算是「罪魁禍首」了不是？

這麼多年來，蓉兒一直出於第一反應地拒絕黎軒、躲著黎軒，卻從來不敢去想自己對黎軒究竟是什麼樣的感情，因為她不配。

剛才在桂花亭裡安然所做、所說，讓她嘗到了心痛的滋味，才驚覺自己不知什麼時候已經深深愛上了少爺。但她是婢、她比少爺大那麼多、她還……她不配啊！

強制壓抑著傷感和心痛，她只想好好地把少爺託付給安然，然後回到雲水庵，長伴青燈，為他們祈福。

沒承想，安然竟然這樣直接地揭開了她遮掩自己內心的薄紗，讓自己見不得人的非分之想暴露出來。安然的這些話，就像最後一根稻草，讓她再也無法支撐，徹底崩潰了。

「是，我是心痛！很痛！原來我真的喜歡少爺……很喜歡，喜歡得心痛！」蓉兒的眼淚不受控制地流了下來。

屋頂上的黎軒似乎聽到了這世上最好聽、最美妙的聲音，他甚至激動得手腳都在輕顫。多少年了？多少年了？他終於聽到了，他終於知道自己不是一廂情願了，他的蓉兒也是愛他的，也會為他心痛！

鍾離浩輕輕拍著黎軒的手臂，以示安慰，他很能瞭解黎軒此刻的心情，就如今天早上，安然那一句「你才是我的」之後，他覺得連空氣都特別香甜了。

卻聽到蓉兒平復了一下情緒，哽咽地繼續道：「然兒小姐，妳不用顧慮我，我不會介入妳和少爺之間。我很清楚，我配不上少爺，我留在少爺身邊，只會讓少爺被人笑話，只會給少爺抹黑，給黎家抹黑。我明日就會離開，以後少爺就託付給妳了。」

安然一撇嘴。「自己珍愛的東西，託付給別人放心嗎？何況還是個有思想、有感情、會思念、會心痛的大活人？再說了，就算妳放心，我們家浩哥哥還不樂意呢。」

鍾離浩真想飛下去抱緊他的然然狠狠親一口，說得太對了，他當然不樂意讓「他們家的」然然去照顧別的男人，黎軒也不行，那個君然已經是他勉強接受的唯一一個了好不？等君然考取功名，他一定要早早地給那個小舅子訂一個好媳婦去，免得他家然然分心。

蓉兒震驚。「然兒小姐，妳？浩……偉祺？王爺？你們？」

「對啊，前兩日，太后已經給浩哥哥和我賜婚了，所以妳放心，黎軒哥哥只是我大哥，我不想以後有一個丟了心、沒有靈魂、行屍走肉的大哥，只好在妳帶走他的心、他的靈魂之前，讓妳看清楚妳自己的心。如果妳心裡確實沒有黎軒哥哥，我就算用打的、罵的，都要弄醒他，讓他忘了妳。但是，妳心裡既然愛他，還要讓他那麼痛苦難受，我不得不說，妳太自私了。」最後一句話，安然說得毫不留情。

「自私？」蓉兒被震得晃了晃。「然兒小姐，妳知不知道，我是少爺的丫鬟，我比少爺大七歲，我還……這樣的我，給少爺做妾，不，做個通房丫頭都不配！難道我隨了自己的心嫁給少爺，讓他被人恥笑，才是不自私嗎？」

看著淚如雨下的蓉兒，聽著那掏心掏肺、字字帶血帶淚的話，安然著實於心不忍，咬了咬牙才狠下心腸，繼續說道：「黎軒哥哥愛妳，就是接受了妳所有的一切。妳所擔心害怕的，他自然也早已想明白。每個選擇，都是有得有失。黎軒哥哥選擇愛妳，就說明在他的心裡，妳比任何人任何事，比什麼地位啊、名聲啊都重要得多。妳能夠為黎軒哥哥犧牲自己、犧牲感情，為什麼不能讓他為妳犧牲一些東西？難道妳的感情珍貴，黎軒哥哥的感情就不值錢？妳不妨倒過來想想，如果妳是黎軒哥哥，他是妳，妳會因為怕人笑話而放棄他嗎？和妳一起生活一輩子的，是黎軒哥哥，不是那些吃飽沒事幹、等著笑話人的人。難道在妳的心裡，那些人的感受比黎軒哥哥的感受還重要？」

蓉兒跌坐在椅子上，喃喃道：「不一樣……不一樣……我……不乾淨。」

最大的心結還是在這裡，安然嘆了口氣。「蓉兒姊姊，如果黎軒哥哥被某個女人給用強了，妳會不會嫌他不乾淨？」

這，這什麼假設？黎軒的臉頓時成了豬肝色，鍾離浩則使勁憋著笑。

蓉兒也目瞪口呆。「然兒，這、這……妳說什麼啊？男人怎麼一樣？」

「怎麼就不一樣？」安然不屑地一撇嘴。「蓉兒姊姊，乾淨不乾淨，在於妳的心，妳對黎軒哥哥的心是乾淨的，這比什麼都珍貴。妳再想想，如果妳的手被狗咬了一口，妳是要把手洗乾淨上藥，讓傷口長好，還是嫌它髒了，直接剁掉？那件事，就像是妳和黎軒哥哥被狗咬到的傷口，這個傷口就長在你們的心上，還是為了黎軒哥哥被咬的。如果因為這個傷口，妳就要把你們倆的心都切了去，兩人都心痛而死，值得嗎？不如用彼此的愛讓那個傷口慢慢長好。一個傷口而已，既然黎軒哥哥能夠因為對妳的愛而忽視它，妳為什麼不能呢？」

蓉兒被安然說愣了，幾乎不知道反應，這樣的比喻這樣的說辭她從來沒有聽說過，但是……她的眼前，又浮現出那天她堅持要走，還說要落髮為尼時，黎軒那痛苦的眼神。她真的錯了嗎？

# 第六十九章　情深

安然和鍾離浩離開的時候，蓉兒還在自己的屋裡發呆。

安然輕嘆。「黎軒哥哥，我跟蓉兒姊姊說了一些比較重的話，她需要時間自己想想，有些事只能自己想通，別人再急也幫不上忙。你不要去打擾她，更不要去問她，想通了，她自然會與你說，實在想不通，那就是你們有緣無分了。」

話都說得那樣開了，蓉兒如果還是鑽在牛角尖裡出不來，即使兩人勉強在一起，也不會幸福的。安然前世就見過這樣的例子，因為打不開的心結，兩人彼此相愛，卻彼此折磨。

黎軒點了點頭。「然兒，謝謝妳，有妳這樣一個妹子，是我的福氣。」

他是醫者，知道有時候不得不下猛藥，安然先將蓉兒的傷口完全掀開，再下了重藥。如果這樣都不行，他縱是神醫，也沒有辦法了。再不放手，對蓉兒來說，他的愛也許還真成了一種傷害。

安然上了馬車，鍾離浩隨即跟上，舒安和舒敏對視一眼，正在發愁，就見黎軒的車夫牽了兩匹馬過來，這才知道她們家王爺是有備而為。

安然見鍾離浩上車坐到了自己邊上，瞋了他一眼。「你坐進來了，舒安她們怎麼辦？」

鍾離浩一把將安然抱到自己膝上摟好。「她們騎馬，妳不用操心。然然，妳要好好補償我。」語氣裡是無限的委屈。

安然噗哧一笑。「不就是拉著黎軒哥哥的胳膊一會兒，至於嗎？我也就是為了讓蓉兒姊姊吃醋嘛。」

「可是我也吃醋了，我不管，妳可是我的妻子，妳要補償我。」鍾離浩耍起無賴來。

「是未婚妻。」安然笑著糾正。「那你說吧，要怎麼補償？要不我也拉著你的胳膊？」

看著自己懷裡笑得眉眼彎彎的安然，鍾離浩的心裡一片柔軟，目光又被那粉嫩嫩的、此刻正抿著的唇瓣吸引，喉間不禁吞嚥了一下，好想念它們的味道。

安然發覺鍾離浩的眼神越來越炙熱，有點扛不住了，正想坐起身，鍾離浩已經低頭含住了她的唇，一種熟悉的味道慢慢充斥於口齒之間。

熟悉？安然心裡一顫，這是大冰塊第一次吻她，為什麼會感覺很熟悉？她突然想到上次老大吻她時她就有一種曾經與人接吻過的感覺，難道真是大冰塊？可是，不可能啊，她全無印象。

她這邊遊思千里，那邊鍾離浩早已經輕易地攻城掠地，還略用了點力咬了她的小舌一下，懲罰她的不專心。安然對他的偷襲很是火大，追逐著鍾離浩的舌頭也重重吮了一下，那一下讓鍾離浩倒吸了一口氣，雙手將安然更緊地貼近自己，似乎恨不得將她揉到自己的身體裡去。兩人一來一往，你追我趕，吻得熱火朝天，吻得眼裡心裡只有彼此，鼻間也縈繞著彼此的呼吸彼此的味道。

突然，安然感覺有一個什麼硬硬的東西頂著自己的臀部，臉上頓時燙如火烤，這個大冰塊不會現在就在這車上化身為狼吧？

正想掙扎著起身，鍾離浩緊緊地摟住她，頭靠在她肩上，氣息明顯不穩地哄道：「然然乖，不要動，讓我抱一會兒，一會兒就好。」

安然不敢再動，乖乖地趴在他懷裡，聽著他的呼吸由粗重漸漸轉回平緩，身下硬硬的觸感也慢慢消失了，她的心才不再跳得那麼厲害。

好一會兒，鍾離浩才抬起頭來，安然發現他臉上的尷尬和不好意思，似乎都不敢正眼對著自己，心裡暗自好笑，還有歡喜，她才不希望自己的老公是久經風花雪月，被人用爛了的。

一個問題突然出現在安然的腦海中，未經風月？他剛才吻得挺熟悉的嘛！可是，這個冰塊是有名的不近女色，聽說貼身照顧的也都是小廝。

安然瞇起眼睛。「浩哥哥，你是不是親吻過很多女子啊？我覺得你很熟練呢。」

鍾離浩趕緊給自己澄清。「當然沒有，我只吻過然然，這輩子也只會吻然然，別的女人我根本不會讓她們靠近，妳可別冤枉我。」

安然似笑非笑地看著鍾離浩，她沒理由地就是全然相信他，可是剛才他的表現真的不像初吻。

鍾離浩被安然看得心虛，很沒骨氣地投降了。「然……然然，上次妳喝醉了酒，咬……

咬我嘴，還有舌頭，我……我們就親……親吻了。」

果然，他們吻過了，那才是他們的初吻，不知為什麼，安然有鬆了一口氣的感覺。興許剛剛受了蓉兒的影響，她也有點計較自己乾淨不乾淨了，在古代，初吻沒有給自己的夫君是不是也不乾淨了？

這會兒得知自己的初吻還是給了大冰塊，她心裡有一種「好歹撿回一點」的慶幸。看著鍾離浩臉上的愧色和忐忑，安然舉起雙手環繞他的脖子拉低他的臉，輕柔地吻了上去。

鍾離浩本以為安然知道自己在她酒醉時「非禮」她會大發雷霆，卻看到她神色間的心疼，還主動獻上香吻，簡直美得滿心冒泡，很快就轉被動為主動，兩人又天昏地暗地熱吻了一回，直到雙雙都喘不上氣來。

鍾離浩寵溺地看著懷裡嬌喘吁吁的小丫頭，食指輕撫著那微腫的瑰麗雙唇。「然然，我愛妳。上次，妳非禮了我，今天我又非禮了妳，以後，我就是妳的，妳也是我的，無論什麼時候，妳都不許拋棄我，不許離開我，否則，天涯海角，我都會找妳回來，揍妳屁屁。」

安然反手輕摟著鍾離浩，閉上眼睛，懶得搭理他。暈死！這樣的話一般都是女人說的好不好？他竟然搶她的臺詞。還要揍她屁屁？他敢？

不一會兒，鍾離浩就聽到安然均勻綿長的呼吸聲，這個小丫頭，竟然睡著了！吻兩回有這麼累嗎？鍾離浩好笑地搖了搖頭，對著車外的南征輕聲交代了一句。「車走得慢些穩些，小丫頭睡著了。」然後輕輕地把安然放到屏風後面的床上去，又在她的唇上偷了一個香，才下車騎馬去。很快就要到城門口了，雖然他們已經是未婚夫妻，還是注意點好，以免影響安然的名聲。

安然正睡得香乎，突然馬車猛烈一震，把她給弄醒了，幸好鍾離浩下車前幫她拉起了床沿的擋板，否則這會兒八成得滾到床下去。

守在屏風外的舒安和舒敏第一時間衝了進來。「小姐，您沒事吧？」舒敏趕緊上前檢查了一番，就聽到車門處傳來鍾離浩急切的聲音——

「妳們小姐是不是被驚醒了？沒事吧？」

聽到安然親口應了「浩哥哥別擔心，我很好」，鍾離浩才放下心來，一臉戾氣地看著馬車前方被南征強押跪著的一個黑衣人，他的嘴垂吊著，明顯是被卸了下巴，防止他自盡。

拉車的兩匹馬，其中一匹倒在血泊裡，馬的側腹插著一支箭。

很快，一身侍衛打扮的舒全拎著一男一女丟到了那個黑衣人旁邊，還有一張弓和一個箭囊。「王爺，就是這個人射出的箭，他們躲在明月茶樓的二樓包間。」

南征一愣，小聲對鍾離浩說道：「爺，是柔瑩郡主身邊的小環。」

鍾離浩的聲音冰冷徹骨。「綁了，送縣主回大長公主府後，我們進宮。」說完在南征的耳邊交代了幾句。

「是，爺放心。」南征領命，很快消失，由舒全駕車。

舒安她們之前騎的兩匹馬，一匹換了去拉車，另一匹背上綁著小環，還要拖著那兩個殺手，真是可憐。

鍾離浩騎在馬上，往明月茶樓的方向瞥了一眼，敢動他的然然？就算是皇嫂的堂妹他也不會放過。

馬車裡的安然聽了舒安的回報，很是詫異，誰要殺她？是冷府的？還是慶親王府的？她沒得罪什麼人啊，郭家的那個郭明娟？或者杜曉玥？也不是什麼深仇大恨，不至於要她的命吧？

「知道是什麼人主使的嗎？」安然問道。

「不知，抓到兩個男人和一個丫鬟打扮的女子，王爺好像說要進宮。」舒安面色憤憤地答道。太后賜婚後，王爺增添了一些人手暗中保護小姐，還特意交代他們三人特別小心，沒想到，這麼快就有人按捺不住了。

此時，明月茶樓的另一個包間裡，柔瑩郡主臉色發白地坐在那裡，豆大的汗珠順著她柔美的側臉往下滴。剛剛當她看到馬上的鍾離浩時，就趕緊讓小環去通知殺手取消行動，沒想到晚了一步，不但兩個殺手被抓，連小環都一起被帶走了。

一個年輕男人進了包間。「郡主，現……現在怎麼辦？」這人是柔瑩奶娘的兒子阿木。

柔瑩大步上前，狠狠給了阿木一個耳光。「廢物，不是說偉祺哥哥沒有跟那個賤女人一起嗎？那麼大個人騎在馬上你們不認識啊？偉祺哥哥在，你們也敢動手？也不掂量掂量自己有幾兩重！」

阿木趕緊跪下。「郡……郡主，我們的人是在馬車快進城時發現他們的，趕緊回來通報，那時候王爺真的不在。」

「廢物！你們都是幹什麼吃的？那趕車的不就是偉祺哥哥的貼身隨從南征？都沒長眼睛，看不見嗎？」柔瑩氣憤不過，對著阿木又踢了兩腳。

阿木很是委屈，誰會想到慶親王爺的第一近隨竟然跑去幫冷縣主趕車？

柔瑩郡主一邊繼續罵罵咧咧，一邊像無頭蒼蠅似地轉來轉去，她是真的很害怕。

兩人都沒注意到，只開了一條縫的窗戶那兒，一陣煙霧慢慢飄進……

不一會兒，柔瑩覺得自己口乾舌燥，抓起桌子上的茶水就灌，可惜一點也不解渴，她整個人都躁熱起來，正想去開窗透透氣，就發現自己被阿木緊緊抱住了。阿木的臉摩擦著她的臉，嘴在她臉上、脖子上四處舔咬，竟然讓她無比舒服。

兩人似乎不約而同地找到了解渴的辦法，用力吮吸著彼此的肌膚，雙手也迫不及待地扒掉彼此身上的衣服，好獲得更多的清涼……

很快，包間裡呢喃聲起，春色四溢。

安然一行回到大長公主府，鍾離浩親自過來抱她下車，嘴唇貼近她的耳朵輕言。「然然莫怕，沒有人可以傷害妳。」

安然巧笑嫣然。「有浩哥哥在，我什麼都不怕，只是浩哥哥無論做什麼，自己都要當心些。」頓了頓又道：「你既是要進宮，可否替我帶一封信給皇上？」

「當然。」鍾離浩想都沒想。

安然取來了信遞給鍾離浩，竟然沒有封口。

「然然，妳不怕我偷看？」鍾離浩訝然，雖然他知道自己絕不會偷偷打開這封信。

「我信你，你不會，也不需要。」安然輕笑，肯定地答道。

鍾離浩聽得心裡暖暖的，戀戀不捨地看了安然一眼，又囑咐了舒安三人幾句，正好見南征趕來，換回一張冰山臉，往宮裡去了。

安然看著鍾離浩的背影，心裡萬分感慨，那封信是用英文寫的，雖然她真心信任鍾離浩，但穿越、還魂這種事太過匪夷所思，不能不萬分小心，一個弄不好，她和老大就要被人燒死，或者亡命天涯了。

鍾離赫一聽說柔瑩郡主派人殺害安然，就徑直奔坤寧宮而來，如果是真的，他一定不會放過柔瑩，管她是什麼人。

他到的時候，太后也趕過來了，她是擔心已有身孕的皇后受到刺激。

看著趴跪在地上的三個人，鍾離赫急切地看向鍾離浩。「怎麼回事？冷縣主還好吧？」

鍾離浩清晰地看到鍾離赫眼裡的焦急和緊張，非常鬱悶——如此短的時間，皇兄對然然竟然如此上心？

他壓制著心中的疑惑和煩惱，向皇上、皇后和太后說了事情的經過。

鍾離赫怒視地上的三人。「誰給你們的膽子，竟敢謀害皇親？一五一十如實招來，否則朕必定誅你們九族。」

那三人被拎進皇宮來，三魂七魄早被嚇丟了一大半，再被天子一怒斥，什麼細節都交代得乾乾淨淨。

太后從來沒有見到皇上如此震怒過，不禁再次感慨他與鍾離浩的兄弟情深。

皇后心裡的疑惑卻是又深了幾分，但她此刻更震驚的是那個嬌柔溫婉的小堂妹柔瑩竟然派人殺安然？

她雖然也曾想撮合鍾離浩和柔瑩，但鍾離浩對此一點好感都沒表露過，明顯的不樂意。那日太后賜婚後，柔瑩又到她面前哭訴，她也只能安慰柔瑩，說柔瑩的條件那麼好，必然能找到更合適的良人。不承想，那丫頭竟然還不死心。

這時，皇后派出去的人帶著衣冠不整的柔瑩和阿木進來了，一起進來的嬤嬤在皇后耳邊嘀咕了幾句，皇后頓時臉色大變。

柔瑩郡主此時還是粉面桃腮，依稀可見眉眼間殘留的春色，可惜的是她頭腦已經清明，清楚地記得不久前自己和阿木的一場欲生欲死的肉搏，以及被人撞破的難堪，這令她備感羞辱和痛苦。怎麼會這樣？她到現在也沒有想明白自己怎麼和阿木做了那樣的事，那只是一個為她所驅使的奴才！

一見到冷冷地站在那裡的鍾離浩，柔瑩郡主哇地一聲哭著撲了上去。「偉祺哥哥，有人害我，你要幫我，你要幫我啊！」

鍾離浩閃身躲過，遠遠地站到一邊，厭惡地看著撲了個空、摔在地上的柔瑩。如果不是看在皇嫂的面子上，如果不是不想讓郝家族裡的女子，尤其是未嫁女都無辜受到柔瑩的牽連，鍾離浩一定會更狠一些，柔瑩的醜事就不會像現在這樣，僅僅皇后身邊的幾個心腹看到了。

皇后和太后還以為只是那個阿木癩蛤蟆想吃天鵝肉，因為抓住了柔瑩謀害安然的把柄，逼迫了柔瑩。

鍾離赫卻是瞧見了鍾離浩眼裡隱藏著的戾色，心裡有了幾分了然。如果是自己，也絕對不會輕易放過柔瑩的，否則後患無窮。

柔瑩是衛國公府的嫡孫女，是皇后最疼愛的小堂妹，此次刺殺又是未遂。對她的處置最多就是斥責、禁足、抄經之類，根本不能震懾。只要她對鍾離浩不死心，八成還會有下次，只會做得更小心、更隱密而已。

皇后正想說什麼，衛國公夫婦和柔瑩的父親就趕來了，他們已經知道了柔瑩的醜事以及找人刺殺慶親王未婚妻的事，差點沒集體氣昏倒。

三人向皇上皇后跪拜謝罪，衛國公道：「臣治家無方、管教不力，府裡才出了如此不肖女，現已決定將柔瑩送去家廟，剃度出家。臣等明日親自去大長公主府，向冷縣主陪罪。還請慶親王看在皇后娘娘和臣的面子上，放過此事，給郝家女兒們留一條生路。」

鍾離浩伸手扶起衛國公。「國公爺放心，偉祺曉得。既然你們已經嚴懲柔瑩郡主，給了冷縣主一個公道，我們不會再追究此事。」

衛國公三人趕忙再次大禮謝過。

柔瑩聽到「剃度出家」，愣了半天，此時才反應過來，大聲嚎叫。「不要，我不要出家，我要做偉祺哥哥的妻子，要做慶親王妃，我才不要出家，爹、大伯、伯母，你們不能這樣對我，你們都不疼柔瑩了嗎？」

柔瑩的父親上前就是重重的一巴掌。「閉嘴，妳還想禍害妳的姊妹、侄女們，禍害整個郝家嗎？給妳一條生路妳不要也罷，如果不想出家，妳回府就自己了斷吧！」說完親手把柔瑩堵了嘴，綁上了。

這個女兒本來是他的驕傲，容貌出眾、乖巧討喜，又得皇后娘娘的疼愛，誰知今天竟然做出如此醜事，還得罪了冰山一樣的慶親王爺。事關整個家族女子的命運，他哪裡還敢維護？先送到家廟去已經是最好的出路了。至於那對奶娘母子，他一定不會輕易放過，一定要讓他們死得很難看。

不過，對於衛國公府怎麼處置柔瑩，以及那幾個幫凶，鍾離浩根本不在乎，他自己早就下手了不是？他就是要讓那些敢動安然的人知道，什麼人是他們不能動的，什麼叫作「比死更難受」。

鍾離浩在離開皇宮之前，在只有他和鍾離赫的時候拿出了那封信。「皇兄，這是小丫頭讓我帶給您的。」

鍾離赫訝然，接過信，深深地看了鍾離浩一眼。

鍾離浩面上沒有絲毫異色，沈靜地告退而去，留下鍾離赫獨自一人在原地站了很久。他並不急於看信的內容，因為，他已經知道她要說的每一句話。

安然接下來的日子很是忙碌，馬上就要過年了，府裡府外的事不少。不過忙碌歸忙碌，安然的心情極好，一是她和鍾離浩的感情確定下來，讓她的心裡日日都是甜蜜蜜的。二是好消息不斷，年底結算，各店鋪、莊子的盈利都大大超過了預期，安然感覺自己正堅定地向大富婆方向前進。

當然，最重要的喜訊是蓉兒到底是接受了黎軒。

黎軒給他們傳了信，說此次送蓉兒回雲水庵，向一直照顧蓉兒的師太們告別，還會在那兒給他的父母兄妹做一場法事，然後他們會去陪黎軒的師父玄德道長過年，希望這次能把玄德道長接到京城來養老，到時候也能給黎軒和蓉兒主婚。

「真是不容易啊，多少年了，終於抱得美人歸。」鍾離浩為黎軒感慨萬分。

安然嘻笑。「蓉兒姊姊真正是個大美人，是我見過最美的女子。浩哥哥，你認識他們這麼久，就沒有心動過嗎？我是個女子，第一次見，就被蓉兒姊姊的美色吸引了呢。」

鍾離浩一把將人攬進懷裡。「我的眼裡，只能看到妳這個小美人，其他女子對我而言，沒什麼區別，美也罷，醜也罷，我都沒興趣瞧。所以，以後妳也只能被我吸引，不管男人女人，再美妳都不許花癡，想看美色就多看看我，他們都沒我好看。」

安然被鍾離浩如此霸道的自信逗樂了，窩在他懷裡呵呵直笑，心裡無比的熨貼和舒暢，軟軟的，暖暖的。

無波大師說得對，不講緣法，謂之強求，不講心，謂之隨波逐流。她及時認清了自己的心，認清了自己對鍾離赫的親情和對鍾離浩的愛情，才沒有把三人，甚至後宮的皇后、嬪妃帶入互相傷害、多方痛苦的感情漩渦。

她很慶幸，那兩個及時趕到的孩子阻止了她和鍾離赫的一時迷離，否則，對自己情有獨鍾、萬般寵愛的鍾離浩又該是怎樣的難過？

而且，這裡是古代，老大是皇上，很多事不是他們想的那麼簡單，也不是能輕易擺平的。

# 第七十章　三生三世

忙碌而歡快的日子箭一般地飛過，轉眼，安然在幸福和歡樂中度過了來大昱的第二個新年。十五那天，安然向冷弘文提出自己不在冷府過，年三十她已經留在冷府了，十五她要與君然姊弟兩人共度。

今年過年，安然孝敬了許多上好的物什、面料、藥材和補品，還私下給冷弘文三千兩銀子以及價值八百兩的百香居禮券，說是讓他在場面上應酬時更有面子。得女如此，夫復何求？誰不知道，過年時，百香居推出的「新年特別款」點心是倍兒有面子的年禮。

不僅如此，連慶親王鍾離浩都給他這個準岳父送了年禮，把他得意得不行。

現在，給他帶來這一切榮耀的女兒安然就提出了這麼一個小小心願，而且冷弘文也突然「父愛氾濫」，不忍心讓唯一的嫡子君然孤單一人過十五，就爽快答應了安然。

鍾離浩從宮裡回來，直接到了夏府，給安然帶了鍾離赫的話。「然然，皇兄明日想單獨見妳，妳、妳要不要見？」

安然輕笑。「你呢，你願不願意讓我去見他呢？」

鍾離浩摟著安然。「平心而論，我不想讓任何一個覬覦妳的男人見到妳，不管他是誰，但是然然，我總是覺得妳對皇兄有一種不同尋常的感情……妳別急，我不是不相信妳，我真的是這麼想的。至於究竟是一種什麼樣的感情，我說不清楚，但我知道然然妳是愛我的，這就夠了。

「也許有一天妳會告訴我妳和皇兄之間的事，也許這會一直是妳心中的秘密，但我總是相信妳的，因為妳讓我帶那封信的時候就說過我不需要偷看。所以然然，如果妳想去，就去吧，我看皇上的樣子，好像有重要的話要跟妳說。而且，他如果想偷偷見妳，有很多辦法不讓我知道的。」

安然深情地看著鍾離浩，這個男人，簡直，太完美了！她何其幸運，能讓他傾心相愛。

鍾離浩幾乎要沈醉在安然的眼神裡，喃喃道：「我的然然，妳不要這樣看著我，我……我……」話音未落，情難自禁地猛然低下了腦袋，沒想到安然也突然踮起腳尖，仰起臉，兩人幾乎同時吻上了對方的唇，吻得如癡如醉，忘記了天地萬物。

「浩哥哥。」安然依偎在鍾離浩的懷裡嬌喘。「你說過，你是我的，我是你的，我們只屬於彼此。對老……嗯，皇上，我就像對君然一樣，你永遠不需要懷疑。至於原因，也許有一天我會告訴你的，不是我不相信你，而是，嗯……太複雜了，而且這不僅是我一個人的事，還有皇上，我沒有權利不經皇上同意將他的秘密告訴別人。」

「好！」鍾離浩摟緊安然，堅定地說道。「然然說我不需要懷疑，我就一定不會懷疑。無論什麼事，無論什麼時候，我都是相信然然的。」

鍾離浩雖然對安然說的「原因」越發疑惑，但他對安然的肺腑之言，卻是更加相信。如果安然有心和皇兄在一起，根本不需要騙他，那個人是至高無上的皇上。而且，今天皇兄會坦然地讓他帶口信，似乎也表示，皇兄準備放下了。

鍾離浩有一種直覺，他的然然和皇兄，似乎認識很久了，比他和然然認識久多了，他們之間，似乎發生過什麼離奇的事，對了，還有那個德妃。

還是那座皇莊，還是那片梅花林，此時正是梅花盛開的時候，朵朵如婀娜多姿的仙女。它們或仰、或傾、或倚、或思、或語、或舞、或倚戲清風、或昂首遠眺……麗姿美態紛呈，入目美不勝收。

安然徜徉在梅花林中，頓覺香氣盈懷，放開心懷深深吸了一口氣，更是清香滿口，沁心入脾。

這時，耳邊響起悠揚的簫聲，安然閉著眼睛靠在一棵梅樹上，眼淚，緩緩地流下……那婉美的旋律，正是前世安然常聽常唱的一首〈三生三世〉。

而此刻，這首歌在安然和鍾離赫的世界裡，是那麼的應景，那麼的揪心。

「然然，如果沒有浩兒，妳還會愛我嗎？」鍾離赫放下玉簫，緊緊盯著安然問道。

「應該會。」安然沒有矯情，也不需要矯情。

「但是，即使沒有浩兒，妳還是不會嫁給我的，是嗎？」鍾離赫的聲音哽咽，帶著無法言喻的苦澀，眼睛也早已濕潤。

「是的，我在清源寺的時候，無波大師說過一句話『不講緣法，謂之強求』，強求來的幸福，會夾雜著愧疚和不安，會在別人的眼淚和哀傷中慢慢變澀，因為那些人，都是你的親人。」安然一直沒有睜開眼睛，但是淚水仍然不斷溢出。「穿越不能成為我們的理由，我們的靈魂來的時候，並沒有把心丟掉。」

「然然，如果我不肯放手，如果我不擇手段，甚至，讓浩兒消失，妳會怎樣？」鍾離赫靠在另一棵梅樹上，也閉上了眼睛。

「你不會，因為你是Steven，是我的老大。時空變了，環境變了，你，不會變。」安然的聲音依然平靜，但是那麼的堅定。

「我真恨，身體換了，心臟也換了，為什麼還要帶著原本的心、原本的思想？」鍾離赫苦笑，他和安然，都太瞭解彼此。

「這就是造化弄人，讓我們重新投胎，卻不給一碗孟婆湯。」安然亦苦笑。

「然然，來世，我一定會等妳，我會盯緊了妳，我，絕不再放手。」鍾離赫的眼淚，終於奪眶而出，滾了下來。

「好。」安然笑了，眼睛依然沒有睜開。「你一定要認清是我，才能把人娶回家哦。」

「……」鍾離赫也笑了，此刻，不需要語言。

好久好久，不知什麼時候飄起了雪花，安然雖然沒有睜眼，她的皮膚、她的心仍然感受到了。

好半天，鍾離赫終於開口說道：「然然，我想為妳唱一首歌，就〈三生三世〉好不好？」

「好。」安然一口應下，她記得剛才進梅林來的時候，看到那石臺子上有一架箏，瞬開眼走過去坐下。

「前生你是桃花一片，遮住了我想你的天。

紅塵中的我看不穿，是你曾經想我的眼。

今生我是桃花一片，曾經凋零在你的指尖。

聽著你紅塵中的長嘆，落花憔悴了想你的容顏……

我用三世的情，換你一生的緣，

只願來生能夠與你重新面對面。

我用三世的情，換你一生的緣，

只是衷心許願來世與你再相見……」

鍾離赫唱的這首歌，僅僅改了幾個字眼，卻讓安然覺得越發心酸，眼淚，不斷地滴在箏上，隨即邊彈箏邊開口唱了起來。

鍾離赫一頓，連忙舉起玉簫應和。

「前生你是桃花一片，紅塵中將寂寞開滿。

想你的我在花叢中留戀，看思念在冷月中凋殘。

今生我是桃花一片，花瓣上寫著你我的姻緣。
憐花的人不解花謎暗，這份情才還得如此艱難……
我用三世的情，換你一生的緣，
只願來生能夠與你重新面對面。
我用三世的情，換你一生的緣，
只是衷心希望來世與你再相見……」

今日是鍾離浩親自送安然過來的，沒有讓舒安三人跟著，而鍾離赫也讓福公公把皇莊裡的人都帶走了，連暗衛都沒留下。鍾離浩顧及皇上和安然的安全，沒有離開，留在梅林的出口處。裡面說話他聽不到，但只要動靜大一些，有點喊聲，他就能及時趕到。

鍾離赫的簫聲起時，鍾離浩就被那婉轉深情的旋律打動，他知道皇兄擅長吹簫，也聽過好幾次，但從來沒有聽到過如此動人的曲子。

直到曲子停了好久，鍾離浩還沈醉在其中，那首曲子中，究竟包含著怎樣一種情懷？這是皇兄專門為然然作的曲子嗎？任誰都聽得出其中的情深和意切，還有無盡的悲傷。為什麼？這其中究竟有怎樣的故事？為什麼他突然覺得搶走然然的不是皇兄，而是他？

他正在不由自主地胡思亂想，耳邊突然聽到渾厚卻纏綿的歌聲，皇兄？皇兄竟然會唱歌？還是剛才那旋律，歌詞卻比旋律更加讓人心醉，甚至心痛。

然後就是然然的聲音，皇兄再次吹簫應和。他們的搭配是那樣默契，那曲子對於他們，似乎是用心在唱，而不是用嗓子。

前生、今生、來世？是他們的感情嗎？為什麼他覺得他們才是一對，自己離他們的世界好遠？那一瞬間，他有一種想逃走的衝動……

不！不！眼睛騙不了人，鍾離浩堅定地告訴自己然然是愛他的，然然不會騙他，她親口說了他們只屬於彼此。

既然她說了不用懷疑，他怎麼可以又懷疑他的然然？不可以！別再想了，有一天，她一定會將一切告訴他的！

梅林裡，一曲終了，餘音繚繞。

鍾離赫不捨地放下玉簫。「然然，我放手了，我只要妳幸福。今生，妳就好好做我的弟妹吧，答應我，不要悄然離開，不要逃走，讓我看得見妳。」

安然一雙水洗的眸子定定地看進鍾離赫的眼睛。「你是我的老大，是我最親的親人，我不會離開的。」

突然，安然「噗哧」一笑，眼裡淚水未盡。「現在你可是這個天下的老大，有你罩著我，豈不快活？我幹麼要離開？老大，既然我們接受了老天的恩賜，也接受了老天的玩弄，何不順其自然，活得更好？以老大的才能，你說我們能不能把這個時空的歷史腳步拉快一些？也造一個輝煌皇朝，未必比不過那『開元盛世』不是？」

鍾離赫寵溺地拍了拍安然的腦袋。「怎麼，然然在這古代也想一展身手了嗎？要不要老大助妳做這個時空的第一女相？或者，妳要想做『冷則天』，老大也願意讓位給妳。」

「呿！」安然不屑地一撇嘴。「那個位置累死累活，有什麼好的。男人雄心壯志，玩玩也就罷了，我還是做我的小女人，前世就做了一輩子的老姑娘，今生本小姐只想老公孩子熱炕頭。」

鍾離赫神色一黯。「然然，前世，是我害了妳，如果妳沒有遇上我……」

「不。」安然堅定地說道：「我們只是有緣無分，並沒有誰害誰，我並不後悔愛上你。那段愛，我們在一起的點點滴滴，是我前世最甜蜜的回憶。前世，我還是幸福的。」

鍾離赫輕輕摟住安然。「好，妳今生的幸福，老大替妳看著，幫妳護著，浩兒視妳勝過生命，妳和他會很幸福的。但是然然要記住，來生，妳是我的，我一定會很快找到妳。」

「嗯。」安然哽咽，這份愛，太沈重，但她不能拒絕。

靜謐……帶著溫馨，還有無聲的承諾和祝福。

很多時候，「放下」比「爭取」更難，只有愛到極致，才能無怨無悔地「放下」。

鍾離赫放開安然的時候，輕聲說道：「浩兒不會離開太遠，因為他不放心。妳是他的摯愛，我是他最敬重的皇兄，他一定會守護在能及時趕到的地方。我們的聲響他一定都能聽到。如果他有疑問，妳覺得必要、又願意和盤托出的時候，妳就儘管說吧，我不希望你們之間有什麼隔閡，我要妳擁有最無瑕的幸福。」

安然含淚點頭，看著鍾離赫那明顯消瘦不少的臉龐，哽咽道：「嗯，我知道了。」她和鍾離赫的狀況，鍾離浩都清楚，串在一起確實有太多的疑點，而且她知道，鍾離浩跟她一樣，是個特別敏感的人。

「好了，妳出去找他吧，這會兒，福子他們也該回來了。」鍾離赫說著點燃了一支響箭放出，他的人都在皇莊周邊，看到信號就會立即回來。

鍾離浩也看到了信號，往梅林裡走，沒走幾步就看到安然正朝著他跑過來，下一刻懷裡就多了個香香軟軟的嬌人兒

鍾離浩摟著安然，笑道：「談完了？我們回去吧。」

一路上，鍾離浩什麼都沒問，安然也沒說，倒是想起一件事來。「對了，浩哥哥，薛大哥是不是過兩天就要去南方了，我們請他一起聚一聚好不好？」

「當然好，黎軒和蓉兒今天就會到，我們約了天磊後日在黎軒那裡小聚。對了，黎軒接受妳的意見，把他們那府邸改名叫蓉軒莊園了。」鍾離浩一口回道。賜婚之後，只要有跟安然獨處的機會，鍾離浩就喜歡摟著安然，這不，這會兒安然又被強制「黏」在他懷裡。

安然終於忍不住了。「浩哥哥，你總是這樣……這樣抱著我，不膩嗎？讓我好好坐著好吧？」

鍾離浩呵呵笑道：「不好，妳這不就是坐著了？坐在我懷裡不比坐在這椅子上軟乎？妳忘了，妳上次在怡紅閣還特意找了兩個人來靠呢？」

「切！」安然撇嘴。「人家那軟乎，你又沒有。」說完猛然覺得不對，恨不得咬下自己的舌頭，這話，太TMD曖昧了！然後便見鍾離浩面紅耳赤地看著自己的胸口，呼吸也有些急促起來。

安然這具小身體，自從及笄後，就迅速發育起來，現在前胸已經以肉眼能看到的速度一日比一日鼓脹。此時，鍾離浩的手已經不受控制地往那兒移動。

安然大窘，也不能推搡或出聲制止，南征還在外面趕車呢，只好一側身，深深躲進鍾離浩懷裡。

鍾離浩的手撲了個空，也驚醒過來，頓時面如豬肝色，幾乎要抬起手給自己兩巴掌。他這是做什麼？他怎麼能這樣褻瀆然然？

突然，他發覺懷裡的然然肩膀一聳一聳的，像隻可憐的小貓咪緊緊扒在自己懷裡瑟瑟發抖，嚇得鍾離浩趕緊摟緊安然哄道：「然然乖，乖然然，莫哭莫哭，我再也不這樣了，我再也不敢了。我下次要再……再這樣，妳就剁了我的手。」

安然的肩膀抖得更厲害了，差點沒笑出聲來。她剛才貓在鍾離浩懷裡想到自己說他胸部不軟乎，就忍不住想笑，這生硬的大冰塊要是長一對軟乎的胸是啥樣？哈哈哈……沒想到，大冰塊居然以為自己被氣哭了。

鍾離浩急壞了。「然然，妳莫哭，莫哭了，我這就廢了這雙手。」說著就要鬆開安然舉起手來。

嚇得安然趕緊坐起身緊緊抱住面前的一隻手。「你幹麼？你幹麼？你瘋了嗎？」這下她真哭了，嚇哭的。「你是我的，你的手你的腳，所有所有，都是我的！你敢隨便傷了它們，我、我不會放過你！」

鍾離浩感動死了，然然都被他氣成這樣，還怕他弄傷自己，心裡軟得一塌糊塗。「好好好，都是妳的，沒有妳的允許，我再也不敢了。可是，然然，妳莫要再哭了，眼睛都要哭壞了，我會很心疼的。」

安然輕「哼」了一聲，又躲進鍾離浩的懷裡。「浩哥哥，你會一輩子這樣抱著我嗎？到很老很老了，我頭髮都白了，臉上都是皺紋，變成一個醜老太太了，你還會這樣抱著我嗎？」

鍾離浩的聲音是從未有過的柔和。「會，不論到什麼時候，我都會這樣抱著妳。我們家然然就是成了老太太，也是最美的老太太。」

兩人不再說話，就這樣緊緊相擁，臉上都是溫馨的笑，好似都在想像幾十年後一個美麗的畫面——一位鬚髮皆白的老爺爺摟著一位滿臉皺紋的老太太，雙雙幸福地露著無齒的笑。

# 第七十一章　錦繡布莊

照例，馬車快進城的時候，鍾離浩就出去騎馬了，還未到大長公主府，遠遠地就看到一輛馬車離開，是杜宰相府的車。

徐嬤嬤迎了上來。「杜夫人帶著杜小姐過來，想請主子參加杜小姐的成親禮，主子讓我拿了一副頭面出來給杜小姐添妝。王爺、縣主，你們是否要去給主子請安？我隨你們一起吧。」

安然張了張嘴，終究還是沒有問什麼，笑道：「嬤嬤，祖母今日狀態可好？我已經連著三日沒有回來了，想得緊。」

徐嬤嬤也笑得一臉老菊花。「可不是？只要一天沒見到妳啊，主子就直念叨，老是問妳什麼時候回來？」

三人邊行邊說笑，完全把郭年湘母女的事拋於腦後。

請安出來，就要回到自己的院子時，安然突然停在一棵大樹下，定定地看向鍾離浩。「浩哥哥，薛大哥成親那天，是不是發生了什麼事？」

「哪有什麼事？」鍾離浩笑道：「是不是誰亂說什麼了？」

安然搖搖頭。「沒有人說什麼，但我總覺得哪兒不對，想了又想，應該就是從薛大哥成親那天開始，才沒見他們杜家人進府的。之前祖母對杜家只是有點不冷不熱，不至於不讓進門，而且杜曉玥成親，祖母都不出現，也不準備讓我們四個去，這讓外人看起來不就是跟他們沒有往來了嗎？」

鍾離浩正想張口，安然又繼續道：「還有薛家，之前瑩姊姊還有國公夫人對我都很好的，可是初六那天的賞梅宴，她們幾乎不與我說話，國公夫人似乎還有意避開。更奇怪的是舒敏，在梅園裡，我吃什麼喝什麼她都要檢查一下，當著薛家人的面都那樣，舒安也不攔著，還一步不離地跟著我。我問過她們，只是回答我防人之心不可無，可是我知道，肯定沒有這麼簡單。浩哥哥，你們是不是有什麼事瞞著我？」

鍾離浩輕嘆一聲，這個丫頭太聰明又敏感，還真是不好瞞她什麼，遂將兩件事情併一件，簡單地說了。

安然驚呼。「什麼？杜夫人竟然對瑾兒下黑手？那可是她唯一的親侄兒。她也是做母親的人，怎麼這麼狠毒？還有那個國公夫人，還名門大族呢，這樣下三濫的招數也用，她不怕薛大哥知道嗎？再說了，就算薛大哥真的在我的床上被發現，我也不可能如她的意，沒有人可以逼迫我嫁人，更別說是做妾了。」

鍾離浩一把將安然緊緊摟住。「然然，答應我，任何時候都不可以隨便傷害自己，無論發生什麼事，都有我在。我只要妳活著，好好地活在我眼前，其他都不重要。」

安然大為感動。「就算我的名聲壞了，清白失了，你也不在乎嗎？」

「妳的一切我都在乎，但前提是妳得好好活著，這比什麼都重要。妳要沒了，什麼名聲、什麼清白都是空的。」鍾離浩堅定的口氣不容置疑，摟著安然的手臂又加了兩分力道。

兩人沈默了一會兒，安然突然想到一個問題。「浩哥哥，薛大哥還不知道這件事吧？那就永遠都不要讓他知道了。」

「嗯，我也沒打算讓天磊知道，天磊是個光明磊落的人，如果知道了自己的母親和妹妹這樣陷害於妳，他會不知道要如何面對妳我，又不能對付他的母親和妹妹。」在這一點上，鍾離浩和安然的想法是一致的，無論如何，薛天磊都是他們最好的朋友。鍾離浩很清楚，薛天磊對安然的愛護之心並不比他少。

兩天之後，在蓉軒莊園再見到薛天磊的時候，安然的表現並沒有一絲異常，只是奇怪他怎麼獨自前來。「薛大哥，梅姊姊怎麼沒有一起來？」

薛天磊溫和地笑道：「她娘家有人來拜訪，就留在府裡待客了。」鍾離浩知會他的時候，是說了攜夫人同來，可是他並不樂意讓梅琳介入他的朋友圈，尤其他知道了在賞梅宴上，梅琳為了表示對薛瑩的情誼，對安然相當冷淡之後，更是對她的小心眼極為不喜。他一直知道自己的妹妹薛瑩喜歡鍾離浩，但感情的事受不得一絲勉強，深受其苦的他也不是沒有勸過薛瑩，只是，薛瑩自己扎進牛角尖裡不肯出來罷了，干鍾離浩和安然何事？

蓉兒在安然的影響下，正在一點一點地放開自己，也上前跟薛天磊見了禮。

蓉兒的名字薛天磊聽過無數遍，人卻是第一次見到，心裡暗嘆——好一個純淨溫婉的女子，好似不食人間煙火的仙子，難怪這麼多年了，其他女人都入不了黎軒這小子的眼。

待蓉兒和安然雙雙離開去廚房安排，薛天磊羨慕地拍了一下黎軒。「恭喜你啊，多年苦心總算修成正果！」

黎軒剛剛見到蓉兒拉著安然的手，落落大方地一起出來見客，心裡就像抹了蜜似地甜，這會兒再聽了薛天磊的話，更是笑得滿臉漾桃花。「哈哈哈哈，這要多謝然兒了，這姑嫂倆還真是投緣，一早兩人見面到現在，就像連體似地沒分開過，我說大冰塊，你可別泛酸啊！」

鍾離浩嗤之以鼻。「切，這還沒成親，就稱上『姑嫂』了？再說了，我們家然然人見人愛，我要都泛酸，早就成醋海了。」

薛天磊大笑。「那是，安然的性子好，男女老少都喜歡，冰塊你可要藏緊了。黎軒，你小子準備什麼時候辦喜事？我這一趟去杭城織布坊，一個月就能回來，等你成親後，我再去福城。」

黎軒笑道：「時間上倒是差不多，我跟蓉兒的親事訂在三月初，那時候君兒也考完試了。我跟蓉兒原本都沒有親人沒有兄弟姊妹，現在然兒和君兒就是我們親親的妹子和弟弟了。所以大冰塊，你可千萬別欺負我們家然兒，她的娘家可不是好拿捏的。」

鍾離浩撇嘴一笑。「小丫頭的娘家人越多，我越高興。我巴不得她仗勢欺人，氣焰囂張一點，要知道我們府裡那些個糟心的人，一時半會兒的還趕不出去。」

「這你還真不用擔心，你那個小丫頭，只有她欺負人的分，別人要欺負她，一個字，難！」薛天磊慢悠悠地喝了一杯茶，才繼續道：「人對她好，她會對人好，人若對她不好，她可不是個軟麵捏的主。」

「誰是軟麵捏的呀？」安然笑呵呵地回來了，後面跟著的舒安和舒敏手上各拿了一疋大紅色的布。

薛天磊一看就蹦了起來，「搶」過那兩疋布細細地摸了摸，再看了看。「安然，這真的是冰綾和暖緞？」

「是。」安然笑靨如花。「這是我送給黎軒哥哥和蓉兒姊姊成親做禮服用的，你看織得如何？」

「好，太好了，手感比我手上那幾疋還要好。」薛天磊由衷讚道。

「那是！我也不知道自己的身邊竟然藏著這麼多織布高手。」安然毫不謙虛地誇口，林嬤嬤的手藝已經讓她驚嘆，更令她驚喜的是剛剛發現蓉兒和她的貼身丫鬟小翠竟然也是織布方面的行家，尤其蓉兒一看那兩疋布，竟然就看出很多門道。這幾年，蓉兒住在雲水庵，主僕倆跟著一個婆子學織布，不但供庵裡的師父們做衣用，也是庵裡的收入來源之一。

「安然，這……妳……」薛天磊很想跟安然開口談合作，又鑑於之前雙福樓的事開不了口。

安然了然，笑道：「薛大哥，我今天要跟你談兩件事。第一，我準備開織布坊，做布疋生意，織布坊的運作不會和薛家合作，但是只要你負責七彩綢緞莊一天，我們織布坊的產品就會以最優惠的價格供應給你們，與給我們自己直營店鋪的價格相同。」

薛天磊愕然，他沒有想到安然要自己開織布坊，而且這麼直接地說明可以看在他的面子上供應布料給薛家，但不會讓薛家染指織布的過程。

安然誠懇地看著薛天磊。「薛大哥，我很信任你，但薛家其他人的誠信度真的不高，現在薛家也不是薛大哥能說了算的。更何況，織布的方法是瑾兒的阿娘留下的，薛天其是造成他們一家慘死的源頭，我實在不能把它給薛家。」

薛天磊苦笑。「安然不必解釋了，我很理解，如果我是妳，也會這麼做的。安然願意把織好的布疋提供給我，已經是很給我面子了。」

鍾離浩拍了拍薛天磊的肩。「他們是他們，你是你，你永遠是我們的好兄弟、好朋友。」

安然笑道：「薛大哥，瑾兒的阿娘名叫錦繡，我的布莊會起名錦繡布莊，我還會從織布坊每年的盈利中抽出一部分來，開設一個免費的女子學堂，專門收那些窮苦人家的女子，教她們織布、刺繡、製衣等可以謀生的技能，以及簡單的識字和算術。學堂的名字也會取名為錦繡女子學堂，讓人們永遠記住那個織出如此美麗布疋的女子名叫錦繡。」

黎軒拍掌叫好。「我也可以讓弟子教授她們醫護知識，很多時候還是需要醫女，可惜大昱只有在宮裡才有極少數的醫女。」

「太好了，黎軒哥哥，謝謝你的支持。」安然笑得一臉燦爛。

黎軒不以為然。「我妹子做善事，我這個做哥哥的怎麼能袖手旁觀？」

薛天磊也道：「是啊，安然，這是件利國利民的好事，有什麼需要薛大哥做的，隨時開口，我很樂意出錢出力。」

安然點頭。「嗯，到時候我們把銷售區域分成兩半，七彩綢緞莊和錦繡布莊各分一半，你多賣一些布出去，讓織布坊的盈利多一些，不就是支持錦繡女子學堂了？」

銷售區域分成兩半？安然真的是盡最大的力度幫自己了，薛天磊越發覺得暖心，這就是一個愛恨分明、玲瓏心肝的女子，可惜……自己沒有那個福分。

安然拉著蓉兒的手。「蓉兒姊姊，妳跟我合作織布坊吧，妳負責新產品的開發，我負責管理銷售。」

蓉兒驚道：「我……我行嗎？我不行的，我……我沒有然兒妳那麼有見識。」

安然看得出蓉兒對織布和研究新織法的興趣，也有心想多增長一些見識，不給黎軒丟臉，笑著繼續鼓勵。「妳當然行了，一個人只要有興趣，就能把事情做好，人接觸多了，見識自然也就多了。林嬤嬤這兩、三個月挑選培養了一些人，到時候都交給妳，林嬤嬤也會幫妳。再說了，這個事情對外就是浩哥哥和黎軒哥哥合作，有什麼麻煩或需要拋頭露面的事就交給他們，但銀子和管事權就在我們倆手上，不難的。至於怎麼安排管理人員和看帳目，我可以教妳，黎軒哥哥也會教妳的。」

見安然就這麼光明正大地在面前跟蓉兒討論怎麼使喚他們，怎麼抓住財政大權，鍾離浩和黎軒兩個二十四孝未婚夫不但沒有一點異色，還以一副「心甘情願任妳驅使」的神情看著安然和蓉兒，隨時準備拍著胸脯表忠心。

黎軒也知道安然有此提議一是蓉兒擅長織布，二是想幫助蓉兒跟外人和事務管理有更多接觸，提升自信。畢竟，蓉兒以後就是蓉軒莊園的女主人。

「蓉兒，妳不是羨慕然兒能幹嗎？其實妳也可以的，何況還有我和然兒幫妳，妳如果有興趣就試試吧。」黎軒看到蓉兒的眼神裡有鬆動，又添了一把火，他真不希望蓉兒成天圈在她自己的世界裡胡思亂想。

鍾離浩也笑道：「是啊，蓉兒，這可是妳和然然的私房錢哦。再說了，有什麼事都有我和黎軒兜著呢，妳不用擔心。」

蓉兒確實是有興趣的，而且想讓自己更好，更能配得上黎軒，終於反手握住安然的手。「然兒，妳要幫我，要耐心點教我。」

安然猛點頭，眾人都笑了。

薛天磊看著面前的兩對璧人，真是打心裡羨慕。

黎軒一鼓作氣促成此事。「蓉軒莊園隔壁那塊地我早已買下，原是擔心不知什麼時候多出個不可靠的鄰居，不如就把織布坊建在那兒。」

安然很是贊成。「這樣好，但新品開發室就設在莊園內，其他籌備事宜你們兩個男人商量去，我和蓉兒姊姊還有私房話要說呢，用餐的時候再過來。對了，薛大哥，你也要給點意見，畢竟到時候有一半的銷售是由你負責哦。」

薛天磊欣然應下，即使沒有銷售上的合作，安然的事他都樂意幫忙，何況鍾離浩和黎軒都是他的生死兄弟。

# 第七十二章　討要

就在安然等人忙著掙錢和黎軒蓉兒親事的時候，大昱多處地方發生了民亂，鍾離浩屢屢被召進宮。因為皇上是鍾離赫，安然也比之前更加關注朝廷和宮裡的事。

原來過去的兩、三年由於天氣的原因，農業產量都不是很好，去年更甚，水稻和小麥的產量銳減，導致今年米價飛漲，老百姓的日子艱難，前朝以及當朝某些不安分的人乘機煽動民眾對朝廷的仇恨心理。

雖然各地的民亂都沒有多大的規模，很快就被壓制下去，但這對剛剛穩定下來沒幾年的大昱皇朝非常不利。而且，據欽天監官員預測，今年的氣象多半還是不利於農事。

民以食為天，老百姓吃不飽，又怎麼談得上安居樂業，怎能擁護朝廷？

安然想到了自己莊子裡種的紅薯、土豆和玉米，這些作物沒有水稻和小麥那麼嬌貴，對土地的要求也都沒那麼高，尤其土豆和番薯，在沙質土地上都能生長。她迅速寫了一份提案，讓鍾離浩帶給皇上。

鍾離浩看了提案，先是大喜，接著又忍不住泛酸。「然然，妳真關心皇兄。」

安然好笑，踮起腳尖在鍾離浩面上飛快地親了一下。「小氣鬼！我更關心你，再說了，你也姓鍾離哦。」

鍾離浩撫著自己被親的臉頰嘿嘿傻笑，確實，他也姓鍾離，為了這事，他也連著幾天沒有睡好覺了。

很快，鍾離赫和鍾離浩兩兄弟進一步完善了安然的提案，找來負責農事的官員相商，迅速劃定了幾個糧食產量特別低或者沙質土地較多的區域開始試點，安然也從幾個莊子上抽出人手到當地指導。

安然庫存的番薯、玉米、土豆和莊子裡備的種子，甚至部分秧苗，全都貢獻了出去，鍾離浩的船隊還從番地大量購買，幾個試點區域陸陸續續都種上了。

幾個月後，當第一批區域傳來土豆豐收的消息時，鍾離赫借此功績再次頒下聖旨，賜封安然為郡主，封號為安然，封地就是第一批土豆、番薯豐收的區域。連帶冷弘文都因為「教女有方」官升一級，為從三品首席諫議大夫，簡直驕傲得不行，現在冷府的客人也是絡繹不絕，誰不羨慕冷弘文命好，生了安然這麼一個才貌雙全又福運無邊的嫡親女兒。

冷弘文、冷弘宇兄弟商量之下，又擴建了在福城的冷家祠堂，告慰冷家祖先，同時在京城郊區建了家廟，這些都是大家世族必備的行頭。

冷府被眾人羨慕，齊府卻是成了最大的笑話，也不知是哪個好事者又挖出了當年退親的事，現在齊家幾乎被認定是大昱最沒有福氣的人家，最近齊榮軒都不敢去翰林院了，實在是怕了那些嘲笑的眼神和奚落的話語，只好三天兩頭告假，越發讓上司不喜。在福城的齊知府和齊夫人也雙雙病倒，可是為了半個月後齊榮軒娶冷安梅進府為平妻的事，齊夫人還是抱病上路，趕進京，他們齊家現在可不敢得罪冷家、得罪冷弘文。

在冷府待嫁的冷安梅，這會兒也正因為不知要如何從安然手裡多弄些添妝來而急得團團轉。冷府為她準備的嫁妝單子她已經看到了，總共就三十六抬，什麼莊子鋪子之類一律沒有，最後還是冷老夫人添了一張福城八十畝薄田的地契。

她有心慫恿老夫人開口，可惜安然極少回府，每次到冷老夫人那裡又都有冷弘文和謝氏陪著，請了安就走。

她正兀自心煩，貼身丫鬟過來告訴她安然已經去了老夫人那裡，老爺、夫人和二老爺、二夫人都陪著。

安梅趕到慈心院的時候，二夫人李氏正拉著謝氏的手樂呵呵。「可不是嘛，大嫂，這次卉兒能談到這麼好的親事，都是託了然兒的福，要不是然兒帶她去燕王府參加那個牡丹宴，林尚書夫人哪裡會知道卉兒？」

李氏心裡十分感激安然，冷弘宇現在已經升任工部五品郎中，分管農事。朝廷第一批推廣土豆、番薯、玉米的外派監管農官中就有冷弘宇，是慶親王親自舉薦的。冷弘宇也爭氣，本來就擅長管理農事，又特別珍惜這個機會，全心全力地投入工作，他負責的區域最快出了成果，一回到京城就被調到工部。

現在安卉又訂了一門好親事，是禮部尚書家的嫡次子，以安然對他們二房的態度，只要安和明年的春試能夠上榜，以後的前程，安然和慶親王一定不會袖手旁觀。

安梅昨日就已經聽說了安卉訂親的事，此時看到她們母女喜氣洋洋的笑臉，更是嫉恨得暗自咬牙。

安梅給冷老夫人請了安就坐在了老夫人身邊。如今，廳房的正面中間擺了兩個主位和一張高几，老夫人的坐榻擺在了主位的右下首。

安然坐在右邊主位上，左邊那個位子，自然是為慶親王爺準備的，雖然鍾離浩至今還沒有來過冷府一回。

冷弘文一看這安梅沒有給安然見禮就坐下，立刻瞪起了眼睛。「妳的規矩學到哪兒去了？不知道要向郡主行禮嗎？」

安梅懵了，這是安然封為郡主後第二次回府，但安梅還是第一次有機會見到她，忘了要先給郡主行過禮後才輪到給祖母、父母行禮，可是現在……再站起來行禮嗎？她咬著唇，求助地看著冷老夫人。

冷老夫人動了動唇，終究沒有開口。冷弘文兄弟再三跟她說了，安然現在是郡主，又即將是皇家媳婦，皇上愛屋及烏，對安然這個準弟媳非常重視，現在冷家的前途都靠著安然。

安梅見連老夫人也不為她說話，無奈之下站了起來，正要向安然行禮，就聽到安然的聲音——

「不必了，父親，我要回大長公主府了，父親若有什麼事，可讓人來傳話。」說完就起身準備離開。

安梅一急之下脫口而出。「二妹妹，我下月初二就要出閣了。」

「哦，我知道了。」安然莞爾一笑。「我月底陪大長公主祖母去進香，要在別院住十天，應該是趕不回來了，不過，我準備了兩套上好的頭面作為添妝，會讓人提前送過來。」

兩套頭面？安梅愣住了，隨即憤憤道：「妳給安菊的添妝可是六套頭面六套衣裳，還有鋪子和莊子。」

「噗哧！」桂嬤嬤在一旁「忍不住」笑出了聲，還有意看了冷弘文和謝氏一眼，讓他們簡直無地自容——哪有向姊妹要莊子鋪子作添妝的？

不待冷弘文開口，安然淡淡笑道：「對啊，那是我娘託夢給我，讓我代她給菊兒妹妹的。我娘走後那五年，菊兒年年替我抄經盡孝，我身無分文被趕到莊子上，也是菊兒把她身上僅有的一點積蓄都給了我，那點子東西是她該得的。」

眾人都是第一次聽到安菊私下裡為安然做的事，難怪她的親事安然出手如此大方！

冷弘文卻是老臉發燙，把安然棄在莊子上五年是他如今最怕被人提起的事，今天竟然又被安梅給揭開，怒不可遏，立刻吼了過去。「妳還要不要臉了？庶女出嫁，還只是個平妻，換在別家的姊妹，給兩件首飾添妝已是很好，然兒給妳準備了兩套頭面妳還敢嫌少，嫌少就不要了，留給妳妹妹安蘭吧。」

冷安梅哭道：「爹，你們不能這麼對我，那個杜曉玥的嫁妝有三百抬呢，我那麼一點，嫁過去怎麼跟她平起平坐？」

謝氏「驚」道：「梅兒，妳怎麼跟杜曉玥比，人家可是宰相府的嫡女，她母親當年的嫁妝幾乎可以擺下三間屋子，妳那姨娘可是什麼都沒給你們留下，我湊齊那三十六抬已經動用了我自己的嫁妝呢。老爺，妾身可真是盡力了。」她看著冷弘文的眼神無限委屈。

冷弘文冷哼了一聲。「他們姨娘當年嫁過來，八抬都沒有，妳給她三十六抬我都嫌太多了。她要再鬧，減到二十四抬，其餘的給蘭兒。」說實話，他真是恨不得讓世人都忘了他還有安梅、安蘭這兩個女兒。

冷安梅完全傻了，她之前想好了十幾種說辭，軟的硬的都有，鐵了心要從安然這裡補足嫁妝，沒想到安然一句輕飄飄的「我娘託夢給我」就讓她全然無法施展，而父親竟然還要把那一點少得可憐的嫁妝減為二十四抬？

心口一陣銳痛，就這麼暈了過去，忘記了還有人在府門口等著呢，她這一暈，她的丫鬟怎麼知道要通知那人離開還是讓她鬧呢？

冷弘文兄弟親自送安然的馬車出府，誰知剛出門沒兩步，一個人影「嗖」地一下躥到安然的馬車前面，跪在地上不斷磕頭。「求郡主放過我的女兒，求郡主放過我的女兒……」

安然一聽，這聲音似乎有幾分耳熟呢，舒安卻是已經瞄到了那人，冷笑一聲。「郡主，是林姨娘。」

「哦？」安然笑道：「妳去打發她。」又招手讓舒安附耳過去，輕聲說了幾句話。

舒安出了馬車，正好聽到冷弘文的訓斥聲——

「林雨蘭，妳早已經被趕出府了，還來這裡做什麼？」

林雨蘭沒有想到冷弘文會送安然出來，這、這該怎麼辦？她的頭腦轉不過彎來，可是此時圍過來的人群越來越多，她只能繼續磕頭。「郡主，求求您，千錯萬錯都是我的錯，我的女兒是您的親姊妹，請您善待她們。」

舒安噗哧一笑，提高了聲音。「啊呀，這不是林姨娘嗎，妳勾結自己的娘家嫂子，親自安排自己的貼身丫鬟給親生女兒下蠱毒，我們郡主不計前嫌，出手相救，讓人給妳女兒解了蠱毒，怎麼不善待她了？」

圍著圈看熱鬧的人「哄」地一聲集體憤怒聲討——

「難怪被趕出府，哪有這麼惡毒的親娘？」

「這樣的人，還敢來糾纏安然郡主，真是可惡！」

「就是，誰不知道安然郡主是大昱的福星，出錢出力幫老百姓種土豆種玉米，能吃飽又能做菜，也不知道救了多少人呢？」

林雨蘭想用「名聲」迫使安然讓步，捨出錢財來給她的兩個女兒添嫁妝，不是有句話叫作「光腳的不怕穿鞋的」嗎？安然現在身分高貴，又將嫁入皇家，自然怕名聲有礙。沒想到舒安一上來就大聲揭發她的醜事，更沒想到眾人對安然的評價如此高，也顧不上裝可憐了，指著舒安怒道：「妳胡說！」

舒安不屑地丟了一個白眼過去。「那天可是有不少夫人小姐在場呢，是不是胡說請個太醫來給妳女兒看看不就知道了？」

不、不可以！太醫一看就會有很多人知道安蘭不能生育！

林雨蘭正要反駁，就聽到舒安繼續說道：「冷安蘭身上的蠱毒解了，妳那侄兒就會成了廢人。有親朋好友在福城的，隨便一問不就知道了？妳說是不是胡說呢？」

「妳……」林雨蘭一個字才出口，人群裡突然衝出兩個人，撲上來抓住林雨蘭就猛打猛掐，後面還跟著幾個人。「怪不得我兒子不……原來都是解那蠱毒害的，妳這個賤人，那事情明明是我們商量好的，又不是我一個人造的孽，憑什麼就我兒子變成廢人？還害得我們家傾家蕩產？妳就是這樣對待妳娘、妳大哥的？我不管，你們家安蘭，必須嫁給我們英俊。」

破口大罵的正是林雨蘭的大嫂包氏，跟包氏一起怒打林雨蘭的可不就是林英俊？

舒安暗樂，這些人什麼時候也跟來京城了？還這麼巧這當口聽到她的話。

包氏嘰哩呱啦的一番罵，正好證實了舒安的話，人群中沸騰起來，各種各樣的物什向林雨蘭、包氏和林英俊身上招呼過來。

等三人臉上身上都掛了五顏六色的菜葉和爛鞋底，京城府尹才帶著人「匆匆」趕到，指著林雨蘭和包氏一行喝道：「什麼人如此大膽，竟敢攔截安然郡主的車駕？全部帶回衙門，細細審問。」

包氏嚇得「噗」一聲跪在地上。「大人冤枉啊！是這個惡毒的女人攔截郡主的馬車，與我們無關啊！都是這個人，她謀害郡主不成反害了自己的女兒，還害了我的兒子，請大人為我們作主啊！」

京城府尹走到安然車前，恭恭敬敬地向車裡問道：「郡主可好？可有受到驚嚇？下官未能及時趕到，還請郡主寬恕，下官這就把他們全部帶走。」

安然溫和的聲音從車裡傳出。「有勞大人了，本郡主先走一步。」趕車的柱子叔一聽，「駕」了一聲就輕輕揮起馬鞭，眾人紛紛讓出一條道來。

京城府尹又向冷弘文行了禮。「冷大人，這些人可是府上的親朋？」

「不，不是。」冷弘文矢口否認。「那個女人曾經是冷府的妾，兩年前因為謀害嫡女被趕出府，其他人都是她的親戚，與我們冷府無關，府尹大人請便。」

當好不容易被丫鬟們弄醒的冷安梅跌跌撞撞地趕到大門這邊的時候，看到的就是林雨蘭和包氏等人全被捆在一條繩子上，讓人帶走了。

似乎只在一夜之間，京城裡各大小茶館的說書先生都開始搶著說一個新話本，內容很老套，但故事很精彩。故事裡姨娘苛待嫡女、謀奪原配嫁妝，庶姊用藥勾搭嫡妹的未婚夫，姨娘勾結娘家人給嫡女下蠱卻害了自己女兒，嫡女不計前嫌救庶妹，庶姊眼紅嫡妹財富、再次勾搭被逐姨娘破壞嫡妹名聲強要添妝……

說書先生們一個個說得繪聲繪色，好似自己都曾親臨其境，親眼所見。聽書的人聽得人人義憤填膺，眼淚滴答，然後就是同仇敵愾。

故事中雖然沒有指名道姓，但某幾個聽眾「突然」想起冷府門前的「姨娘跪求」事件，一傳十，十傳百，每個人都會心地長長「哦」了一聲，再加上一句「原來如此」。

被禁足的冷安梅聽了丫鬟的回報，差點沒有再次暈過去。

狠！這是誰的手筆？太狠了！

巧！舅舅一家什麼時候來了京城？來得太巧了！

她謀劃了好長一段時間，就為了狠狠算計安然一筆，卻似乎落進了別人的算計！

這下，她的嫁妝確實添了重重的一筆，墨黑淒涼的一筆，大街小巷中人人都在「稱讚」她和齊榮軒是「最般配」的一對，一個夠賤，一個夠衰。

成親那天，齊榮軒只是派了自己的奶娘和貼身小廝來迎娶，二十四抬嫁妝和冷安梅的深粉色花轎一出冷府大門，門就從後面關上了。聽到那重重的關門聲，轎子裡的冷安梅淚如雨下，冷弘文今天一直沒有露面，甚至不願意出來接受她的臨別一拜，她清楚地知道，自己被冷家放棄了。

更淒慘的是，她從側門直接被抬進齊府最偏最小的院子，沒有大紅囍字，沒有紅燭高照，新郎也沒有踏進小院一步。

冷府裡，此時的冷弘文是又氣又怕，還不敢表現出來。冷府雖然被拖累被狠狠甩了一巴掌，但那些說書先生們好歹把他冷弘文給摘了出來，濃墨重彩都在姨娘庶女的狠毒和嫡女的委曲求全上。

這些日子，他派人查了一下，所有蛛絲馬跡都指向一個人——慶親王鍾離浩。而這些

「蛛絲馬跡」明顯都是有人故意讓他看到的。

鍾離浩這是在為安然出氣，也是在警告他——鍾離浩可以因為安然給冷家面子，讓冷家沾光，但他絕非心慈手軟，一旦有人對安然不利，他狠下心來可以不顧及任何情面。

謝氏知道後也是心驚，前一次德妃召她進宮的一幕幕又顯現在眼前。

那天，德妃先說了柔瑩郡主被送去家廟的事，雖然德妃也不知道具體原因，但她布在坤寧宮裡的眼線說好像是柔瑩想傷害安然惹惱了鍾離浩。誰都知道鍾離浩對皇后一向敬重有加，為了安然卻是對皇后最疼愛的小堂妹柔瑩都下了狠手。

德妃想讓謝氏把安然和鍾離浩拉上二皇子的船，現在皇上最器重的就是這小倆口。謝氏好笑。「我只是個繼母，而且慶親王和安然那厲害丫頭都不是任人拿捏的主，娘娘憑什麼認為我拿得住他們？」

德妃詭異地笑了笑，一揮手，唯一留在內殿侍候的尤嬤嬤也出去守在門口。

德妃讓謝氏靠近，在她耳邊小聲嘀咕了幾句。「當年，表姊未婚先孕，姊夫可是為妳……」謝氏臉色大變，而且一連變了幾種顏色，一絲恨意夾雜其中飛快地閃過，只是她微垂著頭，連精於察人異色的德妃都沒有發現。

謝氏略微平息了一下心氣，冷聲道：「慶親王的狠絕娘娘可是剛剛還在提及，別說以他們二人的敏銳，很難讓他們入套，即使成了又如何，連皇后娘娘的面子都不給，讓我和我們冷府吃不了兜著走他有的是辦法。」

「無妨，本宮自然能護你們周全，只要他們入了套，本宮就有法子拿住他們，那個冰山王爺什麼都不在乎，偏偏把你們那安然郡主看得比眼珠子還重要，自然不敢拿她的聲譽作賭注。」德妃娘娘優哉游哉地喝了一口茶。

見謝氏還在猶豫，德妃從茶几的屜子裡取出一塊葫蘆形玉珮，輕輕放在茶几上。「表姊可認得此物？」

謝氏一眼瞟見那玉珮，氣血上湧，頭一暈，身子明顯晃了晃。好不容易咬牙撐住，定了定神，雙手哆嗦著拿起那玉珮仔細看了看，頓時淚如泉湧，這不是她掛在兒子身上的玉珮嗎？她的兒子還活著？在德妃手裡？可是當年德妃不是說他已經死了嗎？

德妃眼裡閃過一絲得色，她能提出要求，從來就不容人拒絕。「如果辦成此事，讓慶親王和安然郡主甘心扶持二皇子上位，立太子之日，本宮一定讓表姊見到妳的長子。」

「妳……五年前，妳不是說他已經死了嗎？」謝氏的聲音都在顫抖。

「那時他出了點意外，所有人都認為他死了，沒想到他被人救下，本宮也是最近才得到消息。」德妃渾不在意地用竹籤從面前的碟子中叉了一塊酸梅糕，放進嘴裡。

謝氏抬起頭，直直看進德妃的眼裡。「我怎麼知道妳是不是在騙我？妳說他死就死，說他活就又活了？」

德妃一笑，舉起右手指著屋頂。「本宮發誓，妳的長子還活著，而且現在過得很好，如有半句謊言，讓本宮被打入冷宮，不得好死。」

大昱的人都很重視誓言，尤其是指天為誓，而且宮裡的女人最忌諱的就是「冷宮」兩個字。謝氏的眼淚再一次奪眶而出，她的兒子還活著，她的兒子還活著！

清冷的夜，謝氏獨自一人坐在窗前發愣，一臉陰沈，想到那個一出生就被抱走的兒子，她的心就不可抑制地疼，心裡不斷地對德妃憤恨地吶喊道：「葉璃兒，總有一天，我要把所有的痛都還給妳！」

# 第七十三章　喜事接二連三

冷安梅出嫁後不到一個月，謝氏給冷安蘭尋的地主夫家也來京城接親了。冷弘文不想被人知道，匆匆地打發他們上路，連個宴席都沒擺。安然同樣沒有回冷府，只是讓人送去兩套頭面。

這幾日安然日日魂不守舍，生意也不關心，設計圖也不畫，連曲兒都不聽了，「一心一意」地等待秋闈放榜，一有點動靜就問是不是報喜的上門了。倒是君然本人悠悠哉哉，借著等待放榜這段時間放鬆腦袋，不是纏著鍾離浩練武，就是跑到蓉軒莊園去「度假」，帶著瑾兒滿山跑。

舒安哭笑不得。「郡主，這不知道的人還以為是您參加秋闈呢，您放心，這鄉試對少爺來說就是小菜一碟，他一定能中舉的。」

安然一撇嘴。「我當然知道他能考中。」心裡又默默加了一句——重要的是能不能弄個解元當當？古代不是有那個什麼「三元及第」的說法嗎？這解元可就是第一「元」了。當然，這只能放在心裡想，要是不小心讓君然知道了，可不給他增加壓力？

安然承認自己很虛榮，見著君然讀書那麼有天分，又肯努力，就不由自主地想嘗嘗「三元及第」是什麼味道。

正想著，就聽到「中了，中了」的歡呼聲，下一秒就見冬念氣喘吁吁地跑進院子。「郡……郡主……少爺中了……頭……頭名……」冬念接過舒敏遞過來的水，一飲而盡，又深喘了兩口氣，才繼續道：「我和舒霞姊姊從夏府回來，剛好在門口遇到來報喜的衙差，這會兒他們還在前院喝茶呢，大管家給了好大一個紅包，舒霞姊姊去主院給大長公主報喜去了！頭名，真的是頭名啊！我再三跟大管家確認了呢！呵呵，我們少爺可真厲害！」

「賞！兩府的下人、夏府的下人，每人都賞一個月月錢，君然院子裡的賞兩個月！」安然豪氣地一揮手。「每人再加兩塊百香居的新款點心。」

話音剛落，就聽到門口傳來大長公主的笑聲。「賞！通通賞！你們郡主賞一個月，本宮再加一個月！哈哈哈，我們君兒這是不是最年輕的解元了？」

徐嬤嬤也笑道：「可不是？還要過十日才是君然少爺和郡主的十六歲生辰呢。」

「對對對，這個生日可得好好辦，把君兒書院裡的先生還有交好的同窗都請來。」大長公主笑得滿臉放光彩。「派人去大將軍王府報喜了嗎？還有浩兒那裡。」

「去了，都去了，蓉軒莊園也派人去了，順便接君然少爺回來。」徐嬤嬤答道：「報喜的人一來，大管家就派人去各處道喜去了。」

「好，好！府裡又可以乘機熱鬧熱鬧了。」大長公主大笑道：「不行，我現在就得去確定宴客名單，好早些發帖子出去。」說完又風風火火地走了。

桂嬤嬤讚道：「呵呵，大長公主現在這身體，比我都要強多了。」

喜事帶喜事，君然從蓉軒莊園回來的時候，又帶了一個喜訊——蓉兒有喜了。原來那報喜的小廝一進莊園就遇上從新品開發室出來的蓉兒，趕忙上前報喜，蓉兒這幾日跟安然一樣滿心焦急地等著放榜呢，這一高興一激動竟然暈了過去，幸好黎軒跟君然就在不遠處的浣花溪裡抓魚，趕緊跑過來給蓉兒檢查，一把脈就樂傻了，蓉兒有了一個多月的身孕。

這下安然忙壞了，讓牙婆送了十幾個靈巧本分的丫鬟、婆子到蓉軒莊園，自己也趕過去幫著蓉兒挑選。

蓉兒身邊只有一個貼身服侍的小翠，人十分貼心可靠，但跟蓉兒一樣不善人情世故，也不懂得怎麼照顧孕婦，安然讓劉嬤嬤過去幫襯蓉兒直到她生產完，順便幫著調教一下內院的下人。

蓉兒和黎軒大喜，他們都沒有親人長輩，師父玄德道長也是個男人，而且至今不肯跟來養老，在黎軒成親後就回山裡去了。黎軒雖然是神醫，但這女人懷孕生產還是有很多的講究，而且他也不能時時跟在媳婦身邊，有個有經驗的女性長輩在府裡自然不一樣。劉嬤嬤是安然的奶娘，又從小在大將軍王府跟著夏芷雲，此時過來幫著照顧蓉兒、管理內院，無論能力還是可靠性，都是無可挑剔的人選。

劉嬤嬤對鍾離浩、黎軒和薛天磊都懷著一份特殊的感激之情，現在黎軒是安然、君然的哥哥，又是準姑爺鍾離浩的過命兄弟，沒有理由不樂意幫這個忙。黎軒成親的時候她也來蓉軒莊園幫過幾日，對蓉兒及莊園都還熟悉，也很喜歡那個仙女似的蓉兒。

黎軒和蓉兒給劉嬤嬤準備了一個離蓉院最近的小院，又堅持讓她自己挑了一個丫鬟一個婆子隨身侍候。劉嬤嬤本來就不是奴籍，安然姊弟更是從來都把她當養娘看待，黎軒和蓉兒自然也視她為長輩。

忙完蓉兒這邊的事，安然就開始張羅生日宴，去年生日的主題是安然及笄，今年就是君然中解元了。當然，對外的說法是君然的親生父母早亡，不知具體出生日期，因為跟安然長得太像，索性就把自己的生日也定在安然生日的同一天了。

這個世上，蹊蹺的事極多，尤其在這京城，尤其在富貴人家。外人不管五分猜測也好，九分推斷也罷，也只能在自個兒府裡、在被窩裡白扯幾句，面上總是不敢說三道四。再說了，與他們何干？能巴著這姊弟倆才是關鍵，人家不但有大長公主義祖母，大將軍王外祖父，自己還特爭氣，一個是準慶親王妃、深得皇上重視，另一個未滿十六歲就成了解元，文采斐然，據說連謝言博大學士都讚不絕口，一老一小經常促膝探討學問，來年開春的春闈上，指不定就能金榜題名，前途無量啊。

生日宴上，一個夫人實在忍不住，與旁邊幾位夫人小聲道：「兩人長得一模一樣，連福氣都一樣好，這不明擺著是八字都差不多嗎？」

另一人看著不遠處那桌上冷老夫人和謝氏的方向笑道：「可不？唉，可惜啊！」至於她「可惜」的是誰是什麼，只可意會不可言傳了。

其他人紛紛掩口跟著笑，然後趕緊轉移話題。「這君然少爺還沒訂親吧？誰家有合適的好閨女，可得抓緊了。」

「就是就是，來年金榜題名時，可不搶破頭？」

謝氏是第一次見到君然，今天安然和君然又是一身姊弟裝，只要眼睛沒有瞎的，任誰都不得不感慨「萬能的巧合」。謝氏饒是聽說過多次，有了心理準備，還是幾乎驚呆了。待回過神來，看著冷老夫人張了張嘴，最終還是閉上了。有這麼一個小鼻子小眼睛小心眼、沒有見識又自以為是的婆婆在，什麼事都有可能。

冷弘文是椎心的痛啊，本來今天這裡最得意的人應該是他，應該是他！如此優秀的龍鳳胎，是他冷弘文的嫡子嫡女！只有他冷弘文，才能生得出如此優秀的子女！可是為什麼？為什麼會變成現在這樣？怨誰？他應該怨誰？

旁邊的官員們自然不能「體察」出冷大人的心痛，紛紛舉著杯向他祝賀。「冷大人，這次貴府的兩位少爺也都中舉了，聽說二少爺還是第五名呢，恭喜恭喜！」

「可不是，這君然少爺也是貴府先夫人名下的養子呢，要我說，冷家還真是文曲星庇佑啊！」

冷弘文堆出滿臉笑意接受恭賀，心裡卻在滴血，什麼先夫人名下的養子？是他的親子！嫡親的兒子！

正當歡慶的酒宴過了一半時，誰也沒想到，皇上身邊的福公公親自代皇上來送賀禮，除了一套極品血硯送給君然這個少年解元，還有一對雪玉麒麟是送給安然、君然兩姊弟的生辰禮物。皇上帶了頭，太后、皇后和其他各宮主子自然也都大方地賞賜了價值不菲的禮物，安然本就是已經訂下的皇家準媳婦，何況這兩人還是大長公主正式開席認下的義孫義孫女，也算是沾親帶故的「表親」，賞件生辰禮物也屬正常。

眾人更加沸騰了，外院、內院分別爭相給君然和安然敬酒道賀，順便靠近些「沾沾福氣」，突然，一直陪在安然身邊笑咪咪的陳之柔被剛端上來的一盤紅燒肘子膩著，緊皺著眉乾嘔起來，安然嚇了一跳，趕緊讓人把她扶到一邊人少的地方，讓舒敏給她看看。

陳之柔很囧地看著安然。「肯定是今天貪嘴，吃得太油膩了，大好的日子，真是不好意思。」

安然正要開口安慰，就看到舒敏笑得一臉燦爛。「恭喜恭喜，您這是有喜了，快兩個月了。」

安然頓時笑顏逐開。「太好了太好了，我就要做姨母了！快，快讓人去前院給葉姊夫報喜。」

陳之柔則是呆住，不敢置信地瞪著眼睛，看到舒敏笑著肯定地向她點頭再次確認，這才伸出雙手輕輕撫上小腹處，眼淚唰唰地往下掉。

消息傳到前院，葉子銘的反應竟然跟陳之柔一樣，呆得不會說話了，然後就是激動地掉眼淚，握住黎軒的手連聲道謝，還直謝君然，說是沾了他們姊弟倆的福氣。

這也不能怪葉子銘迷信，這一年多的時間，他藥膳不斷，努力不斷，好消息卻是遲遲不來，今天安然君然的生辰宴，媳婦立刻就傳來喜訊，可不就是沾了喜氣？

這麼想的人可不只葉子銘，宮裡的德妃娘娘得到消息後一挑眉。「傳話出去，讓謝氏快點動手，沒有多少時間了。」這樣的福星，加上鍾離浩、大長公主和大將軍王府的勢力，二皇子何愁？她何愁？

沒過多久，安然收到謝氏的口信，請她回冷府一趟，商量為冷老夫人慶賀五十九歲壽辰的事。

舒安識笑道：「又不是整壽，再說了，老夫人有兩個兒子兩個兒媳，還不夠商量的嗎？哪有讓孫女張羅出主意的？是找個藉口向郡主您要銀子吧？」

安然不以為意地笑笑。「銀子能解決的事都不是什麼大事，再者，名義上還是我的祖母，就算明知是藉口又如何？」

出乎安然主僕的意料，謝氏一點沒有要銀子的意思，只是想請慶親王參加那日的家宴。「我也沒打算大擺宴席，明年才是整壽，只是今年府裡喜慶的事兒多，老爺的心情極好，就想著一大家子聚在一起熱鬧熱鬧，也算給老夫人添福添壽。除了自家人，就請幾位關係較近的親戚，沒有外客。然兒妳看，能不能把慶親王也請來，他可是我們冷府的準女婿呢。」

冷老夫人難得一臉笑意，期待地看向安然。這次可是謝氏積極提出為她慶賀壽辰，說是先暖暖壽，明年整六十再大辦。如果她的壽辰慶親王能來，豈不是很有面子？

安然淡淡地回道：「夫人不知道慶親王爺還在守孝嗎？上次在大長公主府的生日宴上，

可有人看到王爺？」

謝氏當然知道慶親王還在孝期，她既然能提出來，自是早有準備。「三天前，我找了一位大師給老夫人看了八字，大師說老夫人的命理先輕後重，先苦後甜，三十九歲和五十九歲是兩道重要關口，過好過順了，不但能活過九十九，晚年還注定大富大貴。」

老夫人點頭附和。「可不是？我三十九歲那年，文兒正是金榜題名，高中探花，我們的日子才好起來。」

謝氏繼續道：「所以那大師說了，今年壽辰一定不能大辦，最好是一大家子子孫陪著老夫人一起吃個素宴，之後一年內，每月十五老夫人還要吃一天素齋，直到明年六十歲壽辰那日再熱熱鬧鬧大宴賓客。

「大師還說了，如果今年生辰的素宴上，能有兩位身分尊貴的晚輩男兒壓宴，則效果倍添——好事成雙嘛。正好，二皇子是我親親的表外甥，我可以去求表姊德妃娘娘。另外一位，想來想去，也就只有慶親王爺了，這天下，除了皇上和皇子，有哪位男子能尊貴過慶親王爺？還正好是我們家的準女婿。」

冷老夫人又激動了，二皇子欸！如果二皇子和慶親王都來給她拜壽，那些所謂名門大家的夫人、老太君之類，有誰還敢輕視她？嗯，這個媳婦還是非常不錯的。

冷弘宇和李氏也打消了對謝氏的疑惑和不滿，想想大師說的那些話好像滿有道理的，冷老夫人小戶窮家出身，十幾歲就守了望門寡，再嫁丈夫又早亡，一個人辛苦養大三個兒女。

可不就是在三十九歲那年才來了個大轉折，從一個做豆腐的窮寡婦變成使奴喚婢的老夫人？

至於身分貴重的親戚壓宴一說，大家也都聽過類似的說法，不過大都是請的長輩罷了。

安然似笑非笑地看著謝氏，所謂大師的話完全是為鍾離浩「量身訂做」，在她看來無比的牽強。這個女人非要把鍾離浩拉來做什麼？還找來二皇子？

直覺告訴她，這就是個陰謀，是個陷阱！

不知為什麼，謝氏對著安然的目光不能自已地發怵，那目光裡有審視，有玩味，似乎還有一種洞察一切的清明，這……根本不像是一個十六歲少女能有的眼神！

謝氏想再看清一點，安然已垂下眼眸舉起茶杯優雅地飲了一口。再抬眼，又是一貫的淡淡淺笑，眼神乾淨得像沒有一絲雲彩的藍天。謝氏不由眨了眨眼，她眼花了？因為太緊張出現了幻覺？

冷弘文也試圖勸動安然，但語氣中並沒有一絲強硬。「然兒，既然是素宴，又是家宴，妳就跟慶親王爺提一下，他願意來是我們的榮幸，不願意也在情理之中，而且王爺也不是我們可以勉強的。」

謝氏對冷弘文的語氣和態度很不滿，她要的是安然務必把慶親王請來。「老爺多慮了，京城裡誰不知道王爺最是愛重然兒，只要然兒開口，讓王爺去摘星星都不在話下，這可是我們家然兒的面子呢。」

冷老夫人撇了撇嘴。「也不知道是不是真的？」

安然暗自好笑，面無波瀾地看著這素日裡並不對盤的婆媳倆一唱一和，嫣然一笑。「老夫人還真說對了，當然是假的，別說我還沒嫁進王府，就算嫁進去了，又能怎樣？王爺是什麼樣的人物京城裡誰人不知，肯給我幾個笑臉就算不錯了，別說摘星星，摘朵花都未必願意呢。」

「……」謝氏愕然，這個女孩還真是不按牌理出牌，她不知道讓未婚夫看重是一件值得炫耀的事情嗎？

「妳……」老夫人則是氣結，安然一副油鹽不進的態度，讓她氣得快要爆炸了。幸好，一向最惜命的她還記得安然現在是郡主，坐的是主位，還記得兩個兒子的再三警告，拚命咬住牙齒，才終於沒有像以前一樣破口大罵。

安然看向冷弘文。「父親，錦繡布莊新出了一批竹紋錦，我讓針線房給父親做了兩件外袍，一色一件，希望父親喜歡。」說著示意舒安、舒敏將兩件錦袍展開，一件墨綠色，一件象牙色。款式和做工都無可挑剔，最離奇的是那袍子上的花紋不是繡上去的，而是錦緞本身就有的紋路。

冷弘文差點沒有老淚縱橫。「喜歡，我很喜歡。」只要不惹惱安然，這個女兒還是很孝順的。他也摸出了一些門道，安然知禮重禮，但吃軟不吃硬，而且不好糊弄，拚命向她索要，一根針也弄不來，不討不要，她倒是依禮而為，甚至做得更好，對他這個父親很是大方。

冷弘宇驚嘆。「有花色的面料！這還從來沒見過呢。」

安然笑道：「這是錦繡布莊最新出的面料，數量極少，父親不是喜歡竹子嗎？就給父親做了兩件，還請二叔見諒。不過我還帶了一些其他面料，都是錦繡布莊才有的，府裡的主子們每人都備了一份。」

謝氏見到那些好看、昂貴的面料自然喜歡，但她現在的心思不在這裡，德妃下了最後通牒，現在已經是十一月，她們的時間不多了。

她眼看安然準備起身，趕緊再次堆起「慈愛」的笑容。「然兒真孝順，妳祖母這次的壽宴能不能像大師說的那樣合意，就全指望妳請來王爺了。」

要無賴嗎？安然眼神一暗，正要開口，就聽見冷弘文低吼道：「妳怎麼回事？我不是說了讓然兒提一下就好，不要勉強嗎？慶親王爺是什麼人？妳想讓我女兒還沒進門就得罪夫君嗎？然兒雖然不是妳生的，但她可是我的嫡親女兒。」

「你……我是為了我自己嗎？」謝氏懵了一下就開始淚如雨下，自她進了冷府，勞心勞力，極盡賢慧之姿，冷弘文對她也從來都是小意溫柔，何曾如此？是了，這就是一個現實冷情的男人，現在在他眼裡，什麼人都沒有他這個郡主女兒重要吧？

「行了，那個什麼大師不就說了要身分尊貴的人嗎？又沒說一定要慶親王爺，如果慶親王爺不方便來，讓然兒帶勇明王爺回來不也行？那可是然兒的義弟，也親著呢。」冷弘文覺得自己簡直太聰明了，這個謝氏就是不懂變通，瑾兒小王爺不也是王爺？而且經常跟著安然回來，也沒什麼不方便，何苦為了這麼一點小事得罪慶親王，還惹得安然不高興？

老夫人剛剛還在為兒子不為她著想而生氣，這會兒也「豁然開朗」了，可不是？瑾兒雖小，也是王爺呢，聽說那個慶親王不是個好惹的，算了算了。

謝氏見冷老夫人也緩了臉色，不開腔了，真是鬱悶得要吐血。她千算萬算，怎麼算漏了那個小瑾兒，可她總不能現在才補充說「年紀太小不行」吧？

「那……那也行……只是……只是……」謝氏的頭腦飛快地轉動著，卻實在想不出還能找什麼說辭。

安然站起身。「父親，沒什麼事我就回大長公主府了。如果王爺願意來，我會讓人帶口信給您。」說完看了謝氏一眼，轉身走了。

# 第七十四章 應

安然回到大長公主府，還在想著謝氏的企圖，突然想到「爭儲」兩個字，謝氏是德妃的表姊，屬於二皇子戰線，而鍾離浩敬重皇后，疼愛三皇子，自然被別人看作是三皇子戰線的，所以他們想要算計鍾離浩？對，一定是這樣！難怪要把那個什麼二皇子也請來。

想通了這點，安然氣得一掌拍在桌子上，頓時疼得眼淚都要出來了。正要伸出左手去揉，就見一個人影衝了進來，她的右手就落入一雙寬厚溫暖的大掌之間，接著耳邊傳來鍾離浩的念叨——

「妳呀妳呀，看來我要讓冬念她們把妳的這張桌子用棉花包起來才行。快說說，誰又惹妳生氣了？盡拿自己的手出氣。」鍾離浩說著把安然的小手送到嘴邊吹氣，「順便」親了幾下。

安然慌忙抽回手，朝四周和門口溜了幾眼，這幾個鬼丫頭，跑得倒是快，影子都沒留一個。

鍾離浩見著安然紅紅的小臉，心一動，伸手就摟住了她。「然然，我們什麼時候才能天天在一起？這三天沒見妳，我渾身都難受。」

「沒羞沒臊。」安然輕輕啐了他一口。

鍾離浩呵呵笑。「我想我自己的妻，有什麼好羞臊的？」

「未婚妻！」安然再次修正，這個大冰塊總是故意丟掉前兩個字。

鍾離浩不以為意。「我才不管，反正在我心裡，妳早就是我的妻。然然，過了明年二月，我就找太后伯母把我們的婚期訂下來好不好？嗯，就訂在三月。」

「哪能那麼快？」安然在鍾離浩懷裡輕拍了一下他的前胸。「人家還以為我們多麼迫不及待了呢。」

鍾離浩悶笑。「我就是迫不及待了，這娶妻生子可是大事，等到五、六月的時候黎軒都要做爹了。然然，我們要迎頭趕上。妳不是說生雙胞胎有遺傳的嗎？我們一次生兩個，就趕上他們了。」

安然大窘。「誰、誰要跟你生孩子了？」幸好頭埋在鍾離浩的懷裡他看不見。

鍾離浩笑得胸前直震顫。「那可怎麼辦才好？我是然然的，別的女人碰不得，然然不給我生寶寶，我豈不是這輩子都沒得做爹了？」

安然被笑得氣不過，又不好意思說什麼，擰著鍾離浩腰間的軟肉狠狠扭了一下。

鍾離浩笑得更歡了，終是怕惹惱這個臉薄的小丫頭，轉了話題。「妳還沒告訴我呢，誰惹妳生氣了？」

安然把今天回冷府的事還有自己的懷疑說了一遍。「浩哥哥，我總覺得，她這樣做沒安好心，一定是在算計什麼。」

「她說還請了二皇子？」鍾離浩皺緊眉頭，薛天磊成親那天，他的人發現德妃的人扮作劫匪埋伏在一個路口，後來二皇子身邊的大管事又讓那些人撤了，還說什麼「縣主醉了」、「夏二夫人在」之類，而那條路，是安然回大長公主府的必經之路。

鍾離浩心念一轉，笑道：「妳讓人去跟妳父親說一聲，那日我會去。既是素宴，又沒有外客，無妨。」

安然大急。「不行，他們明白著算計你呢，你還要往套子裡鑽？」

「他們若真有此心，這個套我們不鑽，他們還會找另外的套，防不勝防，不如早日看看他們要做什麼？妳放心，我不是那麼好算計的，德妃身邊還有冷府裡都有我的人，我會很小心，不會中了他們的圈套。到時候妳也要防著點，一刻都不要讓舒安和舒敏離了妳身邊。」

安然點頭。「嗯，我知道了。」

兩人既已決定，安然第二日就派人給冷弘文帶了話，說慶親王將於冷老夫人壽辰當日參加家宴，但冷府一不能張燈結綵，二不能派發帖子請外客。

冷弘文和謝氏自然是百般承諾。冷弘文心裡得意得恨不得大喊一聲讓所有人都知道，一向冷傲的慶親王是多麼重視他冷弘文的女兒，多麼重視這個岳家。

謝氏意外之下滿是欣喜，德妃說的對，安然對慶親王還真的是有絕對的影響力。可是，這讓她的心裡隨即又添了一絲惶恐，慶親王如此看重安然，萬一她和德妃的算計失敗，慶親王會如何報復她們？

很快，冷安松一行浩浩蕩蕩地進京了，因為冷安松、冷紫鈺還有芬姨娘母女都回到京城冷府，福城府裡的下人只留下幾人看顧府宅，其餘的都跟進京來。

在回冷府赴家宴的前一天，鍾離浩讓人送了一些資料過來，安然打開一看，是冷府眾人近來的情況，還有那些人的一些對話和各種小動作。

安然噗哧一笑，她還真不需要擔心鍾離浩，給他下套？不容易呀！

安然聽外祖父說過，大昱開國皇帝手上有兩支暗力量，龍衛交給了先皇，如今在皇上鍾離赫手上。虎衛交給了已故老慶親王，如今應該在鍾離浩手上。龍衛善守善衛，主要職責是保衛皇帝的安全。虎衛善攻，覆蓋面廣，主要負責搜集情報和刺殺。

知道這兩支暗力量的人不多，更沒有人敢確定如今虎衛是不是在鍾離浩手上，這個答案或許只有鍾離赫和鍾離浩兩人知道了。

不過安然今天看了這份資料後，幾乎可以確定虎衛一定在鍾離浩轄下，那資料詳細的程度，讓安然差點忘了這個世界沒有錄音筆、監控錄影和網路郵件這些東西。這該是怎樣強勁的一個諜報系統啊！前世超愛看諜戰片的安然在心裡嘖嘖驚嘆。而那個間諜頭子——冰山一樣的鍾離浩，在她眼裡幻化成了一隻千年老狐狸。

家宴這日，用完早餐，安然像往常一樣悠悠哉哉地練字，近半年來她練字的內容都是「默寫」一、兩篇前世的文章，這些都是有關民生、經濟發展和行政管理系統的一些資料。當然，安然結合現實截取部分，並改了一些說法，用古人能接受的方式寫出來，這些都是抄給君然當「課外書」看的，因為君然對此很感興趣，不過自從被鍾離浩發現一次後，君然看過的文章都被鍾離浩收走看了。

練了一個時辰的字，安然才出發去冷府，帶了一對黃金壽桃作為壽禮，是麗美銀樓即將推出的新年限量款黃金擺設，價值三百兩銀子。安然拿了一件讓雕刻師傅在底座上刻了「冷府老夫人五十九歲壽辰」幾個字，就權當賀禮了，省心又省力。反正像冷老夫人那種人，真金白銀比什麼情意都重要，不像外祖母和大長公主，安然親自繡的荷包或者抹額，在她們眼裡比什麼禮物都貴重。

為了「表彰」冷弘文最近的幾次護女行為，安然還給他帶了一些宮裡賞下的極品毛尖茶葉，和一筐福城莊子裡送來的火龍果。在安然看來，冷弘文這個父親就是一個「合作夥伴」，只要不過分、不觸及自己的底線，安然願意跟他互惠互利。經常出點錢出點物表示一下孝順，也是一種適時的鼓勵不是？冷弘文進京以後的表現就不錯，至少不給安然招麻煩，還有意無意中幫安然擋掉了一些麻煩。

果然，冷弘文看到安然的「孝敬」眉開眼笑，安然每次回來都不空手，他現在吃的用的精品幾乎都是安然孝敬的，多是稀奇物，羨慕死多少同僚？

為了給剛剛趕到不久的冷幼琴一家，尤其是那個不知禮的俞慕雪樹立權威榜樣，冷弘文一本正經地帶領眾人向安然行禮。安然親自扶了冷老夫人、冷弘文和謝氏起身，再向他們行了晚輩禮，無論心裡怎麼想，安然在禮節上從來讓人挑不出毛病。

看著一身華貴不俗的安然坐在主位上高高在上的樣子，而自己卻要向她下跪，俞慕雪的掌心幾乎被自己的指甲刺破。可是，連外祖母都要跪，她敢說什麼？她雖然不聰明，可還是知道下監獄不好玩的。

大家剛坐下，就聽到外面傳報。「老爺，慶親王到。」

冷弘文嗖地一下站起身迎了出去，眾人趕緊跟上。剛到門口，就見一身黑色的慶親王跨進院門，頓時跪了一地，安然不需要跪，只是福了個禮。

鍾離浩也不管滿地跪著的人，一把拉起安然。「外面風這麼大，妳怎麼也不披件斗篷，受寒了可怎麼好？」邊說就邊解下身上的黑色貂毛大氅披在安然肩上。這才對眾人說了一句。「都是自家人，不必拘禮，大家快快請起。」

安然領著鍾離浩回到大廳，鍾離浩很自然地就坐到左邊的主位上。

在座眾人都是第一次見到鍾離浩本人，心裡連連驚嘆——好俊啊！好冷啊！難怪被稱為冰山王爺。

鍾離浩今天穿的是一件墨色繡墨竹的錦袍，腰間繫一條墨玉製的腰帶，腰上掛著一個天青色繡茉莉花的荷包和一塊白玉圓珮，一頭烏髮也是用一根墨玉髮簪束起。

一張光潔白皙的臉，透著稜角分明的冷峻，烏黑深邃的眼眸，泛著讓人看不透的色澤；那濃密的眉、高挺的鼻、厚薄適中的紅唇，無一不在張揚著他的高貴與不羈。

這樣一張俊美的臉，只有面對安然時才帶上柔和的氣息，讓人沈醉於其中，一轉頭卻冷如冰鋒，讓人不寒而慄。

南征帶著人送上壽禮，是一尊玉雕壽星，底座也是黃金的。

李氏笑道：「王爺送的這尊壽星，與郡主送的黃金壽桃擺在一起，倒像是成套的，金配玉，壽星帶壽桃，妙極！」

安然一看，一想，可不是？這鍾離浩莫不是有意的吧？

鍾離浩對上安然投來的詢問眼神，嘴角輕挑，一個燦爛的得意笑容差點沒讓安然當眾花癡。

安然是克制住了，鍾離浩卻敏感地覺察到另外方向投來的炙熱目光，側頭一看，卻是那俞慕雪，俞慕雪看到鍾離浩看向她，馬上揚起一個嬌俏甜美的笑容，換來的卻是瞬間凌厲如劍的目光和帶著濃濃厭惡的一個冷哼。

眾人被鍾離浩突然的變臉和那重重的一聲哼嚇了一跳，順著鍾離浩的眼光，看到俞慕雪僵在臉上那花癡般的笑容。

冷弘文怒極，真不該讓這一家人來京，只要他們一出現似乎就沒好事，可是這會兒也不好當著王爺的面訓斥啊。

謝氏趕緊看向安然。「然兒，王爺這是第一次來府裡，妳帶王爺四處逛逛，花園裡那幾株白梅開得很是不錯。」

安然笑著應下，轉頭笑問：「浩哥哥，你是要去賞梅，還是去我的靜好苑喝茶？」

鍾離浩一揚眉。「然然安排就好，我都喜歡。」

待二人帶著隨身侍從和丫鬟出去，眾人才長長呼了一口氣出來。這個王爺俊朗非凡，變起臉來卻太嚇人！

俞慕雪還沈醉在慶親王爺剛才的燦爛笑容中，拉著冷幼琴的手急道：「娘，我也出去陪安然表姊和浩哥哥賞梅吧，多個人熱鬧些，免得怠慢了浩哥哥。」

冷家眾人目瞪口呆，浩哥哥？也是她叫的？有沒有點自知之明啊？剛才慶親王爺厭惡的神情沒有見到嗎？

俞家眾人，尤其俞慕泉，則是羞得想找個地縫把俞慕雪塞下去。

冷弘文冷哼一聲。「你們俞家就是這樣教女兒的？丟臉丟到京城來！還連累我們冷府！冷幼琴，把妳這個不要臉面的女兒帶到客院去，王爺沒有離開之前不許出來，明日全部給我滾回去！」

俞慕雪立刻哭喊起來。「舅舅您為什麼這樣對我？我可是您的嫡親外甥女。王爺剛剛笑了，還看我了，他一定會喜歡我的，你們不就是怕我搶了安然表姊王妃的位置嗎？」

謝氏一個踉蹌，差點沒摔倒，見過作夢的，沒見過這樣公然白日作夢的。

冷紫月和冷安卉則是實在忍不住笑了出來，天哪，天哪，怎麼有這樣恬不知恥的人？

俞老爺老臉紅紫，「啪」地一巴掌搧在俞慕雪臉上，這個沒臉的東西，他怎麼還能指望這樣一個蠢物給俞家帶來富貴？

俞慕雪撲向冷幼琴。「娘，您要幫我，王爺他對我笑了，他笑起來真好看，娘，王爺他一定是喜歡我了。」

饒是冷幼琴一向認為自己的女兒羞花閉月、人見人愛，這會兒也不敢苟同俞慕雪的「自信」，剛才那個王爺冰冷的目光和厭惡的一哼差點沒嚇死她。如果不是大嫂打圓場，請郡主和王爺出去賞梅，她幾乎認定自己一家要小命不保了。

嚇個半死的冷老夫人大吼一聲。「夠了，再鬧全都趕出去！」剛才俞慕雪那麼一花癡，慶親王身上散發出來的殺氣，讓坐榻靠得比較近的冷老夫人腿腳都開始打哆嗦，心裡真是恨死了俞慕雪。

謝氏倒是真沒想到冷老夫人會對她的寶貝女兒、寶貝外孫女發威，看到她發白的臉色時才暗笑，這是被慶親王嚇壞了吧。面上繼續扮演賢良淑德、大方得體的當家主母，笑著看向冷幼琴。「妹妹，我看你們今日還是待在客院裡吧，剛才王爺那陣勢你們也看到了，萬一雪兒再惹到他，我都不敢想像會發生什麼事。要不，今日你們一家在客院另開一席，還可以吃葷的呢。」

俞老爺哪裡肯放棄與王爺、皇子同宴這樣難得的機會，這輩子恐怕也就這麼一次吧？「咳咳，琴兒啊，妳帶雪兒回客院吧，我和泉兒、海兒還是跟大哥大嫂他們一起的好，我們大老遠趕來不就是為了給岳母過壽嗎？這雪兒大概是水土不服，傷了腦子，妳陪她在客院裡好好休息。」

多年夫妻，冷幼琴當然明白俞老爺的想法，她今天也真是嚇壞了，遂點頭應下，拉著俞慕雪就要走。

俞慕雪掙扎著不肯離開，哭聲越來越大，冷弘文急了，讓容嬤嬤找了兩名力大的婆子架著她離開。「把她的嘴堵上，這麼一路哭喊過去，驚了王爺和郡主怎麼辦？」

俞慕雪剛走，就有丫鬟來報二皇子到了，眾人又趕緊出去跪接。

與慶親王完全不同的是，二皇子的氣場親和，臉上的笑容讓人如沐春風。

冷紫月從二皇子進屋起視線就沒離開過他，當然，她不是俞慕雪，自是懂得遮掩，而且，俞慕雪是不知天高地厚一廂情願，而她……冷紫月捏了捏腰間荷包裡的東西，心裡像灌了蜜似地甜——表哥也喜歡她，同她一樣記得小時候說過的話。

二皇子身邊的小太監抬了壽禮上來，是一株半人高的紅珊瑚樹。冷老夫人忘記了剛才的恐懼，在心裡快速盤算著今天這三件重禮的價值，突然想起冷弘文說過的俞家香滿樓生意越來越好，現在在閩州各地亦有了十二家分店，往年也就算了，今年大老遠地趕來京城，怎麼也該準備一份像樣的壽禮吧？

俞老爺見老夫人的目光從那珊瑚樹轉向自己，就暗暗叫苦，他讓冷幼琴準備壽禮了，可是冷幼琴說冷府現在大富大貴，她娘能缺什麼？她娘得到什麼好物什一向都藏著給她，她這次可還準備往回帶東西呢。

俞慕泉也著急了，她帶了給冷弘文和安然的禮物，怎麼就忘了外祖母的壽禮？

謝氏饒有趣味地看著這一幕，她也很感興趣呢，這個老太婆哪個媳婦都看不順眼，最是偏心自個兒閨女，也不知她的女兒女婿都準備了什麼好東西？

二皇子不知冷家幾人的小心思，也沒有興趣，他看向冷弘文。「表姨父，聽說皇叔已經到了，本宮理應過去問安。」

冷弘文忙道：「安然郡主帶王爺去花園裡賞梅，一會兒就該回來了。」

「賞梅？甚好，本宮也正有此興呢。說起來，本宮還沒有正式見過安然表妹，可否請紫月妹妹帶本宮過去，順便幫本宮引見一下？」二皇子說著就站了起來。

冷弘文趕緊也站起來。「當然當然，月兒，妳為二皇子引路。夫人，讓丫鬟多備一些熱茶和小食送過去。」

兩人自是應下，冷紫月的心跳都怦怦怦地加快了，引著二皇子往花園的方向走去。走到拐角處一個小亭子，二皇子停步，隨身太監帶著紫月的丫鬟往後退了十幾步，背對著亭子。

「月兒，這麼多年不見，妳越來越漂亮了，我特意給妳訂製的月牙兒收到了嗎？」二皇子笑著看向冷紫月。

紫月紅著臉從荷包裡取出那個用紫玉雕刻而成的彎月形玉珮，她的小名就叫月牙兒。

看著一臉羞怯的紫月，二皇子的嘴角彎起一絲得意，在紫月抬起頭的瞬間換回了滿臉的深情。「月牙兒，妳小時候的樣子我記得可清楚呢，一笑起來兩隻眼睛彎彎的，就像最好看的月牙兒。」

紫月激動得嘴唇都要哆嗦了。「表……表哥，你……真的會娶我嗎？」

二皇子輕拍了一下紫月的髮髻。「當然，娶月牙兒可是我自小的願望，可是父皇和皇祖母他們……唉，妳的身分難啊！我都愁死了。」

「表哥，你在信裡說的我都明白，只要你心裡有我，我也不介意先做側妃。可是，那冷安然跟慶親王爺的感情看起來可好了，她、她能順從你嗎？」紫月心疼地看著緊蹙眉頭的二皇子。

「所以得靠月牙兒幫我，只要她上了我的床，還能由著她跟誰感情好嗎？而且這樣也讓妳逮著了她的把柄，以後，就算她是正妃，也不敢對妳過分不是？」

「表哥，你對我真好，為我想得如此周到。」紫月的眼眶都紅了。

二皇子深情地答道：「我們是青梅竹馬，我不對妳好，還能對誰好？月兒，母妃也不贊成我們在一起，所以妳要記住，千萬不能讓任何人知道我們的計劃，包括妳娘和妳大哥。只要我們成功了，冷安然進門後，再說服母妃和妳娘就容易了。」

紫月直點頭。「表哥放心，我知道呢，你之前給我的兩封信，我都燒了。」

「好，好，我的月兒就是聰敏又明理，還有母儀天下的氣度。」二皇子高興地又輕拍了一下紫月的肩。「走，我們過去找他們。」

梅樹在花園的東南角，大約有二、三十棵，加上一個二層樓的「梅亭」，倒也自成一景。此時，鍾離浩和安然就坐在亭子的二樓。

安然撫摸著腰間的白玉圓珮，跟鍾離浩身上掛的那個一模一樣，好奇地問道：「浩哥哥，這麼一小塊，真的有那麼大的能耐嗎？」能吸掉空氣中的毒？

鍾離浩笑道：「問妳黎軒哥哥去，這可是他的壓箱寶貝。聽說全天下就那麼一塊這種玉石，結果被他撞見了，就讓人刻成了五塊一模一樣的玉珮。」

安然正要開口，舒安小聲提醒。「郡主，二皇子和冷紫月過來了。」

安然順著舒安手指的方向，看見紫月和一位十七、八歲，穿天青色長袍的男子走過來。那男孩子膚色白皙，五官清秀中帶著一抹俊俏，帥氣中又帶著一抹溫柔，他的氣質很複雜，似乎是各種氣質的混合，嘴角輕勾，美目似水，未語先含三分笑。

不知為什麼，安然突然覺得站在不遠處的這一對男女有點……相像，都帶著一種「媚」勁。紫月的是嫵媚，是柔媚，那男子的「媚」則混合於其他多種氣質中。

鍾離浩警告地捏了一下安然在桌下的小手。「不許對別人花癡！那小子就是德妃的兒子，二皇子鍾離旭瑞。」

紫月二人轉眼就上了樓，二皇子恭恭敬敬地上前行禮。「皇叔安，旭瑞剛到，聽說皇叔和安然表妹到這兒賞梅來了，就過來見過皇叔，也認識一下安然表妹。」

鍾離浩笑道：「瑞兒有心！然然，這位就是二皇子了。」

安然早在二皇子給鍾離浩見禮時就已站起身，此時連忙上前一步福了個禮。「安然見過二皇子。」

二皇子虛扶一把，笑道：「安然表妹客氣了，稱我一聲表哥即可，無論是從大長公主姑婆那裡算起，還是從我表姨母這邊算，我們都可算是表兄妹。」

鍾離浩心頭冷笑，表兄妹？最近、最直接的關係應該是準皇嬸吧？

安然無來由地就是不喜歡這位二皇子，總覺得「虛」，而且二皇子看她的眼神讓她不舒服，彷彿滿眼算計。那滿臉溫和的笑和親切的話語，很假，真像謝氏。

看著面前冷冷的鍾離浩和嬌俏的安然，二皇子更加確定自己的決定是對的！首先，他要這個氣質獨特的女子，不能容忍別的男人擁有她，他要她以後都站在自己的身邊！其次，鍾離浩看他的目光裡永遠有一種疏離和輕視，想要鍾離浩幫助自己奪那個位置，不可能！既然注定為敵，添一筆怨恨又如何？至少有了安然就有了大長公主和大將軍王府的支持。

而且，他還想賭一把，如果鍾離浩真如傳聞那樣愛重安然，會不會眼看著成為二皇子妃的安然與他一起共赴大劫？奪嫡不成功，就意味著死亡。

這次母親德妃精心策劃了這個「局」，他不能認同母妃的想法，卻沒有提出反對，只是要將劇情做些改動。

二皇子正要開口請安然坐下，鍾離浩已經伸手拉住安然的一隻小手。「然然坐下吧，都是自家人，論輩分，妳還是瑞兒的長輩呢。」

安然感覺到握著自己手的大掌加了點力道捏了一下，知道是在警告自己不許回抽。

這是，宣告所有權？安然好笑地瞪了一眼鍾離浩，真是一個大醋缸！她不就是剛才多看了兩眼？

鍾離浩「理直氣壯」地回視她——妳是我的妻。

待安然坐好，鍾離浩才放開她的手，順勢給她添了一杯熱茶。「手都冰涼了，趕緊喝口熱茶暖暖。」

兩人旁若無人的互動讓二皇子妒恨，讓冷紫月羨慕，如果她生來就姓冷，生來就是冷家的嫡女、冷安然的妹妹該有多好，就能名正言順地成為二皇子妃，有了安然和鍾離浩的幫襯，還能成為太子妃、成為皇后。

二皇子努力讓自己無視鍾離浩的漠視和無聲的警告，「好奇」地詢問「美麗花園」男裝店的訂製業務，還一派真誠地表示自己是百香居的忠實顧客。「上次在大長公主府，我聽到君然同子銘說，安然表妹親自做的點心比那百香居師傅做的還美味數倍，不知什麼時候我也有幸能品嚐到？」

安然大方一笑。「君兒是我弟弟，我就是煮一碗白粥，他也會說是世間最美味的，他這是典型的『王婆賣瓜，自賣自誇』，二皇子怎能相信？我那點子三腳貓的功夫，可不敢在二皇子面前出醜呢。」說完依然坐在那兒，一點要動的意思都沒有。

鍾離浩心裡那個得意啊，想讓他的然然親自下廚做點心？哪有那麼容易？冷弘文這個親生父親都無此口福吧？

是，一般的女子，在二皇子如此明示下，又是在自己的家裡，雖然也會自謙一番，然後，無論樂意不樂意，都會下廚（即使不是親自動手）做上一些表示誠意，畢竟是客人開口嘛，可是，他的然然從來就不是「一般的女子」。

二皇子心下羞惱但也不好說什麼，畢竟安然現在的身分是慶親王鍾離浩的未婚妻，他這個侄兒還能強逼準皇嬸為他下廚？

冷紫月卻是為二皇子出頭。「二姊姊，二皇子是貴客，既然看得起妳的手藝，妳要自豪才是，又何必自謙？」

安然臉色一正。「我又不是點心師傅，怎麼能為什麼手藝自豪？豈不是丟了皇家的臉面？紫月妹妹可別這麼說。」

二皇子為紫月的自作聰明暗自氣惱，正要開口，就看到謝氏親自來請他們入席了。

# 第七十五章　局中局

因為是家宴，就沒有分外院、內院了，只是用一扇大屏風隔開。

為了保證親王、皇子和郡主的安全，謝氏特意訂製了三套純銀餐具，包括酒杯、筷子和勺子，既是素宴，酒也是上的素酒。

鍾離浩似笑非笑地看了正在親自安排丫鬟擺餐具的謝氏一眼。「冷夫人有心了。」對於以「冰山王爺」著稱的慶親王來說，這已經是很客氣的表情了。

謝氏忙道：「應該的、應該的。」

主有心，賓領情，一餐飯下來，滿桌笑意，主賓盡歡。

只是，慶親王鍾離浩的頭有點暈，似乎是醉了，冷弘宇很是疑惑。「這是菊花和白糖釀的素酒，跟然兒製的那個什麼葡萄汁都差不多了，怎麼會醉？要不要請個御醫過來看一下？」

謝氏也是奇怪，不該呀！那酒單獨喝是沒有問題的。

二皇子笑道：「素酒雖然還未成酒，但畢竟不是糖水，皇叔兩年多滴酒未沾，自是與我們不同。」

鍾離浩也無力地擺了擺手。「無妨，只是一點頭暈，一會兒就沒事了。」

謝氏遂道：「這樣吧，然兒，妳帶王爺去那邊的客房坐坐，我讓人送些醒神的蓮花茶過去。待王爺休息好了，申時開始給老夫人拜壽。」今日老夫人拜壽的吉時是申時。

廳房左側有一個月亮門，過了月亮門就是一溜三間客房，再過去就是花園。客房內設備齊全，是專門為客人短暫休息而設的，一般大戶人家都有這樣的臨時備用客房，如同敬國公府梅園的吟梅小築。

為鍾離浩準備的客房在最邊上一間，安靜。

房間裡點了上好的銀霜炭，暖洋洋的，用的薰香是富貴人家最常見的木樨香。鍾離浩和安然才坐下一會兒，謝氏親自來了，後面跟著的丫鬟端來兩個茶盅。

謝氏一副準岳母的慈愛形象。「然兒，這是德妃娘娘賞下用天山雪蓮熬成的茶湯，你們趁熱喝了，王爺興許就不那麼難受了。妳陪王爺說說話或是下下棋，快到申時的時候，我會讓人來提醒的。」

二人應下，謝氏高高興興地出去了，房間裡只有舒安和舒敏在一旁侍候。

謝氏的貼身大丫鬟五月小聲問：「夫人，不想辦法把那兩個帶走嗎？」

「不用，一會兒王爺自然會讓她們出來。」謝氏篤定地說道：「妳讓人盯著，待那兩人出來就趕緊離開，別讓她們發現。月兒呢？」

「小姐帶二皇子去看『朵朵』了。」五月回答。「朵朵」是一隻渾身雪白的長毛貓，是冷紫鈺在福城的時候從一個番商手裡買來，帶回京來送給紫月的。那隻貓印在雪地裡的爪印像花瓣，遂起名「朵朵」。

謝氏搖頭，輕嘆一口氣，她跟紫月講了那麼多道理，告訴她，她和二皇子是不合適的，也不知道她到底聽進去沒有。

謝氏和五月不知道的是，她們沒走出多遠，那個盯著客房的小丫鬟就靠著柱子「瞌睡」了。

距離她們沒幾步的那個假山後面，二皇子、冷紫月和朵朵都在那兒貓著呢。

過了一會兒，二皇子的兩個隨身太監不知從哪裡飛下來，嚇得紫月差點叫出聲來，得虧二皇子一把捂住她的嘴。

其中一人在二皇子近前小聲說道：「爺，都倒了。」

二皇子大喜。「確定？皇叔內力深厚，那個迷香這麼管用嗎？」

「爺，那是『犀醉』，不是一般迷香可以相比。何況，王爺的酒杯裡本來就抹了一層『迷離』，如果不是他功力強，那『迷離』早就可以讓他睡過去了。」另一人回道。

「好，你們去把兩個丫鬟弄出來，讓她們坐靠在門邊的椅子上，像睡著的樣子。」二皇子吩咐道。「然後，你們就離開吧，守著路口，過兩刻鐘，再把那個盯梢的小丫鬟弄醒，她自會去找冷夫人。」

待兩人把舒安和舒敏移到門外來，冷紫月忙跟著二皇子也進了屋，只見慶親王和安然都撲趴在桌子上沈睡。

「表哥，我們把王爺帶走，你……你快動手吧，一會兒我娘就該來了，還有那個去用飯的南征。」滿臉酸意地看著安然，冷紫月為了光明的前程，還是「懂事大方」地催促道。忽覺脖子後面猛烈一擊，暈了過去。

「好表妹，憑妳罪臣之女的身分，雖然做不了慶親王側妃，能當個侍妾也算便宜妳了。」二皇子蹲下身，一臉「溫柔」地笑著拍了拍紫月的臉，又從她腰上荷包裡取出那枚紫玉月牙兒收好。

「爺，冷紫月的貼身丫鬟已經昏倒在荷花池那邊，該怎麼說她們都很清楚，您可以帶郡主過去了。爺，水那麼冷，您們一定要落水嗎？可以說他們正要把郡主扔進水裡，就被您救了啊。」隨身太監小桂子問道。

二皇子並沒有回答他。「把王爺和冷紫月的衣服都脫了，放床上去。」說著走到安然身邊就要彎下腰抱起她。

這時，二皇子和兩個太監忽地都倒下了。

鍾離浩和安然同時站起身，相視一笑。

門口的舒安、舒敏、南征和屋頂上的舒全都躍了進來，舒敏先去薰爐那兒檢查了一下。

「還真是『香盡、人倒』，犀醉名不虛傳，難怪他們進來都不用檢查一下。」

「好了，然然，我們繼續賞梅去。」鍾離浩拉起安然的手就走出屋子，好像什麼事都沒發生。舒安和舒敏遠遠地跟上，保持一定的距離。

南征二人將二皇子和冷紫月雙雙丟在床上，關好門窗走了出去，順帶把小桂子二人拖出來扔到隔壁屋子去。

花園裡，安然跟著鍾離浩上了梅亭二樓，一個黑影突然落在他們面前。「王爺，一切已妥，南征他們正向這邊來。」

鍾離浩「嗯」了一聲。「你們都撤了吧。」

黑影應聲躍起，立刻沒了影。

鍾離浩拉著安然的手。「然然，以後見到德妃和二皇子離他們遠些，不用太客氣。」

安然對今天發生的事還沒想明白。「浩哥哥，德妃和謝氏要做的就是壞了你的清白，讓你娶冷紫月做妾？然後再讓我欠二皇子一個救命之恩？」

「不，德妃是想讓我們倆違反禮教，先……先……先洞房。」鍾離浩搖頭道，一張俊臉憋得通紅。「然後她們以妳的名聲、我的孝道控制我們，讓我們不得不幫助二皇子奪皇位。但是德妃的兒子不同她一條心，他想把妳搶去做二皇子妃。」沒想到，那個害了蓉兒的毒醫已死多年，他弄出來的「桃夭」配方竟然還存於世，竟然還是在德妃之手。

「哦……」聽到洞房二字，安然的臉也紅了。「那現在二皇子和冷紫月昏迷在裡面，你不會也要讓他們那……那個什麼吧？」以安然對鍾離浩「小氣程度」的瞭解，他是不會輕易放過二皇子的。

鍾離浩一揚眉。「若不是冷紫月現在姓冷，我還真想成全了謝氏迫不及待想做外祖母的心情，這次就給他們一個小小教訓罷了。」冷紫月婚前失身，必定會連累他家然然，不管怎麼說，冷紫月現在都姓冷。

安然暖暖地笑了，面前這個視她如珠如寶的未婚夫，做任何事都是首先考慮她的利益。再說冷弘文這邊，他知道慶親王不是個好相與的，也不敢奢望這麼快跟他「翁婿相和」，或者去請求任何好處。只要慶親王看重安然，自己這個泰山大人的好處自然多多，不急於一時。

這會兒，知道安然正陪著慶親王在客房裡下棋，冷弘文自然不會去打擾，在自個兒院子裡摟著謝氏溫存。前幾日他與芬姨娘「小別勝新婚」，生怕惹惱了愛妻，趕緊補償一番為好。

突然，七月在門口回報。「夫人，不好了，一個婆子來報，發現三小姐的兩個貼身丫鬟昏倒在荷花池旁邊，三小姐不見了，現在容嬤嬤正在想辦法弄醒她們呢！」

謝氏霍地一下起身衝了出去。「還不快讓人去找！」

夫妻倆衝到池塘邊，那裡已經圍著眾多丫鬟婆子和小廝，紫月的兩個貼身丫鬟正好悠悠醒轉。

「怎麼回事，還不從實招來？」冷弘文怒喝。他幾乎從來不管府裡的內務，訊問口氣完完全全就是多年擔任知府形成的「官腔」。

兩個內宅丫鬟哪裡禁得起這樣的「官式審訊」，見老爺如此暴怒，拚命磕頭。「老爺饒命，老爺饒命，不是我們要害郡主，是三小姐她想做王妃，逼著我們把郡主迷暈扔進池塘裡的。」她們一邊磕頭一邊想，反正二皇子已經「救起」郡主，她們頂多挨一頓揍賣出府，可是二皇子的人說了，到時候安排人買下她們，以後在二皇子府裡當管事大丫鬟，還一人給五百兩銀子。五百兩啊，對她們來說可不就是作夢都不敢想的財富？

冷弘文懵了——郡主？然兒？他的「福星嫡女」？池塘裡？啊！這不是要他的命嗎？「來人啊，快來人啊，快撈，快快快，快跳下去把郡主救起來！」說著自己就脫了外面的棉袍準備跳下去。

謝氏也暈了——紫月瘋了？不讓她想著二皇子，她竟打起慶親王的主意？眼看冷弘文正在脫靴，要跳下水去，趕緊拉住他的手臂。「老爺，這個季節的水多冰啊，您怎麼受得了？讓下人去啊！」

冷弘文狠狠甩開謝氏的手。「冷紫月那個賤丫頭，竟敢謀害我的然兒，等下再跟妳們算帳！」

這時，一道清亮的聲音傳來——

「父親，您這是怎麼了？」眾人訝然，紛紛回頭，正是安然郡主和慶親王爺向他們走來。

冷弘文衝上前，一把抓住安然的雙肩上下左右檢查。「然兒，妳沒事吧？妳……妳不是被迷暈推下池塘了嗎？」

推下池塘？安然這才發現冷弘文的外袍脫了，棉靴也脫了，難道他正想跳下冰冷的池塘去「救」她？看著冷弘文臉上毫不作假的緊張和關心，安然的心突然有一種刺痛的感覺，還有點歡欣。安然想，這應該是這具身體本能的反應吧？從八歲到十三歲，獨自待在莊子裡的原身，一定也渴望自己的父親能夠想起她吧？誰不渴望父母的愛？

安然從丫鬟手裡接過棉袍，親手幫冷弘文穿上。「父親先穿上衣服，受寒了可怎麼辦？我陪慶親王在梅亭那邊賞梅，聽到這邊的喧鬧聲就趕過來了，哪有落水？」即使冷弘文的關心源自利益，有一個安安生生的父女關係總比父女反目要好吧？無論在古代還是現代，親情成仇總是可悲。

這是冷弘文第一次和安然這麼親近，看著安然的小手繫著自己胸前的盤扣，他竟然有一種想流淚的衝動，彷彿又看見溫婉的髮妻夏芷雲。是啊，然兒正是自己和雲兒的女兒。為什麼？為什麼他忽略了這個女兒那麼多年？為什麼？都是林雨蘭那個賤人！

鍾離浩瞪著剛剛趕到、還在一旁發愣的冷貴。「還不快給冷大人穿上靴子，想讓你們家老爺受寒嗎？」

謝氏從看到鍾離浩、安然還有身後的舒安、舒敏時就完全愣住了，他們怎麼會從那個方向過來？他們不該是在客房嗎？她的心中驀然升起不好的預感。

鍾離浩看向跪在地上的兩個丫鬟。「妳們是誰？怎麼回事？妳們把誰推下水去了？」

兩個丫鬟整個呆住了，不敢回答，也不敢再磕頭了，她們沒明白，這是怎麼一回事？

冷弘文也醒過神來。「她們剛才親口承認把然兒迷暈推進池塘裡去了，還說是紫月逼她們的。」

鍾離浩瞪著那兩丫鬟。「妳們主子人呢？」

「小……小姐她……她去客房找王……王爺您了。」其中一個丫鬟哆嗦了半天才說出一句整話。

「她找我做什麼？」鍾離浩拉著安然的手。「冷大人，我們是不是過去客房那邊看看？先找到那位紫月小姐才知道發生了什麼事。」

「不……不用了，月兒找你們肯定是為了找然兒，你……你們不在那兒，她自然會回自己院子裡去的。申時快到了，老爺您還是領王爺和郡主去廳房吧，我去找找就成。」謝氏的直覺告訴她，客房裡所發生的事此刻完全不在她的想像之中，更不在她的掌控中，她下意識地要阻止這些人過去客房，但願她可怕的預感不會成真，她只覺得面前的慶親王爺好嚇人！

謝氏話音剛落，冷弘文就先吼了出來。「什麼不用了？要是真有人要害然兒怎麼辦？我必須先找到紫月問清楚才行。」冷弘文現在還沈醉在自己和安然的父女情深中，正是父愛氾濫的時候，怎麼可能對那兩個丫鬟的話不了了之？

鍾離浩則是根本沒理會謝氏，拉著安然走自個兒的。半途中，冷弘宇、李氏等人也趕來了，見此情景也跟著一塊兒去了客房。

客房的門關著，謝氏忙道：「看看，沒人吧？我們還是趕緊去廳房，老夫人等急了。」

突然，裡面傳來「喵嗚」一聲。

冷弘文抬起腳就要重重踹在門上，冷貴怕傷著老爺，提起門口的椅子朝門上重重一砸，門開了。

一團白影闖了出來，嚇得俞慕泉「啊」了一聲往旁邊跳開，踩到了俞慕海腳上，兩人同時跌倒，不過此時沒人關注他們。眾人定睛一看，那白團可不正是冷紫月的「朵朵」？謝氏一陣暈眩，緊緊握著七月的手臂，強撐著沒有暈過去。

屋裡靜悄悄的，正對著門的榻上，一男一女呼呼甜睡。女的還好，穿戴齊整，而那男的裸露著白花花的上身。因為椅子撞門的巨響，那兩人好像也被嚇到，抬起頭來，可不就是二皇子和冷紫月？

早在門被撞開的那一剎那，鍾離浩就用自己的大掌緊密遮住了安然的眼睛，此時，看清榻上那兩張臉，他重重冷哼一聲，攬著安然躍出幾步之外，這才牽著安然的手出了月亮門。

冷弘文先是被那一聲冷哼嚇得冷汗連連，接著是深以為然，對對對，可不能讓這種亂七八糟的場景污了自家女兒的眼，還是王爺疼然兒。

不過他沒有太多的時間感嘆，眼前還有事情要先處理，那人可是皇子啊，還是目前皇上最寵愛的皇子！

「都回廳房去！」冷弘文對身後眾人低吼一聲，目光裡含著深深的警告。

眾人也都知道屋裡那男主角是誰，可不是自己能八卦的主，在冷弘宇的帶領下乖乖地都走了。

「咳咳，先穿上衣服吧。」冷弘文伸出手正要關門，就見謝氏緊緊盯著二皇子的身體看，竟然還呆愣愣地一步步往裡走，他氣得耳邊嗡嗡直響，真是傷風敗俗！難怪生的女兒這麼不要臉！

二皇子也清醒了，拎起榻上的一個靠枕向謝氏砸去。「滾出去！」

靠枕沒有砸到謝氏，謝氏卻是直接暈了過去，癱軟在地上沒有反應。

冷弘文也不管她了，趕緊關上門。

此時，隔壁屋裡那兩個隨身太監的「犀醉」藥性也散得差不多了，再被一聲巨響驚到，都醒了，趕緊跑出來，正好在冷弘文關門前的一瞬間看清屋子裡面狼狽的自家主子。

待二皇子穿戴整齊，黑著臉走出來的時候，地上跪著冷弘文、自己的兩個隨身太監，還有冷紫月的兩個貼身丫鬟，不遠處，一個冰冷堅硬的背影正對著他，是慶親王鍾離浩。

聽到門開的動靜，鍾離浩轉過身來。「瑞兒，這是怎麼回事？喝多了？還是被人算計了？冷大人，把今天打理這客房的人，還有準備飯菜的人全都叫過來，本王要親自審問。」

二皇子趕忙阻止。「不……不用了，皇叔，是……是……是瑞兒喝多了，一時糊塗。我……我會上報母妃，納紫月妹妹為妾。」他在穿衣的時候就想清楚了，這一切無疑是慶親王的手筆。慶親王一向處事狠絕、不留痕跡，查下去，所有疑點、供詞必定都是指向自己或者母妃。

冷弘文暗自鬆了一口氣，不是陷害就好，他可不願意陷入這種戲碼。至於冷紫月去給二皇子做妾，他無所謂，雖然紫月現在姓冷，明眼人都知道是怎麼回事。而且，給皇子做妾也不大丟臉不是？皇家的妾怎是普通人家的妾可比？再說了，德妃之前不是一直想跟冷府結親嗎？就給她一個女兒唄，反正紫月本來就是德妃的表外甥女，想那聖上也不會認為冷府因此綁上二皇子的船吧，他的正經嫡女可是慶親王妃呢。那個冷面慶親王女婿，除了皇上可沒人擺布得了。

二皇子如此說了，鍾離浩也就不再多管閒事。「既是如此，本王就恭喜瑞兒和冷大人了。賀壽吧，本王還要送然然回大長公主府。」說完轉身離去。

冷紫月眼淚汪汪地拉著二皇子的衣袖。「表哥，你說了讓我做側妃的！你是不是生我的氣？可我真的不知道發生了什麼事，我沒有想壞你的事啊！」

二皇子按捺住心裡的厭惡。「月兒，妳也知道母妃不贊成我們在一起，現在又這樣，能讓她同意妳進門就不容易了，先做妾再說吧。」

紫月想想也是，而且今天這事那麼多人都看到她和二皇子躺在一起，她的名聲壞了，沒得選擇了。先進門再說吧，只要表哥是愛自己的，總不會一直做妾。她還是趕緊找人來弄醒娘再說，娘一直反對她跟二皇子，今天可不氣壞了？還是先哄好娘吧。

消息很快傳回宮裡，德妃氣得摔了內殿幾乎所有她能舉得起的東西。

怎麼可能？怎麼可能會失敗？那「桃夭」根本不可能被人發覺，沒有異味異色，又是分次使用，即使是毒公子黎軒本人在場，也不能發現吧？

莫不是瑞兒還心存癡念，動了手腳？她知道自己的兒子對那冷安然真的上了心，可是，他要是真的跟安然成事了也好啊，怎麼會跟那冷紫月躺在一起了？

現在的問題是，瑞兒絕對不可以納冷紫月為妾，絕對不可以，會遭天打雷劈的，想辦法，她要想法阻止這事……

她不知道的是，冷府裡的謝氏已經像被雷劈了一樣，目光呆滯，不言不語，眼淚不停地流，卻沒有一點哭聲，整個人似瘋似傻。冷紫月嚇得躲在二皇子身後，不敢上前勸慰。

冷弘文起初的怒氣也被疑惑取代，夫人剛才不是被二皇子的身子迷住，而是打擊太大呆滯了？自己的親生女兒失了閨譽，她氣憤羞惱可以理解，可也不至於如此啊，紫月穿著衣服，當時那場景一看就是二皇子醉狠了沒成事。而且，她不是也一直稱讚二皇子，想著親上加親嗎？

安然眼裡閃著八卦的精光，她怎麼看都覺得二皇子和謝氏母女站在一起特和諧，也不是說五官特別像，只是一種感覺、直覺。

安然此刻就有一種莫名其妙的感覺，前世看了那麼多古代電視劇小說，什麼事不可能發生？狸貓換太子、假生子之類的故事非常之多，尤其在皇宮裡！

可是，如果真是她感覺的那樣，謝氏還真是要感謝鍾離浩的「仁慈」，否則這母子幾個就太悲劇了！太太太……太TMD狗血了！這要造幾輩子孽才有這樣的報應？安然感覺自個兒頭上天雷滾滾。

謝氏完全呆滯，沈浸在自己的世界裡。冷弘文無奈，還有點疼惜，讓人送謝氏回自己的院子去，其餘的事，請李氏代為打理。

謝氏被抬回院子後，一個人靠在躺椅上發呆，此刻身邊沒人，她的眼淚流得更凶了，終於忍不住眼淚唰唰地流。她看到了，看到了二皇子左肩上那個錐形的胎記，那個她念了近十九年的胎記，她死死記住的那個形狀，早已經深深刻在了她的腦子裡。二皇子鍾離旭瑞，是她的親生兒子，是紫月同父同母的親哥哥！

幸好慶親王顧忌安然的聲譽放了紫月一馬，否則……謝氏打了個寒顫，不敢想那種後果。

很明顯，他們所做的一切都在慶親王的掌握中，他沒有將計就計用了那「桃夭」，只因顧及安然歸根結柢是冷家嫡女，而讓紫月和二皇子躺在一張床上是警告她、警告德妃，不要再試圖算計安然。

# 第七十六章　喜怒哀樂

就這樣，謝氏精心策劃的壽宴可以說是草草收場，不過老夫人收入頗豐，又賺足了面子，滿足了虛榮心，倒也沒太在意。

本來今天俞老爺和俞慕泉都有事要與安然「商量」，可是先有俞慕雪出醜惹惱慶親王在前，再有冷紫月出事冷府氣氛不好在後，他們都不敢冒險在今天開口了，想想還是等哪天冷弘文心情比較好的時候，求他請安然回府一趟再說，那個冰山王爺不在場他們才比較敢說話。

眾人送安然和鍾離浩出府，鍾離浩正要扶安然上馬車，就聽到遠遠地傳來「浩哥哥、浩哥哥」的呼喊聲，臉頓時黑如墨炭，除了他的然然，誰敢這麼稱呼他？

鍾離浩眼裡迸射出的殺氣把冷弘文一眾人都嚇呆了，俞老爺的雙腿已經哆嗦得厲害，幾乎要跪下去，因為他知道，那個聲音是他小女兒俞慕雪的。

「掌嘴。」鍾離浩雙唇輕啟，說完換回一臉柔情，小心地扶著安然上了馬車，自己也跨上馬。「走。」

俞慕雪飛奔而來，後面跟著氣喘吁吁的冷幼琴和三、四個丫鬟婆子。

見鍾離浩的馬已經邁開步子，俞慕雪大急，她好不容易才趁著她娘不注意的時候逮到機會跑出來，至少也要說上兩句話呀，今日不給王爺留下印象，也不知道什麼時候才能再見到。

「浩哥哥，浩哥哥，我來送……」話未說完，一個身影一起一落，還沒等她反應過來，臉上已經「啪啪啪」挨了三巴掌。

南征一臉厭棄地抽出帕子擦了擦手，丟在俞慕雪的面前。「哪裡來的瘋婦，敢對王爺不敬？王爺的名諱，是妳能喊的嗎？」

俞慕雪「哇」地一聲吐出一大口血，外加兩顆大牙，往後奔進她娘懷裡大哭起來，衝力太大，若不是冷幼琴的身後還有一個婆子一個丫鬟扶著，母女倆鐵定要一起摔倒。

南征輕蔑地「哼」了一聲。「冷大人，這個瘋婦若是再污了我們家王爺的眼睛、髒了我們家王爺的耳朵，就不要想活著出京城了。」

冷弘文忙道：「南征公子請放心，今晚就送走，今晚一定送走。」這白癡外甥女就是個禍胎！若不是慶親王爺愛重然兒、愛屋及烏，他們冷府肯定都要被那個不要臉的外甥女連累了。

「那就有勞冷大人了，告辭。」南征一拱手，跨上馬追趕他家王爺去了。冷弘文怎麼說都是他家準王妃的親爹，該有的禮數南征還是不會忘。

冷弘文轉頭看向俞老爺，還未開口，俞老爺就連聲說道：「今晚就走，我們今晚就走，大舅爺千萬不要生氣，氣壞了身子可不值當。」他這次就不該帶那個蠢貨女兒進京，若不是那個蠢貨，怎麼會這樣灰溜溜地「滾」回去？不過，留得青山在，不怕沒柴燒，現在最重要的是安撫好大舅子，莫要斷了關係才是真。往最差了說，就是他們那「香滿樓」也離不開安然的菜譜和冷府的名頭啊。

如今「香滿樓」的生意好到不行，主要客群是中等人家，其實這樣的客群人數才是最多的。雖然現在「香滿樓」的盈利有四成是冷弘文的，可是架不住總額高啊，現在的六成是以前十成的數倍。何況，現在香滿樓已有分店十幾家，還在不斷增加中。

「爹！」俞慕泉大急，這就回去，她怎麼跟公公婆婆交代？他們交代的事都還沒找安然說呢。

俞老爺對她搖了搖頭，示意她不要再說下去，現在真的不是時候，只能等到安然成親的時候再想辦法來京城一趟。

俞慕泉氣啊，早知道她就應該跟娘一塊兒看著慕雪，她怎麼就有個這樣丟臉的妹妹呢。

每年的年底總是過得特別快，生意要忙著結算，府裡要忙著準備過年。不過，安然府裡府外都有得用的人手，最早在平縣進入夏府的那一批人，基本上都「出頭」了，幾乎每人都開始帶徒弟，甚至帶著一個團隊，獨當一面。安然守著承諾，有機會都先考慮他們，這些人一個個的也爭氣，卯足了勁幹，就怕丟了他們「第一批人」的臉。

舉幾個特別突出的例子——麗梅現在是美麗花園的製衣總監，每年都要去各地分店巡查一趟，為品質嚴格把關，還要負責一年一次分店製衣部負責人培訓和考核。
麗蘭是美麗花園的首席設計師，除了設計大部分的女裝（安然現在更多設計男裝）外，還負責新設計師的培養。當然，設計師不是那麼容易培養的，所以，目前的美麗花園，設計主力還是安然和麗蘭。
麗芙、麗蓉這一對孿生姊妹半年前主動向安然請纓，改到麗繡坊去了，現在都是麗繡坊京城店的首席繡娘，因為有繪畫基礎，還學習畫繡稿，負責繡樣設計。現在美麗花園的商標不用雙面繡了，而是用一種獨有的織錦做的，一來雙面繡繡法已傳開，二來美麗花園鋪子越來越多，生意又好，商標需求量太大。
當年由君然「慧眼識才」，向安然舉薦的平喜「飛躍」最快，如今也是銷售大管事了，全面負責福城和平縣分店的銷售管理。
還有一件喜事，麗梅和夏府帳房總管王平看對了眼，在何管家和林嬷嬷的撮合下成親了。安然高興極了，給他們一家三口分了一個小跨院，辦了一場熱熱鬧鬧的喜宴，還給了五百兩銀子的「成親補貼」。
大喜之日，何管家又悄悄向安然透露——福生少爺喜歡秋思姑娘。
安然頓感愧疚，秋思比她大一歲，今年十七，是該張羅了。大昱的丫鬟一般是二十上才婚配，可是秋思不是丫鬟啊，可能他們兄妹潛意識裡還是認為秋思是安然的人，所以連石大哥都不好意思跟她提秋思的婚事，而她又一直認為秋思現在是有兄嫂的人，就沒往這事上多想，多虧了自己有一個大管家何平夫婦，什麼事都替她考慮在前。

於是，安然分別找來福生和秋思，試探了一番，果然兩人都有意，只是都沒敢表示出來。安然當機立斷，請了石冰夫婦還有劉嬤嬤一起吃飯，把兩人的婚事訂了下來。

本來秋思想等安然成親後自己再成親，可是安然說：「福生哥哥是我和君兒的大哥，自然要先成親才對，再說了，夏府以後有妳這個大嫂照顧福生哥哥和君兒，我也可以安心出嫁了。」

這話不知怎麼被鍾離浩知道，立刻極力主張趕緊給福生和秋思把親事給辦了，就在正月裡，喜上加喜，福上加福，於是整個夏府都開始忙碌起來。

冰山王爺鍾離浩看著滿府喜氣洋洋地張羅著婚禮，一臉都是笑容，似乎比準新郎福生還要高興。

福生納悶了，王爺對他也太好了吧？

喜事一個接一個，安然好像還不過癮。

安然身邊年齡最大的當數舒全，都二十五了，於是天天被安然念叨著要給他作媒，嚇得舒全能不出現儘量不出來。

鍾離浩不樂意了，自己的然然可不能老是念叨著其他男人，不管什麼原因。於是，在安然又一次提起這事時，「熱情」地提議道：「他們沒有中意的，妳這個主子可以指婚嘛，舒安也有二十了吧，他倆從小一起受訓練，總比別人有感情的。」

安然一想，可不是？青梅竹馬，又有共同愛好、共同語言，最合適不過了，這個年代的人哪裡講自由戀愛，還是她出面點破一下才好。

一下子有望解決兩個人，安然高興地在鍾離浩臉上啄了一下，喜得鍾離浩眉眼彎彎。可是這蜻蜓點水的一下實在太少，摟過安然就來個激情熱吻，吻得癡醉銷魂，直到身體又「難受」得不行了才放開安然，可憐兮兮地嘟囔。「然然，我們三月就成親。」這句話他已經反覆說過上百遍了。

安然好笑。「不行，說了等君兒放榜之後，好像要四月底吧？」要是真能弄個「三元及第」給她添妝就真該美死她了。

鍾離浩長嘆一聲，唉，只好多等一個多月了。等孝期一滿，他就要去請太后訂下婚期，一定要是放榜後最近的吉祥日子。他一臉委屈地拉過安然，在她耳邊輕訴。「然然，我做了這麼大的讓步，成親後妳可要好好補償我。」然後看著安然的臉頰和可愛的小耳朵再次火燒紅雲，得意地哈哈大笑。

安然惱羞成怒，「用力」踩了鍾離浩的腳，掙脫火熱的懷抱，跑去找舒安和舒全完成「作媒大業」去了。

大家熱熱鬧鬧準備過年的時候，薛天磊才在敬國公夫婦的三催四請下回京了，由於薛家事情又多又亂，還沒時間與好友相聚，但第一時間讓人給安然、鍾離浩和黎軒都送了他帶回來的禮物。

薛天磊這次回京，身邊多了一個妾，已經有了三個多月的身孕。梅琳在他們回來之前已經默默流了好長時間的眼淚，可是她又能說什麼呢？所有人都知道薛天磊與她相敬如賓，從未對她紅過臉，成親半年後才納的妾，而且像薛天磊這樣常年在外的人，哪個沒有幾位小妾通房跟著侍候，她自己的父親和兄長後院都有十幾個女人呢！

薛天磊所做的都沒有出格，沒有違背禮教規制，回京後連續幾日，也都宿在她的房裡，她要鬧，也只能讓人笑話自己生不出孩子還容不下人，沒有人會站在她這一邊。連她的親娘都說：「天磊沒有嫌棄妳身子弱已經很好了，女兒，妳要大度一點，無論如何，妳才是主母，等孩子生下來，妳抱到身邊就是。」

梅琳心情不好，薛天磊也發現了，可是能為她做的他都做了，只是感情的事實在無法勉強。而且，一回到敬國公府，他就被一堆事煩著，還真顧不上她。

敬國公又難得地光臨他的書房。「信中跟你提的那件事，你想好了嗎？」

薛天磊眼中掠過一絲嘲諷。「父親決定的事，我還能想嗎？七彩綢緞莊所有的文書、帳冊都在那裡了，您隨時可以拿去。」

敬國公掩住心裡的尷尬，一派「欣慰」地說道：「你是未來的掌家，又最為能幹，就要有這種氣度。這幾天就讓天其接手七彩綢緞莊，你好好把雙福樓整頓起來。」

薛天磊淡淡道：「父親，我不會接手雙福樓的，當時您可是在所有叔伯兄弟面前說過，雙福樓沒有我只會做得更好，也說過雙福樓從此與我無關。」

「你……」敬國公氣得雙手發抖，手裡的茶杯落在地上，應聲碎裂。

薛天磊面無表情。「其實父親又何必讓我回雙福樓，打了您自己的臉呢？我們薛家人才濟濟，二叔和四叔不是都說酒樓生意好做嗎？您不如給機會讓他們好好發揮。」

「逆子！」敬國公怒吼。「就你這樣，配做掌家嗎？」

「不配。」薛天磊乾淨俐落地回道。「我早就說過自己不配做什麼掌家。年後，皇上要我幫朝廷做生意，按照朝廷規制，我也不可能再做敬國公府的掌家，父親這下可以放心了，您愛讓誰做就誰做，您愛把這個敬國公府給誰就給誰，太后姑母不但不能怪您，皇上還會表彰您呢。」

「你……你……你說什麼？」敬國公的心在發抖，皇上要讓天磊做什麼？他怎麼一點風聲都沒聽到？除了天磊，下一代子侄中誰還能挑得起敬國公府，挑得起薛家？

薛天磊還沒有張口，門外就傳來大管家急切的回報——

「國公爺……聖旨……快到前面接聖旨。」

當國公府眾位主子趕到前院大廳的時候，親自來傳旨的福公公一臉笑意盎然。「國公爺，恭喜恭喜！貴府大喜，可喜可賀啊！」

接著，擺案焚香，眾人跪下，福公公噼哩啪啦一番話，簡要來說就是敬國公府嫡長子薛天磊有經商之大才，又忠心報效朝廷，為大家而捨小家，寧願放棄敬國公府世襲爵位，淨身出府，為朝廷管理國有商業。皇上為嘉勉薛天磊，封其為文富侯，襲三代。文富侯府即將修繕落成，年後就可以居住。然後就是一大摞的賞賜，將全部抬到文富侯府去。皇上為了表彰敬國公府培養出如此大忠大孝之才，特許敬國公抬一平妻，將由太后娘娘親頒懿旨，好有另一個嫡子來繼承敬國公府。

敬國公使勁憋著，才沒有一大口血吐出來，否則真是大不敬了。人家聖上剛剛表彰你，而且一門兩個爵位是多麼難得多麼榮幸的事，你還吐血，什麼意思？只聽說過氣得吐血，哪有高興得吐血的？

他能做的只是狠狠地瞪著薛天磊，狠！這個逆子真夠狠！淨身出府，報效朝廷？如果皇上將文富侯的爵位給他其他任何一個兒子，他會高興地連擺十天流水席，可薛天磊是他最能幹的兒子，離了他，敬國公府下一代會怎樣？

薛天磊一臉平靜地接過聖旨，謝過聖恩，塞了一個厚厚的紅包給福公公，讓大管家親自送出府。

福公公臨走時還替太后帶了句話給敬國公。「國公爺，太后娘娘請您明日進宮一趟，商量平妻人選。」

福公公的背影一出院門，敬國公就對著薛天磊揚起右手。

國公夫人舉著聖旨擋在薛天磊前面，見敬國公的手不得不頓住，冷聲道：「這不是好事嗎？老爺可以將您最愛的姨娘抬為平妻，也可以將您最愛的兒子立為掌家，真是恭喜了。對了，老爺，抬好平妻通知我一聲，我把府裡所有的帳目和管事權都奉上。」

薛天磊驚道：「娘，您……」

國公夫人握住薛天磊的手。「兒子，娘跟你去文富侯府，你會不會嫌娘累贅？」

薛天磊大喜。「娘，兒子就擔心娘您嫌兒子不爭氣，爵位低。」

國公夫人撫摸著薛天磊的臉。「兒子，娘有你這個兒子，娘很驕傲。」這麼多年，她憋屈受氣，緊緊握著管家權，也只是為了一對子女。現在兒子手持聖旨，自己掙來爵位，堂堂正正地出府，不，應該說是棄府而去，她還有什麼遺憾？她自己有豐厚的嫁妝，兒媳婦梅琳的嫁妝更是驚人，最重要的是，自己兒子的能力眾所周知，現在文富侯府裡那些賞賜就不可小覷了，他們何愁日子不舒坦？她幹麼還要為這個國公府操勞？不如等著抱孫子孫女！

「休想！」敬國公大怒。「妳是薛家的當家主母，休想離開敬國公府。」他傷心啊，他從來沒有想過要奪了夫人的管家權，夫人是名門閨秀，管家無可挑剔，裡裡外外周全有面子，哪個做平妻也代替不了夫人啊！為什麼髮妻嫡子都與他這麼離心？都想要離開他?!

國公夫人懶得理會，拉著薛天磊的手走了，搬家這麼大件事，他們還有很多要準備呢。

薛天磊封侯出府的事很快傳開，整個薛家「地震」了。老輩人愁啊，薛家一代不如一代，好不容易出個薛天磊從小就顯示出經商才華，大有薛家祖先當年發家之風采。現在這個唯一的奇才淨身出府，另外封侯，以後薛家無法指望他了，他再強薛家其他人也沾不到什麼好處。

薛家支系多，人口龐大，卻是能掙錢的人少，能吃喝玩樂的人大把。現在有太后娘娘在還好，太后百年之後，怎麼辦？

薛天磊不知道敬國公府裡人仰馬翻，他正在蓉軒莊園與鍾離浩幾人歡聚一堂。

「薛大哥，薛侯爺，恭喜你了。」安然俏皮地恭賀道。

「呵呵，就妳頑皮。這都要感謝偉祺向皇上舉薦我，要不然，現在我可能真的是破罐子破摔，被趕出薛家，或者躲在哪個山坳小鎮裡擺攤了。」薛天磊現在已經能很好地控制自己的感情，對著安然的笑容越發像個兄長。

鍾離浩笑著擺了擺手。「我可不能搶這個功勞，是然然聽說國公爺要收回七彩綢緞莊，又聽我嘮叨了你以前的事，斷定你這次不會容忍，追著讓我去向皇上舉薦，要幫你脫離敬國公府的，何況皇兄也是巴不得讓你幫他忙。」

薛天磊深深看了安然一眼，只有這個女子最瞭解他了。他這次確實抱了寧可不名一文也不再忍氣吞聲做牛做馬的態度。尊嚴，他要贏回自己的尊嚴！

安然不好意思了。「我也是有私心，我可不想以後都見不到薛大哥，還有很多生意上的事要跟薛大哥討論呢。而且皇上要發展銀行和郵政，還有其他正在籌備中的專案，都需要有經濟頭腦和管理手段的人。那個戶部裡的官員們，哪個指靠得上？」

說到皇上，鍾離浩的心裡又開始糾結，現在他腦袋裡的謎團就像一團麻越來越亂了，半點頭緒都找不出來。皇上近來越發勤於政事，在各方面都推出許多奇思妙想的舉措，皇上不但更加勤奮，也更加睿智，提出的眾多構想真是前所未聞。

而且，皇上經常讓他帶一些方案給安然，讓她提意見，安然也經常給皇上提出一些方案。他們寫的東西，他都需要聽他們解釋後才能想明白，可是他們看對方的方案好像一看都能理解，不需要任何解釋。他有時候甚至覺得，皇上和安然就是一類人，而自己，是多餘的。

他一方面不斷告誡自己不可以懷疑然然，另一方面卻不由自主地不安，甚至有時候還會自卑，他們都明白的那些東西他聽得卻很迷惑。

安然本來就是個善於察言觀色的人，何況是自己的心上人？鍾離浩最近的神色變化雖然掩飾得很好，還是沒有逃過她的眼睛。她本來是想等他開口問再說的，可是看目前這狀態，他似乎在強制自己全盤信任她，應該是不會開口了。

安然借著桌子和衣袖的遮擋，悄悄伸出手握住鍾離浩的手。鍾離浩微微一顫，隨即反握住她的手，並用大拇指在她掌心輕輕摩挲，似乎是在安撫，他們都是敏感的人！

安然越發心疼這個愛她至深的男子了，她暗暗決定，盡快把一切告訴他。

# 第七十七章　坦誠

正月裡，京城裡最讓人八卦又意外的消息來自敬國公府，敬國公最終也沒有抬青姨娘為平妻、薛天其為嫡子，而是選擇將姨娘早亡、跟著國公夫人長大、與薛天磊感情最好的三少爺薛天淼記到國公夫人名下，抬為嫡子。

這個正月，安然極為忙碌，因為有福生和秋思成親這件大事，還有，錦繡女子學堂在京城、福城和西北的安城同時揭幕，朝廷也對學堂予以各種支持，女學員可以選擇距離自己最近的學堂。

這麼一陣忙碌下來，兩件事擺在了眼前。一是君然要下場應試了，整個夏府都緊張起來，一切以少爺為重。二是鍾離浩出了孝期，欽天監提供了三個好日子給太后選擇，鍾離浩想也不想，就指著寫在最前的第一個日子——八月十九，還小聲嘟囔怎麼最早一個日子也要等這麼久？他好像沒有得罪過欽天監的人啊。

太后好笑。「成親是大事，哪有那麼倉促的？這還只有半年的準備時間呢。本來哀家覺得年底那個日子比較好。」

鍾離浩忙道：「別呀，皇伯母，年底多冷啊。」

皇后和太后身邊侍候的人忍不住都笑出聲來，成親怕冷嗎？這個冰山王爺竟然還有這樣說傻話的時候，太有趣了。

大地回春，萬物甦醒，蝴蝶兒翩翩舞倩影，蜜蜂兒嗡嗡採花粉……

過兩天就要下場考試了，除了清晨一個時辰的晨讀，安然不讓君然再抱著書本，她昨日已經讓人安排好了，今天春遊。

許先生得了安然的信，也給瑾兒、小諾和小午放了一天假。瑾兒一聽要出去玩，一早就過來安然的院子，圍著安然打轉，一個問題接一個問題，去哪裡？什麼時候出發？帶什麼吃的？能不能帶上小白和西西（小雪生的小狼狗，年前才送到京城來的）？

瑜兒抿著小嘴直笑。「沒看到大姊姊在忙著裝點心嗎？今天是陪哥哥放鬆的，你怎麼就記得自己玩和吃？」

瑜兒今年已經快十一歲了，一舉一動都有了大家閨秀的優雅風範，大長公主和安然都不是矯揉造作的人，耳濡目染，瑜兒也是大方清爽的性格，從不扭捏作態。

瑾兒撇嘴。「我擔心點心帶得不夠，把哥哥餓著了。」

眾人哈哈大笑，瑾兒終於不好意思，跑出去找君然了。

蓉軒莊園附近有一個小山谷，是黎軒採藥偶然發現的，空氣清新、風景優美，真正是有山有水有河流，山谷裡還藏著一片開滿各色鮮花的小草原。

安然一眼就愛上這裡了，一整個世外桃源嘛，看那草原上還有山崖上的各色花兒，安然決定給這裡起名叫「百花谷」。

瑾兒、小諾和小午剛學會騎馬，興致正濃，看到整片草原，興奮地跨上自己的小馬駒就撒開蹄兒跑。有護衛跟著，安然沒有攔他。小白和西西也歡快地吠著，追在後面。

黎軒和君然坐在豹子皮縫成的地毯上下圍棋，蓉兒靠在他身邊縫製小衣服。

舒安、舒霞等人帶著小丫鬟們鋪地毯、擺點心，在溪邊搭燒烤架……邊忙碌邊說笑。這麼美麗的地方，這麼歡樂溫馨的氣氛，這是不是傳說中神仙過的日子？

瑜兒則坐在距離他們不遠處的石頭上彈箏歌唱。

「今天天氣好晴朗，處處花兒開……」

愉悅的歌聲飄蕩在百花谷裡，讓所有人都心情舒暢。

鍾離浩牽著安然的手，順著小溪悠閒漫步，平日裡冰塊一樣的俊臉，今天滿滿都是溫情的笑容。

行到山腳下，安然指著小山上大約有六、七層樓高的一塊突出的大石板。「浩哥哥，你帶我飛上去好不好？」

「好。」鍾離浩先仔細察看了一番，找好幾個可安全借力的點，然後自己先踩點，幾個縱躍起落，飛到那個位置，四處看了看。這才飛下來，緊緊攬著安然再次上去。

安然雙手緊繞著鍾離浩的脖子，貓在他懷裡，感覺耳邊呼嘯而過的風聲，很快就落到了目的地。自己的眼光好啊，從這裡看下去，更美了！

鍾離浩看到安然笑得開心，自己也是心情飛揚，掏出別在後腰上的玉笛，笛聲悠揚，令人陶醉，正是鍾離浩不知不覺吹出來的〈三生三世〉。

安然一震，隨即釋然，這古代的士子教學是「六藝齊修」，她早已經知道鍾離浩也是多才多藝，尤以繪畫和弄笛為最。那天他在梅林外聽了兩遍，能夠記下來不奇怪，不過吹得如此熟練，呵呵，可見他心裡醋勁不小啊。

安然從身後圈住鍾離浩的腰，側臉靠在他寬實的背上，心裡充滿了柔情和密意。

鍾離浩身上一僵，笛聲戛然而止。

「不想問我什麼嗎？」安然柔聲問。

「然然，對……對不起，我不是有意的，我始終相信妳，我沒……沒有想問。」鍾離浩急急轉過身，緊緊摟住安然。

「可我想說，我不想讓你的心裡有疙瘩，你胡思亂想，我會心疼。」安然深情地看著鍾離浩。

鍾離浩被安然如此直白的表達震撼了，他一直相信安然心裡有他，但不知道有多少，有沒有像他愛她那般深，他有時還是會不安，因為他覺得皇兄越來越出色。

「然……然然……」因為激動得不可抑制，鍾離浩的聲音帶上了沙啞。

「吻我。」安然輕輕閉上眼睛。

頓了兩秒鐘，鍾離浩迅速反應過來，低下頭，含住那誘人的唇瓣，一點一點輕柔地舔舐吮吸，這是一個甜美持久的吻，似乎在纏綿地訴說他心底的愛戀。

鍾離浩的吻越來越熱烈，直到他感覺到心上人快要呼吸不過來了，才戀戀不捨地放開那芬芳的唇。

「浩哥哥，你愛我嗎？」安然的眼裡一片迷醉。

「愛，很愛。」鍾離浩不會說情話，但他此刻突然想起上次在君然那裡看到的各種花的花語。「然然，妳是我的生命，不，妳比我的命重要。」

安然踮起腳尖，主動吻上鍾離浩的唇，她相信他，相信他說的話，這確實是個視她如生命的男人。她確信她也愛他，她也要他，她要做他快樂的愛人、全心相愛的妻子。所以，她必須坦誠相待，沒有隱瞞。

重重吮了鍾離浩的舌尖一下，安然快速躲開了鍾離浩的反攻。「如果我不是這裡的人，你還會愛我嗎？」

「……」鍾離浩懵了，什麼意思？不是京城的人嗎？不，他知道安然所指的肯定不是這個。

「你有沒有聽說過借屍還魂？」安然深深看進鍾離浩的眼睛。「如果我告訴你我是來自另一個世界的人，我也叫冷安然，但不是大昱的這個冷安然，我在我的那個世界裡，從天上掉下來，醒過來的時候，就發現自己變成了現在這個冷安然。你知道，這個冷安然曾經在河裡抓魚，撞到大石頭上，昏迷了一天一夜，就是那時，我進了現在這個身體。」

鍾離浩不可思議地睜著好看的大眼睛，突然，那眼眸裡籠上一層惶恐。

惶恐？他害怕？安然的心刺痛，正要推開鍾離浩的懷抱，卻被他更緊地抱住了，沙啞的聲音也帶上了緊張和惶恐。

「妳為什麼告訴我這些，是不是妳現在要回天上去了？不，不行！我不管妳從哪裡來，也不管妳是誰，妳現在就是我的然然，妳答應過我我們屬於彼此，妳不能離開我！要走，妳要把我也帶走，我是不會離開妳的！然然、然然……不要離開我……」鍾離浩的雙臂死死圈住安然，似乎怕一個不留神，他的然然就飛走了。

原來他的惶恐是怕她離開，原來他怕的是失去她。安然幸福地流下眼淚。「浩哥哥，我是你的然然，我不會離開你的，你的手鬆一鬆，勒痛我了啦！」

鍾離浩聽到安然說痛，趕緊鬆了手勁，但還是把安然圈在懷裡。「妳真的不會偷偷回去？」

安然噗哧一笑。「回不去了，我在原來的那個世界已經死了。我們那個世界是未來，大概是一千多年後吧，但不是這個世界的未來，因為我們的歷史上沒有大昱這個朝代，也沒有前朝大瑨朝，但是在南北朝之前好像都差不多。我們那裡已經有了在天上飛的飛機，坐在飛機裡從京城到福城，只要一個半時辰。我就是因為坐的飛機出了問題，才從天上落下去死的，也才來到大昱。所以，回不去了，再也看不到我的家人了……」

「那就好，那就好！」鍾離浩緊摟著安然鬆了一口氣，忽然覺得自己這麼說好像很不對，然然看不到自己的家人，他還說好？「不是，然然，我……我不是那個意思，我是說妳不會離開我就……就好。」

安然反手抱住鍾離浩。「我知道。還好，在我原來的世界，我還有弟弟、弟媳，他們可以照顧我的老爸老媽……嗯，就是我的爹娘。」

鍾離浩突然想起安然酒醉那次的哭訴，原來她是在想念另一個世界的爹娘。他心疼地摟著安然輕言安慰。「妳弟弟會照顧好妳爹娘，他們一定會好好的。」

安然肯定地說道：「是，他們一定會好好的，我在這裡每天都祝福他們。還有，浩哥哥，你知道嗎？皇上也不是你原來那個皇兄了，他也是來自我那個世界，他來得早，就是你從死士手上把他救回來的時候，不過，他當年醒過來時把原來那個世界的事都忘了，腦袋裡只有現在這個身體的記憶，直到在清源峰上遇刺，腦袋再次被撞，才想起了一切。」

鍾離浩本來就是個聰明過人的人，鍾離赫前前後後的變化，加上一直以來所有讓他疑惑的事一串起來，什麼都想通了。他突然一臉酸酸地看著安然。「然然，你們在那個世界是……是不是很好，皇兄在那裡是不是很愛妳，妳……妳是不是也……也愛……」他很小氣，還是不想說出那個「他」字。「對了，德妃也是你們那裡的人嗎？」

安然對鍾離浩的醋勁是早有領教，不過這讓她心裡更加甜蜜。聽到鍾離浩以為德妃也是穿越的，忙道：「不是，她就是你們這兒的人，只是老天作弄人，德妃的長相和我在原來那個世界的長相一模一樣，甚至眉上那顆痣都一樣。」

這下鍾離浩不需要安然的回答了，難怪皇兄醒來後突然寵起德妃來，難怪皇兄說德妃跟他心裡的影子有關，難怪皇兄反對太后賜婚，難怪皇兄會唱〈三生三世〉給然然聽。還有一點他不需要問了，在他們原來那個世界，皇兄肯定經常聽然然唱那首〈茉莉花〉。

鍾離浩猛然低下頭，再次吻上安然的唇，這次的吻帶著霸道，帶著狂烈的激情，帶著對所有權的宣示，直到安然雙腿發軟，感覺自己的肺裡快沒氣了，鍾離浩才放過她的唇，轉戰那可愛的小耳垂，邊吮吸還邊宣告。「然然，現在妳是我的妻，是比我命還重要的妻，妳不要再愛皇兄，妳只能愛我。然然，妳只能愛我。」

安然被鍾離浩吻得都快站不住了，身上不受控制地顫慄，緊緊偎在鍾離浩懷裡。「浩，我愛你，很愛你，就是不想讓你胡思亂想，我才告訴你一切的。浩，相信我，我跟皇上，現在就是兄妹，是家人。」

安然的聲音裡，也染上了迷離的沙啞，聽在鍾離浩的耳裡，卻是最美的天籟，他真恨不得把安然揉進自己的身體裡。

「然然，叫我，說愛我。」鍾離浩的唇沿著安然柔美的臉部線條一點一點地移動，安然衣服上最高的那顆盤扣不知什麼時候被蹭開了，滾燙的唇鑽了進去。

「浩……我愛你……我愛你……浩……浩……」安然的聲音越發迷離。

鍾離浩靠在山石上，將安然的身體緊緊壓在自己身上，那鑽進衣領的唇在鎖骨的位置重重吮吸，似乎想在安然身上留下屬於自己的印記，安然身上帶著茉莉花味道的少女體香讓鍾離浩的身體幾乎要爆炸了……

帶著微微刺痛的酥麻感，讓安然整個人都癱軟在鍾離浩身上，身下有堅硬緊緊戳著她的小腹處，她能感覺到自己和鍾離浩的身上都燙似火，但她無力躲開，也不想躲開。她的腦袋裡一片空白，只有一個意識，她和這個男人心意相通，彼此視若珍寶。

好不容易，鍾離浩低吼一聲，放開安然，轉身撲在冰涼的山石上深深呼吸了好幾下，才狠狠地罵道：「欽天監那些老匹夫，看本王以後怎麼收拾他們！」

安然一愣，隨即反應過來，他這是又在抱怨婚期訂得太晚了，忍不住笑出聲。

鍾離浩一把又將她拉進懷裡，懲罰似地在她微腫的下唇上咬了一口，不過還是不忍心下重口，並不很痛。「幸災樂禍的小丫頭，沒心沒肺的小東西，等成親以後，看爺怎麼收拾妳。」

從百花谷回來以後，鍾離浩的心結完全打開，再幫皇上和安然傳遞摺子時也不糾結了，那些是他們在另一個世界裡都知道的東西，他不明白很正常，多聽聽就明白了不是？

皇上整日忙著朝政，有心大幹一場。安然關心皇上的身體，時不時讓鍾離浩帶上一些點心或者藥膳方子，鍾離浩也不吃味了，皇上不僅是然然的老大，也是自己的皇兄，他們都希望皇上身體健康。只是鍾離浩每次都會要點小報酬，不是親親，就是抱抱，安然被這個大冰塊的孩子氣搞得又好笑又好氣。

還有一點，鍾離浩很堅持，就是不要讓皇上知道安然已經把一切都告訴了他。

安然很奇怪。「為什麼？他都不怕你知道，你怕什麼？」

鍾離浩把安然摟在懷裡，不讓她看到自己的臉。「我什麼都不知道，他就只是我皇兄，妳就只是他弟媳。」

安然躲在他懷裡偷笑，這個小氣男人，黑芝麻餡的包子！

鍾離浩知道懷裡的小人兒在笑他，他也覺得自己挺「卑鄙」的，不過，什麼都可以大方，事關懷裡的這個小丫頭，他就小氣到底了，欠皇兄的，他在其他方面補償。

# 第七十八章　三元及第

轉眼就要到春闈放榜的日子，安然又開始「候榜症候群」了，成天老驢拉磨似地在院子裡打轉，什麼事都不能靜下心來做。她想不明白啊，前世等待自己的高考成績也沒像現在這樣失常。

好不容易等到放榜這一天，安然等不及人家報喜，非要親自去指定地點等榜單貼出來。鍾離浩和君然拗不過她，只好帶她一起去了，結果被瑾兒發現，又捎上了瑾兒、小諾、小午三個。

榜單貼出來的時候，才發現捎上這三個小鬼的好處，看榜的人黑壓壓一片，小諾和小午人小個子小，三兩下鑽進去，很快就又鑽回來了。

「第一個、第一個！」

「頭名、頭名！」

兩人一臉激動，邊喊著邊向馬車跑來。

周圍的人聽到喊聲，齊唰唰地都看過來，誰啊？這麼厲害，頭名會元！

君然差點沒從馬上跌下來，他知道自己肯定能考中，成績應該也不會太差，但是真的沒想過能考頭名，畢竟，他才十六歲欸。

因為此處人多，不想讓人認出來，鍾離浩陪著安然坐在馬車裡等。聽到小諾和小午的聲音，安然激動地看著鍾離浩。「頭名？浩哥哥，你聽到了沒有？是不是小諾他們在喊頭名？我沒聽錯吧？」

鍾離浩摟過安然，在她嘴角吻了一下。「沒錯，是頭名，他們一個在喊『頭名』，一個在喊『第一個』，妳沒聽錯，君然不但是解元，現在又中了會元。」

此時，君然和瑾兒也進馬車來了。「姊，我中了，是頭名，呵呵，是頭名！」

下一秒，小諾和小午也奔了上來，小午喘著粗氣。「小……小姐……少爺的……名字在……在第一個，我……我看得清清楚楚……夏君然三個字……呵呵。」

小諾也兩眼亮晶晶地直點頭。「上面有一百個名字呢，我就往最前頭看，結果一眼就看到君然哥哥的名字在第一個。」

安然一把摟住君然。「君兒，你太棒了，姊為你驕傲！」

君然長這麼大了還被姊姊抱著，臉唰地一下就紅了，不過還是捨不得掙脫。「姊，謝謝妳，沒有姊，君兒什麼都沒有。」

鍾離浩看著兩張幾乎一個模子刻出來的臉，也跟著激動，兩手一邊一個輕拍著他們的肩背。「好事，好事，我們回去慶祝，還要讓人給大將軍王府和黎軒他們報喜去呢。」

安然他們剛回到大長公主府，官衙報喜的人也到了，大管家自然又封上幾個大紅包，喜得報喜的人見牙不見眼，吉祥話、喜慶話不要錢地拚命往外倒。

很快，消息傳來，冷安松和冷紫鈺也上了榜，安松排在六十二名，紫鈺險險的，倒數第二。安和今年也上榜了，第七十八個。還是安卉的未婚夫名次比較靠前，排在第八。

不過，重頭戲還是一個月之後的殿試，現在鍾離赫的心思都在「發展經濟，壯大國力」上，選拔人才自然也著眼於「強國」。

君然的策論被所有考官一致高分推薦出來，很快擺在鍾離赫的案上。

鍾離赫一看，思路清晰，條理分明，著眼點特別，闡述角度獨具一格。最讓他吃驚的是，很多想法似乎不是這個年代的人能夠想到的，難道這位考生思想如此前衛？或者，根本也是穿越的？

當君然被欽點出來，站在大殿上答辯的時候，鍾離赫一看到那張臉就什麼都清楚了。難得的是這位十六歲的少年，不畏首畏尾，也不誇張倨傲，神色一派自若，被眾考官咄咄逼人地連續問了一串問題，都不慌不亂地回答，觀點獨特，還都能自圓其說，絲毫不會給人牽強之感，安然整理的那幾百上千份「課外資料」可不是白看的。

最後，毫無懸念地，君然成了大昱歷史上最年輕的狀元郎，還是第一位讓十名考官無一人有異議、全票通過的狀元郎。

鍾離赫看著那張跟安然一模一樣的臉，眼神裡也帶上了驕傲，這是他的然然培養出來的弟弟，自然卓爾不凡。

京城又一次轟動了，三元及第啊，十六歲的小兒郎贏得三元及第的榮耀，可不是文曲星下凡？

安然如願以償，美得不行，同時還不忘商機。百香居很快推出了「三元及第」系列，有三元糕、三元餅，還有前所未見的三元奶茶。

大昱本沒有生產紅茶，只因為安然有一次突然想起鍾離赫前世最愛喝紅茶，自己又曾經在網上看到過關於紅茶和綠茶的區別，以及製作工藝的資料，便「回憶」出具體方法，讓莊子上的人試驗，果真給搗鼓出來。這下安然自己就饞起奶茶來了，馬上接著搗鼓，成功之日剛好趕上君然中狀元，就直接命名三元奶茶了。

美麗花園也推出「三元娃娃」大公仔，還有麗美銀樓的「三元金鎖」，購買者都可以得到一張君然親筆簽名的紀念卡。

安然、君然名下的所有店鋪都推出了限量特別貴賓卡，一時之間，能搶到一張限量卡，幾乎成了特別得意、特別能代表身分的美事。

大長公主府本打算擺三天流水席的，大將軍王親自過來跟大長公主「討價還價」整整半日，大長公主才看在君然姓夏的分上「勉強」讓步，大長公主府擺第一天，大將軍王府接著擺兩天。

大長公主府和大將軍王府一派歡天喜地，冷府卻是愁雲慘澹，因為大老爺冷弘文的眉頭緊緊擰在一起，十幾天了都沒有鬆開過。

按說冷府也有喜啊，雖然大少爺冷紫鈺最後被刷下，但二少爺冷安松進了二甲，賜「進士出身」。二房的大少爺冷安和也進了三甲，是三甲頭名。準姑爺（安卉的未婚夫婿）更是新科探花。

可是，府裡下人別說得賞錢了，一個個連大氣都不敢出，就怕不小心惹到了一張閻王臉的老爺。

冷弘文一個人在書房裡，站在窗邊望著天上的月亮，又快到十五了，月亮又快圓了，可是他和他的嫡親兒子此生還能否團圓？

書房的桌上、椅上、地上，到處都是橫七豎八的酒罈子。可是，不善飲酒的他卻始終沒能醉過去，還是清晰地記得一切。

狀元遊街那天，他也偷偷去看了，騎在馬上的君然一身狀元袍，英姿俊朗、意氣風發，像極了當年的自己，不過要比自己強多了，君然可是連中三元，而且，他才十六歲。

君然似乎感受到灼熱的目光，回頭看了他一眼，無喜無恨，無波無痕，就如看那觀望人群中的任何一人。

嫡子，他唯一的嫡子啊！本來他有機會認回這個兒子的，是他自己放棄了，他為了安松四個，為了冷府的顏面，親自放棄了。

冷弘文拿起一罈酒對著自己澆頭倒下……

冷老夫人聽說兒子獨自關在書房喝酒，在冷安松的攙扶下匆匆趕來。「文兒，你這是怎麼了？在發什麼酒瘋啊？」

冷弘文盯著他們看了半天，突然指著冷老夫人大罵。「是您，都是您！是您害得我妻死子散！是您害得我被世人恥笑！我好不容易娶得雲兒進門，讓冷家有房有田，讓您成了老夫人，您為什麼就是不能善待她？要不是您非得把那個賤人林雨蘭弄進門，要不是你們林家這群混帳，我的雲兒怎麼會死？我的兒子怎麼會不認我？我的女兒怎麼可能這麼恨我？是您，都是你們林家害了我！滾！都給我滾出去！」

冷老夫人一屁股坐在地上大聲嚎哭。「作孽啊，不孝啊，我辛辛苦苦把你養大，供你讀書，你這個孽子竟然這樣對我，老天怎麼不劈死你這個大逆不道的不孝子？」

「嘭」地一聲，冷弘文才灌了幾口的一罈酒又摔在地上。

冷弘文仰天大笑。「不孝？哈哈哈，我不孝！我不仁不義、忘恩負義！哈哈哈……老天祢劈死我吧！哈哈哈哈……」

冷老夫人嚇呆了，面色慘白地坐在那裡一聲都不敢再發，這個大兒子真的發瘋了不成？

冷安松也被父親的癲狂嚇到了，他也恨啊，自己苦讀了近十年，只是勉強進了二甲，君然不過讀了三年書，竟然連中三元，老天真的那麼偏愛他們姊弟嗎？還是，真的是他姨娘造孽，報應到他們兄妹身上了？

聞訊趕來的謝氏忙勸老夫人回去，自己讓人抬著冷弘文回院子，冷弘文嘴裡仍然在不停地喊著——

「不孝……不仁不義……忘恩負義……哈哈……不孝……」

# 第七十九章 冒出一個未婚妻

安然和君然自是不知道冷府的「母子對抗」大戲，也不會去關注，他們忙啊！

君然在等待朝廷的安排，按照慣例，一甲三名都是直接授予官職，多是先進翰林院當差，也算是一種實習和鍛鍊，之後再酌情調遣提升。但是君然太年輕了，還未滿十七歲呢，真是不好安排啊！

君然自己倒不急，他從鍾離浩那裡要回安然的那些「課外資料」謄抄，一來再好好地理解消化一番，盡力學著像安然要求的那樣舉一反三，延伸思考；二來也是練字；三來嘛，那個準姊夫小氣又霸道，明明是從他這兒搶去的，給他的時候卻說：「是借給你的，要還。」

唉，看在他真心疼愛姊姊的分上，就不跟他計較了。準姊夫也是愛重姊姊，才會這麼霸道的不是？只要他一直這麼對姊姊，別說謄抄一遍資料了，讓自己做什麼都願意啊。

安然則是忙著賺錢，在「三元系列」的帶動下，本來就很火熱的各項生意真的是錦上添花，越發興隆。

一向與安然姊弟同歡喜的鍾離浩近來卻很是哀怨，「哀怨」的起因是蓉兒和陳之柔同天生下一個小美女和一個小帥哥，兩個粉雕玉琢的寶寶啊，誰看見都愛不釋手。尤其黎軒的女兒貝貝，才長開幾天就能看出是個絕對的美人胚子。這也不奇怪，以黎軒和蓉兒的容貌，這要不是個小仙女才奇怪呢。

黎軒是恨不得成天抱在手裡，真真是含在嘴裡怕化了，捧在手裡怕摔了，看得鍾離浩「妒火中燒」，抱著安然「啃」了半天當作心理補償，完了又罵了欽天監那些人一番。安然真心同情欽天監那幾位老人家啊，何其無辜！鍾離浩現在是又想去看小貝貝，看完又總是「哀怨」地看著安然撒嬌，尋求心理安慰。

這日，兩人看過小貝貝後從蓉軒莊園回去，剛一上馬車，安然又落入某人的懷抱。

「熱，坐開些。」現在天氣已經轉熱，但還沒熱到在車廂裡放冰塊的程度，安然嫌棄地推著某人。

「我沒有女兒抱，只有抱然然了，不許嫌棄我。」鍾離浩很是委屈。

安然一揚眉。「什麼意思？如果你有女兒，就不抱我了？」

鍾離浩一愣，隨即很狗腿地笑道：「抱，當然抱，左手抱然然，右手抱小然然。」想到然然和一個香香軟軟的小然然同時在自己的懷裡，鍾離浩「呵呵」傻笑起來。

安然撫額，這是同一個人嗎？在人前永遠一張凍死人不償命的冰山臉，到她這裡就耍賴、撒嬌、賣萌……什麼都玩。

兩人嬉鬧了一陣，快到城門的時候，鍾離浩又出去騎馬了，腦袋裡還在想著抱小然然的美事呢，一眼瞥見城門處一個熟悉的身影一閃而過，雖然那人多了一臉大鬍子，但他還是一眼就認出來了。可是，怎麼可能？那個人已經死了七、八年了，屍體都燒得面目全非。

面目全非?!是啊，他們當時只是憑著那人身上掛的玉珮確定他的身分，可玉珮並不是長在身上的啊。不行，他還是要讓人小心留意才好。要不要先跟皇兄提一下？不，還是等查出點眉目再說吧，皇兄現在忙得很，就不要給他添煩惱了。

鍾離浩這麼一路盤算著，就到了大長公主府。

兩人先去給大長公主請安，回到安然院子裡，剛坐下喝了口茶，北戰就匆匆趕來，好像有什麼急事要說，可是看了看安然，又合上了嘴。

安然正想迴避，鍾離浩伸手拉住了她。「我沒有什麼事是不能讓然然知道的，妳坐這兒。」

北戰見鍾離浩理都不理他，一副「你愛說不說」的態度，只好硬著頭皮回報。「何夫人……就是以前的長平郡主，帶著她的兩個女兒來我們府上投奔，吳太妃留她們住下了。」

長平郡主？晉王妃？這麼巧？鍾離浩心裡的懷疑越發堅定了。

他一瞥北戰。「願意留就留好了，她帶進王府的女人還少嗎？那何夫人的兄長畢竟救過我父王，她祖父又是開國功臣，皇兄既已赦免了她們母女的罪，也沒必要忌諱，你慌什麼？」

安然雖然不知道那個什麼長平郡主是什麼人，但她知道吳太妃一直在算計鍾離浩，以各色藉口前前後後留了不少美女在王府小住，北戰是怕她吃味，所以支支吾吾不敢說吧？

北戰急道：「爺，那何夫人說她的大女兒是您的未婚妻呢！說是先太妃訂下的，她手上還有先太妃給的信物！」

鍾離浩一口茶剛進嘴，「噗」地一下全部噴了出來。「信物，什麼信物？」

北戰被噴了一臉的茶水，也不在意，他此刻心急著呢，他家爺有多寶貝安然郡主，他們這些人可是清楚得很，現在突然又冒出一個未婚妻，惹惱了郡主可怎麼辦？

他連臉上的茶水都沒心思去抹，著急道：「是先太妃的那塊青玉梅珮。」

鍾離浩先是一愣，然後竟然笑得一臉燦爛。

北戰和站在一邊的南征心裡都直哆嗦，他們家爺會這樣笑，基本上就是兩種情況——如果在安然郡主面前，那是真的高興；如果不是，多半是有些人要倒大楣了。

可是，現在是什麼情況？安然郡主是在這兒，可這笑臉明顯是對北戰剛才說的那句話，應該跟郡主沒有關係。

鍾離浩對還在呆愣愣的南征和北戰說道：「你們到外面等我，我們一會兒回府去看那幾個女人唱大戲。」

待兩人出去，鍾離浩攬過安然。「這麼平靜？不怕我被那些女人算計了去？」

安然狡黠地笑笑。「能算計到我們家浩哥哥的女人，她娘都還在她外祖母肚子裡呢。再說了，那麼容易被女人算計走的男人，本郡主才不要。」

鍾離浩得意地輕咬了一下安然的鼻尖。「我已經是郡主殿下您下了定的人了，可不許退貨。對了，定禮呢？那塊梅珮，郡主殿下您有帶著吧？」

安然背對著門，從衣領裡掏出那塊一面雕著梅花、一面刻著歲月靜好四個字的玉珮，自從他們的感情確定下來，安然就一直隨身佩帶著它。

鍾離浩把帶著安然體溫和體香的玉珮放在唇邊吻了一下，還深深吸進一口氣。「好香，然然的味道。」

然後看著安然迅速紅得滴血的小臉哈哈大笑，緊緊摟著安然嘆道：「還好，再過不到兩個月我們就成親了，否則我可真的要憋出病來。」

安然躲在鍾離浩懷裡咕噥。「是誰傳言你不近女色來著，真是沒有眼力勁兒。」

鍾離浩在安然耳邊低笑。「那是因為在我眼裡，只有我的然然才有女色。」

鍾離浩一回到王府，就被吳太妃請去見客，他也沒有拒絕，很爽快地就去了。

大廳裡，吳太妃的對面坐著一位身穿蜜粉色外衣的女人，也就是被奪了郡主名號的前晉王妃何玉何夫人。

按年齡計算，她應該跟吳太妃差不多大，但曾經的變故讓她明顯憔悴了很多，頭上也沒有吳太妃那麼多珠翠環繞，只有兩根銀簪子和一支鎏金珍珠步搖。

看見鍾離浩進來，那女人和身後站著的兩個年輕女子趕緊站起身，都一臉驚豔地看著他。

吳太妃笑道：「王爺快來見過何夫人，她的兄長可是救過老王爺，何夫人跟你的親娘也是感情極好的手帕交呢。」

鍾離浩略一點頭表示見禮。「何夫人請坐吧，妳的兄長曾經救過父王，父王也曾經救下妳們母女幾人的命，大家算是熟人，妳們剛來，路途辛苦，就不用給本王見禮了。」

吳太妃一愣，恨得直咬牙，這個鍾離浩實在太難對付了。

那何玉也很快明白了自己在這看似年紀輕輕的王爺面前，並沒有什麼面子可倚仗，而且好像並不受歡迎。也是，這位爺可是當今皇上最愛重的堂弟，一人之下萬人之上的親王，且以冷酷著稱，人稱「冰山王爺」，她早就應該想到沒有那麼容易糊弄的。

何玉趕緊拉著兩個還在發愣的女兒跪下。「民婦何氏見過王爺，王爺萬福。」

鍾離浩淡淡道：「起吧。」連多一句客氣話都沒有。

待何玉落坐，吳太妃趕緊說道：「王爺，是這樣的，你的親生母親曾經跟何夫人訂下了娃娃親，就是你和何夫人的大女兒何月瑤的親事，喏，就是何夫人身後穿黃色錦裙的那位姑娘。」

何月瑤正兩眼亮晶晶地看著鍾離浩，此時聽到老王妃的解釋，臉上染滿紅暈，羞澀地略略垂下眼眸，實際上還在偷看。

誰知鍾離浩連眼皮子都沒抬一下。「本王從來沒有聽父王說過這件事，何夫人為何此時才提？在本王父王母妃都不在的時候才提出來，讓本王怎麼相信妳的話呢？如果誰都來這麼一下，本王的王府豈不是要擴建了？」

何玉忙道：「當年出了變故，民婦帶著兩個女兒回到瓊州。三年前瑤兒及笄，本想上京城跟老王爺商量親事，正準備出發就聽到老王爺過世的消息，後來我又病了一場，所以一直等到三年後才來。瑤兒今年已經十八歲了，若不是死守著我與你娘訂下的婚約，也不會一直拖到現在還待字閨中。」

吳太妃也道：「你父王以前倒是跟我提過幾次，我還以為你也知道呢。」

鍾離浩似笑非笑地看了吳太妃一眼。「哦？太妃聽父王說過？那就是太妃您的不是了，太后娘娘賜婚的時候您就該提出來啊。」

吳太妃一噎。「我……那時……她們這麼多年都沒有消息，我以為她們是不是不在了，或者出了什麼變故，加上是太后娘娘賜婚，我們也不能拒絕不是？」

何玉抹了抹眼淚。「不怪吳太妃，我們沒有什麼盤纏，又沒有可託付的朋友，所以一直沒能聯繫上王府，要怨恨只能怨我們瑤兒命薄，攤上那樣一個父親那樣一場變故。」

吳太妃趕緊轉移方向。「王爺，我們這樣的人家最重承諾，何況是你親娘為你訂下的親事？剛才我也跟何夫人說了，王爺新訂下的王妃是身分貴重的安然郡主，又是太后娘娘親自賜婚，瑤兒即使是先太妃訂下的原配，也只好退一步，委屈為側妃了。好在瑤兒懂事，對王爺一片情深，已經應下了。」

鍾離浩冷聲道：「別呀！如果真是本王母妃訂下的親事，本王這個做兒子的，豈能違背親娘的遺願？自然是帶上妳們母女去求皇上和太后改立我母妃選定的媳婦為正妃。」

何玉母女三人大喜，尤其那何月瑤，激動得手腳都打起哆嗦來。

吳太妃卻是心驚，她直覺到鍾離浩「不懷好意」。

果然，鍾離浩接著問：「本王的母妃既是有意訂親，必然有給信物吧？只憑何夫人一面之詞未免太過荒唐。太妃說先前聽父王提過，可是您也知道，太后娘娘對太妃您的話一向不是很相信。」

吳太妃幾乎要當場暈過去，雖然鍾離浩說的是事實，太后不可能採信她的話，可是當著何玉母女和眾多丫鬟婆子的面就這樣直接地說出來，也太不給她面子了吧？

何玉也怔了一下，她知道吳太妃這個繼母與慶親王的關係並不好，否則也不會幫她們，可是她真的沒想到吳太妃在王爺面前這麼沒面子，而且依王爺所說，太后娘娘應該也很不喜歡吳太妃。

不過現在不是關注吳太妃的時候，反正她們手上確實有信物，趕緊先搞定這門親事才是最重要的。

何玉對身後還在作夢的何月瑤說道：「瑤兒，快將妳婆婆留下的青玉梅珮拿出來，所有人都知道，薛家太夫人傳下來的牡丹、梅、竹三珮是獨一無二的。」

何月瑤從荷包裡取出一塊玉珮，羞答答地走到鍾離浩面前，雙手奉上。鍾離浩一個指頭都沒動，南征伸手從何月瑤手裡接過玉珮放在鍾離浩面前的几子上。何月瑤大窘，可不敢說什麼，訕訕地回到自己母親身後。

鍾離浩瞄了那玉珮一眼，閒閒地說道：「世人只知其一不知其二，何夫人可知道這梅珮的獨特之處在哪裡？這玉珮上的刻字和雕花都很容易模仿，本王的父王就曾經仿製了一塊隨身佩帶，以紀念亡妻。」

吳太妃和何玉母女一聽這話紛紛變了臉色，吳太妃恨聲道：「王爺這是什麼意思？王爺想悔婚也就罷了，還想誣陷本妃嗎？本妃好歹是你母親。」

鍾離浩的語氣依舊閒閒的。「太妃這麼激動做什麼？這玉珮是何夫人的，她都還沒開口呢。真的假不了，假的真不了。我們這就進宮，請太后娘娘和皇上看看不就知道了？太后娘娘那兒剛好有牡丹珮呢，一對比大家都能看到。不過這塊梅珮如果是假的……何夫人，妳們可就是犯了欺君之罪！」

何玉幾人更不淡定了，她們都知道這梅珮是吳太妃在老王爺過世時偷偷藏起來的，難不成真是仿製的那塊？

何夫人顫聲道：「王爺，這梅珮可是先太妃當年親手交給我的，您看這玉質，還有這雕工，怎麼會是假的呢？王爺實在不想認這門親就直說吧。」

鍾離浩冷哼一聲。「今天本王就讓妳們長長見識，薛家太夫人的三珮獨一無二之處就在於那玉珮的玉質。玉珮看起來是綠色的，放進水裡卻變成透明的，讓人只能看見那雕刻在玉上的牡丹、梅或者竹，還有『歲月靜好』四個字。這一點才是三珮獨一無二、無法仿製之處。當年父王想把梅珮隨時掛在腰間紀念母妃，可又怕磨損或者丟失，就請皇上身邊的福公公照著仿製了一塊。妳們應該都聽說過，福公公愛好雕玉，而且手藝極佳，只是……呵呵，福公公喜歡在他的作品上都留下他特有的記號。」

吳太妃幾人已經開始冒冷汗，吳太妃甚至要伸手奪那玉珮，只是南征眼明手快，先把那玉珮拿在了手中。

鍾離浩冷聲道：「妳們信不信都沒有關係，進了宮，把這塊梅珮和太后娘娘那塊牡丹珮同時放進水裡，不就知道到底是真的梅珮還是父王仿製的那塊了？剛好那福公公也在呢，不用擔心本王會誣陷妳們。」

吳太妃和何玉幾人的腿腳已經開始打抖了，其實只要鍾離浩說的這些話是真的，只要真的有一塊仿珮，那麼無論這塊珮是真是假，都已經證明何玉她們在說謊。

老王爺是在先太妃死後才拿梅珮去找福公公仿製的，那麼，先太妃又是什麼時候把梅珮給何玉做定禮的呢？託夢？狡辯說老王爺當時是向何玉借去的？可是她們不知道到底是哪年仿製的啊！

這時北戰端來一盆水，南征把那塊梅珮放入水中——並沒有任何變化……

鍾離浩冷哼一聲。「既然知道薛太夫人的三珮獨一無二，好歹也先打聽一下到底為何獨一無二再拿梅珮說事！南征，帶上這塊梅珮，送何夫人一家去府尹那兒喝茶。」

何玉撲通一聲跪下，拚命磕頭。「王爺恕罪，王爺恕罪，先太妃當年確實說過要訂娃娃親，只是還沒有交換信物，吳太妃聽我說了舊事，同情我們才將這塊玉珮給我們的。求王爺恕罪，瑤兒她們姊妹什麼都不知道啊！」何月瑤和何月盈也趕緊跪在何玉身後。

吳太妃也面色發白。「是……是這樣的，我……看她們母女這麼誠心，死守著婚約，又沒有信物……就……就將你父王的這塊珮給她們了。」

鍾離浩眯起了眼。「對了，有件事本王還沒跟太妃提呢，前日裡父王生前的一個親兵統領說父王曾經答應將鍾離菡許配給他，本王是不是要應下呢？人家可是真的拿得出父王留下的信物呢，還有眾多親兵為證。鍾離菡畢竟是父王的女兒，本王就替她討個體面，請求皇后娘娘為他們賜婚如何？」

吳太妃急得跳起。「胡說，他說你就信啊？什麼信物？你父王他三天兩頭就賞賜那些人，隨便拿出一個就能說是信物嗎？」

鍾離浩似笑非笑地看著她。「太妃的意思是父王的親兵統領、大昱朝忠心耿耿的兵士，還不如一個前朝叛軍統領、廢王爺的女人可信嘍？」

吳太妃的後背已經被汗水浸濕，她深知，鍾離浩完全有能力、也狠得下心來將某個親兵統領和鍾離菡的「婚約」坐實，那可是她唯一的親生女兒！

吳太妃這次真真是搬起石頭砸了自己的腳，可是，為了鍾離菡，她不得不低頭。「王爺，都怪本妃心太軟、耳根子軟，其實想想，婚姻大事哪能只聽一面之詞呢？」怨只能怨自己從來不瞭解老慶親王！

鍾離浩冷哼一聲，甩手走了，南征收好那塊仿製梅珮，趕緊跟上。

北戰臨走前還很不解恨地瞪了何玉母女一眼。「王爺大婚在即，不屑被妳們破壞心情，這次就放妳們一馬，想在京城待著就安分一點，什麼垃圾貨色，也想算計我們王爺?!」

鍾離浩主僕三人走了，院牆拐角處閃出一個滿臉陰鬱的人，正是鍾離麒。

# 第八十章　待嫁

安然確實一點不擔心鍾離浩那個面癱狐狸，她此時正在君然的書房裡「交割遺產」。

君然已經開始任職了，皇上親自任命的六品「御前執筆」，相當於皇上的秘書，幫皇上整理資料、記錄要事。

狀元直接任七品官職的較多，但六品的也不是沒有，值錢的不在於品級，而是「御前」二字。君然是大昱史上第一位參加每天早朝並站在殿內的六品官，也是頻繁出入御書房的低品級官員。

安然進屋的時候，君然正在謄抄一份資料，見安然親自端著的薏米紅棗羹，趕緊放好筆伸手接了過來。

安然笑咪咪地看著君然喝了羹湯，向冬念望了一眼。

冬念明瞭，將手中的妝奩盒放在桌上，帶著眾丫鬟退了出去。

安然打開妝奩盒。「這是娘最後留下的產業和財物，我已經將麗美銀樓、百香居、京郊的兩個莊子還有夏府，都過到了你的名下。這些珍珠和首飾，我留一半作為念想，另一半等你成親的時候，我代娘交給你媳婦。娘留下二十八萬兩的銀票，我添了十二萬，這四十萬你收好。」

君然大驚，一口拒絕。「姊，這都是娘給妳留下的嫁妝，還有妳自己掙來的，怎麼能給我？我已經長大，是男子漢了，可以自己掙下產業。姊，妳疼我，給我留下夏府和一個莊子就夠了。其他都作為妳的嫁妝，他們都說了，嫁妝豐厚才不會被婆家欺負。」

安然瞋了他一眼。「男子漢怎麼了，男子漢就不要娘和姊姊了？我告訴你，君兒，你就是八十歲，還是我弟弟，還要聽我的話。」

君然忙道：「姊，我到一百歲都聽妳的話，但是這些東西我不能收，這些都要作為妳的嫁妝才行。」

安然姊弟一向沒紅過臉，這次卻為了財產爭執起來，甚至玩起了冷戰。不過，人家爭產爭的是「要」，他倆爭的是「不要」。安然第一次發現，這個古代原裝的雙胞胎弟弟，執拗起來絲毫不輸於她。

鍾離浩看著兩張緊繃的臉苦笑，這要是爭著要銀子吧，他倒是可以拿出自己的銀子給他們勻勻，現在是爭著不要，他總不能說：「你們都不要，給我好了。」

沒辦法，小妻子不能得罪，小舅子雖然不能訓斥但可以忽悠啊，鍾離浩果斷地決定「黑」一下自家純良的小舅子。

於是，君然被鍾離浩拉到書房裡「懇談」了半個時辰，出來的時候，君然乖乖地找到了安然。「姊，妳不要生氣了，那些店契和銀子我都收下就是，反正我的就是姊的，姊任何時候需要了，再回來拿。」

安然大喜，抓來鍾離浩求教。「快說說，你是怎麼說服那個固執的熊孩子的？我好說歹說都說不通，你這三兩下就把他搞定了？」

鍾離浩得意地指了指自己的唇，安然知道他這是又「敲詐」上了，不過誰讓自己的好奇心太旺盛呢，只好認命地獻上香吻一枚。

如願得了便宜的鍾離浩笑得像隻千年老狐狸。「我就跟君然說，我們慶親王府是個空殼子，產業都被那個太妃和眾姨娘庶子敗光了。如果然然妳把所有財產都陪嫁過去，娘家又沒有足夠的財勢，早晚被那群人吞了。那樣的話，嫁妝越多，妳就越危險，不如留一些在娘家，一來壯大娘家聲勢，二來也備個萬一。」

安然捶了鍾離浩一下。「以為你多大能耐，原來是忽悠我們家君兒呢。」

鍾離浩一揚眉。「這不是忽悠，是策略。打蛇要打七寸，說服人的重點是要看那人最在意什麼，君然最在意的就是妳在王府能過得好。」

婚期將近，安然的娘家人眾多，準備好的嫁妝也是驚人。

大長公主早就讓鍾離浩偷偷報了新房的尺寸（當時還未出孝期，不好大張旗鼓地上門丈量），做了全套紫檀木家具，還準備了三百抬塞得嚴嚴實實的嫁妝；大將軍王府也準備了三百抬；為了不逾越大長公主府和大將軍王府，黎軒和蓉兒準備了一百五十抬，但其中一整大箱的名貴藥材可不是一般富貴人家可以弄到的；聽說冷弘文和謝氏也結結實實準備了一百抬。

鍾離浩原本計劃六百六十六抬聘禮，一般情況下，聘禮都將作為嫁妝返回的，只是這樣一來這麼些嫁妝多占位置？安然連連嘟囔著不划算，還不如折合成銀票放著呢。於是，鍾離浩決定，聘禮最終壓縮成三百三十三抬，其餘的直接用金元寶和銀票壓箱底。

王妃有專門規制的禮服，成親那天是不能穿普通嫁衣的，幸好安然精心準備的嫁衣與傳統嫁衣很不同，成親第二日、回門或其他大日子也都可以穿，倒是沒有白白浪費。

在鍾離浩的強烈要求下，安然還親手做了三套情侶睡衣和兩件情侶睡袍，另外還給鍾離浩做了三套裡衣。

因為這幾項女紅任務，待嫁的日子，安然是忙碌的，鍾離浩是焦急的。

當日子來到倒數第七天的時候，鍾離浩和安然躲到「豪客來」自己專用包間裡過著「二人世界」。今天晚上，安然就要回冷府待嫁了，之後的六天到成親前，安然和鍾離浩都不能見面。

鍾離浩強制安然坐在自己懷裡，摟著她咕噥。「然然，我真要六日都不能見到妳了嗎？我夜裡偷偷去瞧妳可好？每日就說幾句話也好啊。」

安然好笑。「六日之後我們就天天在一起了，到時候你都要覺得膩味了呢。」

鍾離浩看著懷裡嬌笑呢喃的寶貝兒，笑著吻了上去。「寶貝然然，跟妳在一起，一輩子我都嫌不夠，怎麼會膩？」

鍾離浩的吻從輕柔到熱烈，從溫情到狂熱，如這盛夏的驕陽……

現在天氣熱，穿著單薄，兩人的肌膚隔著薄薄的布料灼燙著彼此，加上鼻尖縈繞著的安然獨有的香氣，鍾離浩感覺體內有一種說不出來的躁熱，似乎有什麼東西在他的血管內瘋狂攪動，讓他血脈賁張，又似乎有人拿著毛刷子在撩撥他的心，讓那種癢癢的感覺從骨子裡滲出來。

就在鍾離浩殘存的一絲理智即將崩潰的時候，他咬著牙放開了安然，大口喘著粗氣。「寶貝然然，我忍了這麼久，洞房那日，妳可要由著我才行。」

剛回過神的安然臉上唰地一下又是紅雲燃燒，這個人真是……什麼話都敢說！不過想想剛才她真的有點後怕，感覺鍾離浩就像一團火，幾乎要將她融化……

為了轉移鍾離浩的注意力，避免擦槍走火，安然不肯再讓鍾離浩抱在懷裡了，保持一定距離，拉著他坐在窗前看風景。當然，安然躲在聚攏的紗簾後面，他們的包間又是在二樓，她可以看到外面的情景，外面卻不易看到她。

「豪客來」建在坡地上，面對著京城最繁華的商業街。因為地勢高，又在二樓，站在窗邊往外看，視野開闊，還有一種「居高臨下、俯瞰四野」的氣勢。

鍾離浩一邊玩著安然的小手，一邊跟她說何玉母女的事。「鍾離麒要納那何月瑤為貴妾，她們恐怕就要這樣賴在王府了。」他沒說的是，自己倒是希望那母女三人待在王府，待在自己的眼皮底下，這樣他的人監視起來也方便，不容易被發現。

安然好奇道：「那個什麼晉王是異姓王吧？」否則何月瑤就是鍾離麒的堂妹，怎麼能通婚？不過安然所知道的大昱開國以來的兩位異姓王都是武將，一位是昱元帝的拜把兄弟，在戰場上拚死救過昱元帝，開國後被封為一字並肩王，雖然不是世襲罔替，但他的子孫還是得了一個世襲的爵位——威國公。

另一位就是她的外祖父大將軍王，襲五代，但繼承爵位的必須是能帶兵打仗，夠將軍資格的子孫。

而「晉王」這個封號聽起來更像是皇家子嗣。

鍾離浩點頭。「是，他在我們大昱是異姓王，但他也是大瑨朝的皇室後人。當年，他的父親是大瑨的晉王世子，他的母親，也就是晉王世子妃，並不受寵，為了避免側妃和其他姬妾的謀害，躲到莊子上養胎，無意中救了我的皇伯父，那時皇伯父受皇祖父之命偵查敵情被毒箭射傷，剛好昏迷在那世子妃莊子裡的後山下。」

安然「哦」了一聲。「後來大瑨倒了，你皇祖父和皇伯父為了感謝世子妃的救命之恩，就赦免了他們母子，並立她兒子為晉王。」

鍾離浩笑著捏了一下安然的鼻子。「我們家然然果然聰明，大概就是如此。當時這樣做還有一個目的，就是籠絡一些舊朝臣子的心。那時候，不少地方大員因此看到新朝廷的『懷柔政策』，主動投誠，避免了更多戰禍。」

安然蹙眉。「大瑨朝滅亡的時候，那位晉王還是個嬰兒，怎麼就存了覆國造反之心？難道是他的母親心有不甘，存心教他報仇？」

鍾離浩搖頭。「不，據說他的母親是一位貞靜嫻雅的女子，也感念大昱朝對他們母子的厚待。而且，在晉王三歲的時候，他的母親就死了，教導他的是他身邊的一位嬤嬤，後來我們才知道，那位嬤嬤其實是晉王的親姑姑，大瑨朝的永安公主。永安公主是宮女所生，在大瑨皇宮裡極不受寵，沒沒無聞，很多人都不知道還有這麼一位公主，也因為如此，她在晉王身邊那麼久都沒有被人察覺。直到晉王叛亂失敗，她留下遺書上吊自盡，前朝公主的身分才被傳開。」

「那天北戰好像說那個何夫人也是什麼長平郡主？」安然聽得越發好奇，好像在聽電視劇情。

鍾離浩見安然感興趣，也是有問必答。「何夫人的祖父和父親都是開國功臣，尤其是她祖父，如果沒有犧牲的話，功勛並不低於當年的一字並肩王。在大昱建朝之前的最後一次大戰中，何將軍父子都被敵人的毒煙圍攻，最終戰死，留下何玉兄妹二人。皇祖母和皇伯母憐惜他們兄妹是功臣留下的孩子，就留在宮裡教養。何玉的兄長後來也成為將軍，立下不少功勛，何玉沾了父兄和祖父的光，被封為長平郡主，十六歲的時候，由皇祖母賜婚，嫁給了晉王。晉王失敗後，他和他的兩個兒子都死了，父王看在何玉兄長曾經救過他的分上為何玉母女三人求情，皇伯父也念何家世代忠良，免了死罪，貶為庶民，還讓她們母女三人收回一小部分財產，回何家的祖籍瓊州去。」

安然撇嘴。「你父王救了她們母女，她竟然還反過來算計你，真不是……」話未說完，就發現鍾離浩兩眼發直，似乎發現什麼不可思議的事，也不禁屏住呼息，順著鍾離浩的視線望去，街對面的一個小麵攤上，一個滿臉大鬍子的人正在吃麵，時不時抬起頭四處張望一下。

那個人感覺很面熟，好像在哪兒見過？不過安然在腦海中搜索了一遍之後，還真沒發現印象中哪個人蓄著大鬍子的。

鍾離浩叫了南征進來，指著街對面在他耳邊說了幾句，南征點頭，退了出去。

這時，安然看見一個農婦打扮的女人走到大鬍子身邊說了句什麼，然後從手上的竹籃裡掏出一個木盒子給大鬍子。暈了，又是一個面熟的人，不過仍然想不出是誰。那個農婦是賣東西給大鬍子呢？還是他們本來就是熟人？

鍾離浩交代完南征回到窗邊，安然問道：「你是不是覺得那個大鬍子很眼熟，還有那個女人也是。」

「大鬍子？然然怎麼會覺得那人眼熟？女人？什麼女人？」鍾離浩驚訝地又看出去。

安然也轉回頭。「喏，就是站在大鬍子……」嗯，不對，怎麼兩個人都沒了。

安然四處張望了一下，還是沒有發現那兩個身影。

鍾離浩拉著安然的手急切地問道：「妳還沒說呢，怎麼會覺得那個大鬍子眼熟，妳在哪兒見過他嗎？」

安然搖了搖頭。「我也不知道，印象中我似乎沒有見過長那麼一大圈鬍子的人，可就是覺得熟悉……奇怪了，應該是我見過跟他長得相像的人吧？對，應該就是這樣。」

鍾離浩還想再問，門外的舒安敲門。「爺，黎軒公子和薛侯爺到了。」

舒安話音剛落，黎軒和薛天磊已經推門進來。

見到鍾離浩二人站在窗邊，黎軒笑道：「怎麼，這麼著急盼我們來啊？真是一日不見如隔三秋了，哈哈。」

鍾離浩酷酷地「哼」了一聲。「臭美吧你，我們只是很久沒看到天磊了。」

薛天磊一副受寵若驚的樣子。「啊喲喲，大冰塊，感動死我了，來來來，咱兄弟抱一個。」

鍾離浩「厭厭」地回了一個白眼。「去去去，回去抱你們家小圓子去，哪有你這樣做父親的，小圓子滿月都不回京。」

小圓子是薛天磊那個妾室生下的胖兒子，圓咕隆咚的可愛極了。

薛天磊滿臉初為人父的喜悅笑容。「這不是手邊事急，沒能趕上嗎？」

幾人嬉鬧了幾句，坐下飲茶。

薛天磊從佳茗手上接過一個紅木匣子，遞給安然。「知道妳最喜歡稀奇古怪的物件，這是我偶然買得的，不知道是什麼東西，也不知道值不值錢，但看著亮閃得挺好看。」

安然打開一看，整盒的裸鑽，在大紅色的錦緞上光芒閃爍、璀璨奪目，不由驚呼出來。

「鑽石！薛大哥，你從哪裡弄來這麼多鑽石？我太喜歡了！」

薛天磊見安然喜歡，笑得更燦爛了。「從幾個長得烏漆抹黑的番人手裡買來的，原來這叫鑽石啊！呵呵，安然喜歡就好！」他還擔心自己被那兩個番人坑了，現在看到安然如此喜歡，什麼都值了。

「喜歡、喜歡！當然喜歡！鑽石恆久遠，一顆永流傳。」安然笑得兩眼彎彎，想起了前世耳熟能詳的廣告詞。

黎軒好奇道：「小然兒，看妳開心成這樣，這個鑽石很值錢嗎？雖然是挺閃眼的。」

安然興致勃勃的，差點忘了自己身在古代。「當然，鑽石代表永恆，代表天長地久、永生不變的愛。有人說，鑽石是天上星星的碎片，也有人說，它是諸神的淚珠，其實，最恰當的比喻應該是鑽石就是丘比特之箭。所以，鑲嵌鑽石的首飾，尤其鑽石戒指是男人送給妻子最好的禮……」

安然突然覺得氣氛不對，薛天磊、黎軒，還有旁邊侍候的舒安、舒敏都呆愣愣地看著她，鍾離浩則是一臉焦急，幸好南征、佳茗等侍衛都退到外邊去了。

安然摸了摸鼻子。「呵呵，這些都是浩哥哥跟我說的，是他的番人朋友告訴他的，浩哥哥前幾日還說要找鑽石來做一對婚戒呢。」至於鍾離浩怎麼應付過去她不管了，反正那個面癱狐狸就是一隻成了精的萬年老狐狸，自然不會露出馬腳。

鍾離浩有一支龐大的海運船隊，確實有幾個比較熟悉的番人，此刻聽了安然的話很快反應過來。「丘比特就是番人的月老，丘比特之箭就是月老的紅繩。因為鑽石至堅至硬，番人認為它象徵著忠貞永恆的愛情，他們在成親的時候會用鑽石鑲嵌戒指，戴在新郎新娘的無名指上，因為無名指和心臟相連。」幸好前幾日安然讓鍾離浩打婚戒的時候解釋了一大堆，他這會兒才能說得煞有其事似的頭頭是道。

看著安然若無其事地專心鑑賞鑽石的樣子，他就覺得自己被她充分信賴，信他的能力和愛她護她的心，依賴於他的全心呵護，鍾離浩頓時感覺自己的心暖暖軟軟如一潭春水。這個女子，他怎麼愛都愛不夠，感謝老天，讓她從千年之後來到他的身邊。

「咳咳！」黎軒十幾年來看慣了鍾離浩冷冰冰的模樣，實在受不了他現在那深情款款的眼神，這個大冰塊，在他們面前倒是一點不遮掩。「這裡這麼多鑽石，不如也送我和蓉兒一對鑽石戒指如何？」

「當然好啊！」安然爽快地回答。「我讓麗美銀樓最好的師傅來做，你和薛大哥各一對。」

薛天磊看著安然興奮的笑臉，心裡又開始隱隱作痛，他把自己的感情深深埋在心底，可是埋得越深，不小心觸碰到的時候越痛。

鍾離浩沒有錯過薛天磊幾不可聞的輕嘆和眼裡一閃而過的落寞，薛天磊一直沒有讓他們見到那個妾室，但是小圓子滿月那日，他無意中看到了那個把小圓子抱給奶娘就趕緊躲回後院去的女子，有三、四成像然然，尤其是那雙眼睛。

「對了，大冰塊，關於銀行在全國的布局速度和順序，我擬了一個方案，你和安然有時間就幫我看看，我再遞上去給皇上。」薛天磊艱難地轉移心思，岔開話題。三個人在局中，有兩個幸福已經是最好的結果。至於他心底的痛，痛多了，痛久了，就會麻木了。

「好啊。」鍾離浩一口答應。「不過肯定要等到成親後了，天磊你這次不會這麼快離京吧？總要坐鎮總行一段時間不是？還有，薛瑩的婚事好像也就在下個月吧？」

薛天磊點頭。「是，下個月三十。我在年前都不會走遠了，準備在冀州幾個點先開分行。民間對銀行的接受度比我們預計的高，還是朝廷的信譽好，老百姓對皇上這幾年的政策很是信賴。」

鍾離浩和安然指婚後，薛瑩不得不死了心，國公夫人抓緊時間選擇了幾家還算門當戶對的，最後選定的人選是明德侯府的世子，明德侯世子今年二十，才學稟性都很不錯，之前有訂了一門親事，是自家的表妹。誰知在成親前那個表妹跟一個窮秀才私奔了，據說窮秀才曾救過在上香途中不小心落水的那個表妹，兩人遂一見鍾情，山盟海誓。那個表妹的父母一氣之下雙雙病倒，當然，婚約肯定是立刻取消了。

自從得知那次在吟梅小築「醉倒」的真相，安然也知道了薛瑩喜歡鍾離浩，有一次還打趣他。「瑩姊姊對你一片癡心，怎麼就沒打動你呢？莫非你也知道表兄妹通婚對子女不好？」

當時鍾離浩一揚眉。「如果然然是我表妹，我必定照娶不誤，大不了不要孩子。」

四人小聚後，鍾離浩親自送安然回了冷府。

馬車裡，鍾離浩輕摟著安然。「然然，這六日裡，妳要好好照顧自己，黎軒給的那塊能吸毒的白玉要隨身帶著，舒安和舒敏也不能離了身邊知道嗎？還有，我的人會輪班在暗中守著妳的院子，舒全知道怎麼跟他們聯繫。」

安然嗔道：「知道了，你說過很多遍了，年紀輕輕就這麼囉嗦。」

鍾離浩低下頭，在安然唇上輕咬了一口。「小丫頭，敢嫌爺囉嗦？看爺到時候怎麼整治妳。」說完又一把摟緊了懷裡的人。「寶貝兒，記住，這六日裡每天都要想我，我會知道的。」

聽到安然紅著臉「嗯」了一聲，他才戀戀不捨地放開安然下車去。

冷弘文親自帶著一眾人在門口接安然，看到馬上的鍾離浩趕緊迎上去行禮，鍾離浩伸手擋住了。「岳父大人，然然這幾日在府裡，就請您多照顧了。」

冷弘文忙道：「王爺放心，郡主這是在自己家裡，沒有人敢怠慢的。郡主院子裡的一應事務，下官都會親自過問安排，一定不會出任何差錯，也不會讓任何人不經郡主的同意隨便出入靜好苑。」

上次二皇子和冷紫月的事，冷弘文事後越想越不對勁，越琢磨疑點越多，再連結上謝氏突然要搞什麼素宴，又非要請慶親王爺參加……

冷弘文並不傻，還是個從小就傳出神童美名的才子，他知道整件事必然不像看起來的那麼簡單。

無論如何，幸好最後出事的不是他的福星嫡女，甚至還讓他難得享受到女兒的一次溫情，他也不打算追究了。以慶親王的狠辣，該處理、能處理的一定都已經做了，也不需要他出手。

不過，這次安然回來待嫁，一向不管內務的冷弘文已經決定親自安排相關事務，總之，絕對不能再出任何差錯，這也是他與女兒女婿甚至兒子君然修補關係的一次機會。

——未完，待續，請看文創風303《福星小財迷》4（完結篇）

2015年4月出版

# 掌上明珠

文創風 283～286

前生被母親所誤，她仇恨父親，錯愛他人，
最終落得一切盡毀，如今她既然有機會再活一次，
她不但要當父親的乖女兒，更要那些人償還欠她的人生！

## 大氣磅礴、情意纏綿，千百滋味盡在筆下／月半彎

母親的恨意毀了她的前生，令她性格乖僻、痛恨父親，最終落得家破人亡，
但曾為相國的父親即便被她害得流落街頭，也不離不棄；
父女相依至死，她終於徹底醒悟——原來她的一生便是母親的報復！
萬幸上天憐惜，讓她重生回到母親臨終前，
曾讓她癡心一片的丈夫、被她視為親人的舅家、被她當作恩人的母親好友，
都將她玩弄於股掌，都是害她容霽雲與父親一生盡毀的奸人們，
這一生，她定要一個個討回來！
第一步便是搶先收服那個莫名恨她，而後又置她於死地的神祕黑衣男子，
但這一步才踏出，怎麼發展卻大大超出她預料？
莫非該發生已被她改變，一切便脫離掌握？她又該怎麼重新開始？

文創風 302

# 福星小財迷 3

國家圖書館出版品預行編目資料

福星小財迷 / 雙子座堯堯著. --
初版. -- 臺北市 : 狗屋, 2015.06
冊 ; 公分. --（文創風）
ISBN 978-986-328-459-8（第3冊：平裝）. --

857.7 104006390

著作者 雙子座堯堯
編輯 王佳薇
校對 黃亭蓁 蔡佾岑
發行所 狗屋出版社有限公司
地址 台北市104中山區龍江路71巷15號1樓
電話 02-2776-5889～0
發行字號 局版台業字845號
法律顧問 蕭雄淋律師
總經銷 知遠文化事業有限公司
電話 02-2664-8800
初版 2015年6月
國際書碼 ISBN-13 978-986-328-459-8
原著書名 《我心安然》，由起點女生網（www.qdmm.com）授權出版

定價250元
狗屋劃撥帳號：19001626
網址：love.doghouse.com.tw E-mail：love@doghouse.com.tw